渔鼓殇

李洁冰——著

中国书籍出版社
China Book Press

图书在版编目（CIP）数据

渔鼓殇 / 李洁冰著 . — 北京：中国书籍出版社，2019.1
ISBN 978-7-5068-7110-5

Ⅰ . ①渔… Ⅱ . ①李… Ⅲ . ①中篇小说—小说集—中国—当代②短篇小说—小说集—中国—当代 Ⅳ . ① I247.7

中国版本图书馆 CIP 数据核字（2018）第 257673 号

渔鼓殇

李洁冰　著

图书策划	牛　超　崔付建
责任编辑	牛　超
责任印制	孙马飞　马　芝
出版发行	中国书籍出版社
地　　址	北京市丰台区三路居路 97 号（邮编：100073）
电　　话	（010）52257143（总编室）（010）52257140（发行部）
电子邮箱	eo@chinabp.com.cn
经　　销	全国新华书店
印　　刷	三河市华东印刷有限公司
开　　本	650 毫米 ×940 毫米　1/16
字　　数	204 千字
印　　张	16.75
版　　次	2019 年 1 月第 1 版　2019 年 1 月第 1 次印刷
书　　号	ISBN 978-7-5068-7110-5
定　　价	52.00 元

版权所有　翻印必究

目录

魑魅之舞　／ 001

渔鼓殇　／ 067

三山巷　／ 141

牧鹅记　／ 206

墙上的庄稼　／ 225

麦秸画坊　／ 245

渔鼓殇

魑魅之舞

一

小姊当巫婆的传言由来已久，第一次是从廖美娴那里听说的。廖美娴为人家从地下钱庄担保贷款，结果被担保人娄世彩夫妻俩经营挖掘机赔了几百万，眼看着承诺的高额利息打了水漂，最后干脆玩失踪了。廖美娴反倒被法院盯上了，几次找去谈话未果。开地下钱庄的却跑到廖家门槛上坐着。老父亲廖国轩年迈加上耳聋，不明白从哪冒出这么多人，待了解事情的原委后一巴掌拍了桌子。廖国轩一辈子饱读诗书，几个儿女吃的都是文字饭。偏偏小学教师廖美娴在临退休的时候，突然像高烧病人一样做起发财梦。弄得家里的

瓶瓶罐罐都变幻着花样。寥美娴的性格不是一般的偏执。推销保健品的撒手锏之一就是做实验。"你拿着，"寥美娴说，"你拿着。"然后将棉签塞到来人的手里，第 N 次看着试管里的液体由紫变红，由红变蓝。寥美娴在那些泡沫里就看到钞票像雪片似的浮上来。家中每有来客，大姐寥美娴的声音夹杂在电视剧和众人的交谈声里，不断发出亢奋而尖利的对抗。

提起小姊的时候，我正在跟寥美娴聊天。说是闲聊，其实是寥美娴一个人在聒噪，听说最近当上区域代理了，马上就要赴新马泰旅游。而实际的情况是，在我拎着一包水果进家之前，赖在家门口索账的人刚被梅姑劝走。梅姑是从老家北乡过来帮着照顾老父亲的，虽然没见过大世面，那一刻却表现出惊人的智慧，争吵时故意透出让侄女婿过来。侄女婿，指的是寥国轩小女儿的老公，当时在棣花镇派出所当警员。要账的总归还是心虚，只好拎着马扎走了。一段闹剧暂时按下了葫芦。从眼下的情景看上去，寥美娴依旧高烧不退，梦呓像扑闪着翅膀的蝇虫织来穿去，搅得人两只耳朵嗡嗡作响。我只好随口问了一句："小姊眼下在做什么？"实则是转移话题的。

寥美娴似乎没反应过来。过了一会儿，才说："当巫婆了。"

我吃了一惊。不唯寥美娴的态度暧昧，更重要的，是四十年前那个长着一双狐媚眼的女子，竟然做了巫婆。寥美娴看我张大的嘴巴，诡异地笑了笑："当巫婆来钱快，总比种地强多了。"大姐寥美娴，此前就像她的名字，是棣花镇贤淑又本分的范本，如今竟然

渔鼓殇

也学会了用钱解读问题。倘从这个角度找答案，小姊走上做巫婆的路，或许自有她的道理。

今天提起小姊，我竟然不能确认是哪个字。小梓，小孜，小紫，小姿，还是小兹。总之她那个在雁窝村算得上识文解字的父亲吉天佑，在给几个闺女起名字时，决不会像农民收割庄稼的时候啐一口浓痰，或吐几粒瓜子壳那样随意，而是算了生辰八字，然后掐着指头定下的。据说都带"女"字旁。鉴于当年的风水先生业已作古，多年后的某个晚上，在搬着《辞源》反复琢磨几个来回后，我自作主张地认定，这位风水先生吉天佑大女儿的名字，应该是"姊"。因为"姊"同"姉"，也就是姐姐。以此类推，其余两个叫娅，媮。

小姊仿佛生下来就是做大姐的。当年她家的梁头上，经常在吃饭前活跃着两个身影，一个是八岁的我，另一个是李生鸿。我俩合力将板凳搬到炕上，凳子上摞着马扎。随着扑扑簌簌的灰尘，总能从梁上拽出几张毛边的油印草纸。上面有背着孩子回娘家的媳妇，有"起立走，身体直"。吉天佑盘腿坐在那里，端着酒盅子吆喝道："死丫头，整天跟老鼠掐甚子？"话音落地，梁头上轱辘辘滚过若干动静，有个拖着长尾巴的物什掉下来，噌地没了踪影，满屋子顿时弥漫着一股怪异的臭味。吉天佑直撅撅地朝后倒过去，后脑勺咚地磕在炕沿上。而小姊，吉天佑家的长女，不管发生了什么，永远眨着一双狐媚眼，笑眯眯地说："恁吃俺家饭啊？"因为这句话，

我跟孪生鸿一致认为，大姐这个称呼，小姊当得起。

美人小姊乌发齐腰，经常举着桃木梳子乱比画，风水先生看着眼晕，抽大烟的娘嫌累赘，麻花辫子得到的不是赞美而是诅咒。小姊却编了散，盘了编，满头小辫流苏似的摇曳在脑袋上，有好事者戏称"九尾狐"。农忙时去田垄上送饭，一阵风裹走了她的麦秸帽子，年轻人都魔症般地去追那顶草帽。仅此一例，不知又落下多少同性的冤家。

吉天佑平时给人家做道场。在雁窝村人普遍吃地瓜的时候，风水先生家的锅里，偶尔漂起捏边的。串门的人眼热。就问："饺子什么馅的？"小姊抢着说："花生饼馅的。"吉天佑将辫梢打着绕花捋过去，张嘴就骂："奶奶个X，不是才剁的猪后腿？"串门的边走边摇头："'九尾狐'说半截子实话。"小姊在家里扮演的角色，自然是爹的帮闲。但小姊也曾被拖到当街擂鼓似的暴打。那时候太阳挂到山尖上，小姊在雁窝村的大街上陀螺似的转着，被石头蹭开的裤子露出白生生的屁股。姊为什么要被揪着辫根子暴打，成了困扰我童年的一个谜，后来才知道是风箱杆子。

"姊拉断的！"娅恶狠狠地说。娅是小姊的二妹，也是姊的死对头。吉家的风箱杆像火柴杆般细，小姊在灶屋里呱嗒呱嗒地拉着，哪里知道即将到来的命运。姊的几个姊妹，婋，娅，也都在拉，偏偏断在小姊的手里，这世上的事说不蹊跷，其实也难。算来还是小姊的劫数。

渔鼓殇

二

《辞源》里关于"巫"的定义，是这样写的："装神弄鬼替人祈祷为职业的人……"关于巫术，则有着更为详尽的解释，比如幻想依靠"超自然力"对于客体加强影响或控制的活动；而"巫师"则指各种行使巫术的人的泛称，被视为有超自然力，能与鬼神或神灵交往，并驱使为之服役。

我对巫的认知，更多趋向于上述第一条。这跟过往的历史有关。一九七〇年的雁窝村，有个跳大神的，叫孙朝人。孙朝人的叔叔，叫孙富三。孙富三的身份是地主。患有后天性"羊佬疯"，书面语叫癫痫病。他穿着羊皮短袄，领圈露一溜白茬，戴着座山雕式的护耳。嘴巴里永远叽里咕噜，不知道嘟囔些什么。寥国轩喜欢诗文，家里的那只梅花欢喜漫天雪的盆子，被孙富三借去几次，由此我知道孙富三是通文墨的。但他走路的步态，始终是"八梁子"，即罗圈腿，羊佬疯说犯就犯。用雁窝村人的话说："批斗吓破了胆。"至于"镇反"抑或"文革"时的批斗，就不得而知了。另外也有人反驳，说他故意装的，因为亲眼见过他在月黑头底下，"八梁腿"消失了。总之不管装的还是真的，雁窝村的地主孙富三能熬过大小无数次运动，拖着癫痫病活到七十年代，也算上帝的造化了。

孙朝人有时候裸身在档里挂绺布条，捻着蟹壳子在病人身上

刮擦着，也会像孙富三那样直哆嗦。念着念着，突然口吐白沫栽到地上。看景的人哗地散开了。病人的婆娘坐在门外嘤嘤哭泣起来。"还阳了，"旁边的人安慰说，"你看见他头魂走了吗？你家男人快还阳了。"孙朝人不跳大神的时候，是个喝得晕乎乎的醉汉，没事倚在墙根打盹。唯一的壮举，是冬天村前抽水逮鱼的时候，跟一块淤泥里的巨石较上了劲。满村人都盼着抽干河水去抓鱼，孙朝人却搂着冷石头又踢又咬，像抱着进洞房的新媳妇。"妈的，收拾不了你？"岸上的人不由得喝起彩来。无可否认，醉汉孙朝人的举动，使我童年对"巫"的认知，有了一些恐怖和猥琐。即"巫"，跟喝醉酒的人是分不开的。就像在墙上看到画的那些拳头，指缝里总是攥着蚂蚱般的小人，底下用红漆刷着大字："横扫一切牛鬼蛇神，全无敌"。所谓牛鬼蛇神，大约指的就是这类人。

巫婆小姊，神婆子姊，是雁窝村人送给吉天佑长女的称呼。《卖花姑娘》里唱着"从东南方向来……"的地主婆，忘记名字的越南电影里的"天灵开，地灵开"，《罗生门》里捏着长剑呼风唤雨的招魂人，所有能想起的半人半鬼，都成了小姊的化身……但我宁愿认可《辞源》的另一种解释，即甩着麻花辫的小姊，经过一番特殊修炼后有了"超自然"力，"并能与鬼神或神灵交往，驱使为之服役"。但小姊何以成了巫婆，作为一个巨大的悬在脑袋上空的气泡，随时有可能因为某种真相的戳穿而爆裂。通了神鬼的小姊，眼下是不是还活在这个世界上，没有人能够回答。

我想去寻找巫婆小姊。寻找那位叫"九尾狐"的美丽女子。雁

渔鼓殇

窝村的风水先生吉天佑,在一次抬棺的时候,突然流了鼻血,然后魂魄一点点离去了七窍。吉家的屋梁很快塌了。而吉天佑的女人,那位披着海昌蓝斜对襟大褂,太阳穴贴着指甲膏药的孙翠花,此前跟牛贩子麻五在柴火房里曾有过鱼水之欢。风水先生一归天,索性公开化了。没出嫁的小姊自然成了眼中钉。由着牛贩子撺弄,嫁到北乡的黑泥湖。小姊的巫婆生涯,跟他父亲的死,抑或有着某种割不断的联系?

四十年后寻找小姊,并不是一件容易的事。按小姊的年龄推算上去,她大约在五十六七岁。苏北的姑娘出嫁后,很自然地失去了自己的姓名。随着嫁入的家族变成某屋里的,某做饭的,或某某他妈,某某的儿媳妇。查找这种年龄的女人,不说是大海里捞针,也是要花一番力气的。北乡,在民间的地理概念上,是苏北方圆上百里,草籽一般撒落在那里的数百个自然村的统称,春秋时期曾经是莒子国的领地。莒人远古的老祖,据说是一个叫少昊的氏族部落,至今乡间仍然残留着好勇斗狠的民风。小姊嫁到了哪个村落,后来又改嫁到哪个村子?最简便的办法,自然是去找跟她有血缘关系的人。于是娅作为姊的二妹,不久便出现在我的寻访目标里。

前面说过,娅是姊从小的死对头。在传统的中国乡村,几乎所有的老大和老二都存在着话语权的争夺。娅小时候跟媮捣腿,总是将对方踹得杀猪般的叫唤。娅跟姊的决裂,缘于一次考民办小学教师的纠纷。一九七〇年的雁窝村,不管年级高低都放在一座教室

上课，俗称"一锅烩"。娅和姊都在复式班，偏偏报名的时候，姊将娅支派到湖里割猪草，于是姊妹俩爆发了成年后最决绝的一场战斗。"两面鼓真毒，逮着亲人偷下口。""两面鼓"，是班上的混子给娅起的绰号，原因是娅腰长，腔大，布兜裹不住胸前的两只兔子。娅和姊就像两头母狼撕咬到一起。厮杀的结果，是娅将姊麻花辫中的一根连同头皮薅下来。娅将能搜罗的毒咒都用上了，娅说："你个'狐狸精'，媮挣钱是买药给你爹娘吃的，给你一家人吃咯！"娅其实是逻辑混乱。不清楚姊的爹娘也是她的，一家人也包括她自己。媮却趁着月黑头到公社集训去了，据说回来后能拿十九块半。从此成了吃公家饭的。而娅眼下的身份，则是棣花镇农贸市场某个角落里做小生意的老女人。

三

转过香油巷，是棣花镇东关路的农贸集市。按照梅姑指点的路径，我穿过步行街，在一排装修得晃眼的耐克鞋、法派西装还有香火店的门口，看到歪脖子树下站着两个卖炒货的。其中一个围着花头巾，拿着铁铲在锅里不停地翻炒着。锅子旁边的筛筐子里，堆满剁开口的糖炒栗子。可女人个子小小的，胸脯瘪着。娅的日子再不如意，前面不至于缩成核桃吧。我把打听娅的话咽了回去。

又绕过三条街，来到绳网店旁边的布摊跟前。看到好多被面当街扯着，年画似的一幅幅挂过去，有绣着呈祥的龙凤，衔梅枝的喜

渔鼓殇

鹊，还有许多成品的婴儿小袄，大红大紫配着艳绿。地上摆着一溜虎头鞋，都绣着嘴巴，胡须，好像不留神能从地上蹿起来。

我捏起一只放在手心把玩着，说："知道娅在哪儿？"看布摊的小媳妇有点疑惑："哪个丫？俺庄重名的多。"我循着话音说："你是从雁窝村过来的。"小媳妇露出满嘴的牙床："老叔公麻五是那村的，过几天要出殡了。"

"……是贩牛的麻五？你家叔公知道我找哪个'娅'。"

小媳妇转头去招呼客人了。我继续追问道："你叔公是哪天的正日子？"小媳妇犹豫了一下："还有一口气呢，你去猪肉铺旁边问问，卖虾皮子的那个老女人。"

娅的脸上隐约有疤，那是当年跟小姊打架留下的。只是头发用木梳子绾上去，在后脑勺像鸭屁股一样绽着。娅拿着秤盘子，正站在干鲜货摊子旁边给顾客称虾皮。时下除去中药铺子配药，已很少有人用秤杆子了。这让娅在硕大的集市上，显得有些扎眼。经过一番辨认后，娅攥着我的手，嘎着嗓门叫起来，"是雁来，"娅说，"俺家梁头上的识字本都让你跟鸿偷走了，还记得大仙弄得满屋子臭嘞？"娅用的那个"偷"字，显然是我不能接受的。的确有那么几回，我跟孪生鸿钻过篱笆墙，琢磨着将门上的老式撞锁鼓捣开。正聊着，旁边过来几个穿狗屎绿的，其中一位"八梁腿"在本子上撕了张纸，噌地盖过戳子扔过来，另一位拽出胯下的物什，眯着眼睛去树底下撒尿。娅则像扑蝴蝶似的，左右转着去追那张纸。"八梁腿"无论干货，鲜货，一溜将单子摔过去，一干人很快消失在市

009

场尽头。我问娅平时回不回雁窝村,老家那里还有人吗?

"都死绝了,四十年前就死啦!"

娅突然破口大骂起来。正午的太阳轰轰烈烈地在脑袋上挂着,娅由于五官挪了位置,看上去有些变形。我憋在那里,汗毛孔似乎张开了:"找哪个,我知道你找的哪个。"娅说:"享福的不会受罪,受罪的不能享福,公家人找人去公家,你问我,我哪里晓得。"娅对四十年前的那桩公案,显然并没有释怀。

"媰呢?她日子还好过吧。"我不甘心地追问。

"多少年都不来往了,人家拿着十九块半,过着皇后娘娘的日子,说是姊妹……龙生九种喽。"

太阳益发毒了,正是卖菜的热闹时分。顾客陆续围上来,有人不管不顾的,伸手在虾皮堆里随意拨弄着。娅忙着跑去招呼,中间免不掉发生了口角,眼看又要揪扯起来。我在旁边拽过几只塑料袋帮她装货。熬过半个多时辰,娅不情愿地开了口。

"你去雁窝村找一个人。"娅说,"人的生死都由老天指派的,她是丧门星,生下来就是了。"我本想多问几句,终怕言语不妥让娅改了主意,只好站在那里耐心地听着。在一串指天挖地的诅咒后,娅终于吐出那个人的名字。

"出幺蛾子了……"娅将嘴巴探过来,伏在我耳朵边鬼鬼祟祟地说,"原先一家人的命都由他攥着,哪个想挣开的人都没好过。半年前阎王小鬼挂上了,莫不是小姊施了魔法?这些年没往来了,通神的人谁敢再招惹……要去得赶快,眼下还有半口气堵着。"

渔鼓殇

忍着哑嘴巴里喷出来的口臭，我再次听到那人的名字，麻五。是的，寻访小姊，得先去找雁窝村的牛贩子麻五爷，这一连串的勾连让我觉得既蹊跷，又神秘。

四

十年前我患了严重的脑植物神经紊乱症，用雁窝村的话说，整天摸不清四至。最后发展到失眠，盗汗，口麻舌焦，间或天花乱坠地在白日梦里游走。这些年循着心理及生理两条线索到处求告，中间还顺带着戳穿了假老军医、台湾老中医各一位。直到前不久，在某栋新落成的大楼拐角处，我排了三个多小时队，抱着腮帮子耗时两分钟陈述了上述症候后，一位门诊专家哈哈大笑："年轻人吃饱了撑的，我看你得回到一九六二年。"我一愣怔："怎么着？"旁边的患者帮着翻译："让你多吃粗粮。"这话扯得有点远了。六二年我在娘胎里还没成形，落生时又赶上闹饥荒。所幸当时没有钱拍照，否则今天人们看到的那个在沙漠上被饿鹰追击的孩子，就是我了。据说母亲是吃草把我养大的，所以我身上具有食草动物的一切特征，热爱自然，牙齿平钝，在钢筋水泥的丛林里一直呼吸困难。深秋的某个夜晚，我接到孪生鸿打来电话，说，首都某大刊物正在发起《大地·行动者》非虚构文本写作计划，主旨是"以'吾土吾民'的情怀，以各种非虚构的体裁和方式，深度表现中国人在此时代丰富多样的经验……"至于行动者的路数，在一长串佶屈聱牙的

解释后,李生鸿从嘴巴里吐出四个字:亲力亲为。撂下电话以后,我突然意识到,对于一位在水泥城堡里整天摸不清四至的文字编辑来说,这跟寻找小姊简直是不谋而合。

此后几天,我穿梭于各大超市、体育用品商店和街巷之间。登山靴,旅行包,数码相机,风雨衣,诺福杀星胶囊,眼药水,光充电器大小就买了三只,几乎能想到的都预备上了。然后发短信给远在北京上学的女儿,那边回复说:"注意保暖,谨防感冒哦。"在女儿眼里,我是个做事毛躁,常爱出点庇漏的家伙。我们之间就像朋友似的无话不谈。走在一起的时候,常有人问,这是你妈?还是你姨?对于这种认知上的错觉,我一直很受用。

寥美娴那段时间忙得脚后跟打腚,开讲座,推销营养品,并放出三年内买房买车的豪言。听说我要找小姊,很不以为然。"吉家在雁窝村没人了,"寥美娴说,"小姊整天游四乡,想找恐怕也难。"

"媗呢?"我再次不甘心地问,"她过得怎么样?"

"失踪了,"寥美娴说,"十几年前代课老师解聘……跟人下了广东。"我哦了一下,没想到又牵出这么多头绪。倒是梅姑看我忙碌,也跟着兴奋起来:"去黑驴坡怎么样?孩子他叔懂政策。"我摇了摇头说:"还是先到雁窝村走走吧。"

我这样说是有原因的。当年寥家下放时落脚的雁窝村,是苣人鱼甩籽一般在北乡繁衍的众多村落里的一个。二十世纪五十年代末期,因了修水库的名义,政府才将它从鱼肚底下割出来,扔在了县城棣花镇附近。寻找小姊,那里自然是首选之地。

渔鼓殇

梅姑有些失望,但还是抽空朝我包里塞了几个桔子。

"跑了,她又跑了,快拽回来……"那人躺在牛屋的麦秸铺上,嘴巴里迷乱地呼喊着,声声凄厉,似乎被谁掐住了脖子,又似乎在跟谁做着殊死的搏斗。

麻五心里藏着无数不再启封的坛子,眼下人们都在挣钱或捞权,没有谁再去撕开坛子上的封印了,而牛贩子看上去确实去日无多。"穿了衣服,还神叨叨的,阎王爷拽着都不走,看样子非熬得油尽灯残不可呢。"正说着话,麻五又呻吟起来,"昨天晚上来了,都看见了……嘿。"我吃了一惊,待朝外看时,门口不知什么时候挤过一堆人,都抱着膀子站在那里。旁边有个戴毡帽的问:"该抬了?"有人摇摇头。几个人嘀咕了一阵,然后陆续散去。

麻五又睡了过去。外面的棚子扎好了,请来的鼓号班子正在吱吱嘎嘎地调着音。几位乡下媳妇将一匹白布当堂撕着,一幅幅地叠着,预备着吊丧人的用项。我站在角落里,不知道能从这个即将弥留的人嘴巴里掏出点什么。雁窝村的旧相识不多,进出都是些陌生的面孔,很多人把我当成麻五家远房的亲戚了。旁边过来一位扎着绑腿的中年男人,看样子是烧锅的。他冲我招了招手:"……城里的。"我将照相机掖进口袋,没吭声。他朝屋角呶了呶嘴巴:"笃定是姊作的魔法……"我脑袋嗡的一响,那人却不见了。只有一柄二胡咿呀着,锯来拽去,将一阵苍凉的调子挤过门缝送进来。再看床上的老人,眼睛戳在房梁上,眼看又要背过气去。我头皮麻酥酥

的，思忖着要不要出去喊人。身后又传过一阵急吼吼的叫声："快松开，喘不过气了！"那声音由低渐高，由远及近，仿佛是从遥远、空洞的地底下传出来，又仿佛是逃命人在绝壁上的挣扎。月光却白花花地照进来，笼在屋角的棺木上。草席上躺着的人依旧在叫唤，气息却像游丝一般，越来越缥缈，直到倏然不见了。

恰在此时，吹打声停止了。

麻五究竟在跟谁说话？我抹着额角的冷汗，几次张嘴想问，都噤在那里。只好将床腿边的搪瓷缸子冲了水，端过去跪下，伏在覆着火纸的头颅上喊："找姊哎！看风水家的。"老人眼睛闭着，嘴巴里却蚊虫似的哼了一声。"爷爷辈的，哪个让她……勾割的？"随后陷进了更为混乱的呓语状态。

我蓦地瞪大了眼睛！雁窝村的方言"勾割"，是私通的意思。

麻五半夜的时候清醒了。雁窝村的人说这叫"回光"。

麻五甚至从草席上坐了起来，直勾勾地盯着我。"你在找……姊？"月光透过窗棂打进来，旁边的人有蹲有坐，都围在麦草打的地铺上不说话，这使整个屋子显出某种怪异的压抑。麻五戴着绸缎做的瓜皮帽，上面的辫子直撅撅地垂在后脑勺，看上去像是充气假人。

"绕不过的，这是命。"麻五缓缓开口道，"那天太阳红得吓人，半边天像泼了牛血，河水都染透了……想蹚浑水的多啊，这个揪，那个拽的，原先丫头还在叫，捂了牛屎饼子，就死过去了……胸脯

渔鼓殇

上两个白兔子，扑棱着……四十多年了，没有昨晚那样闹腾过，非要拿绳子把我勒走哎，……一闭眼睛，眼前红彤彤的一片。"说着，伸出枯枝般地手抓挠着，去撕自己的衣领子。

麻五描述的场面，是一个人跟很多人的对抗。周围沉默着，偶有窸窸窣窣的动静传出来，没有人接话。麻五的声音却越来越低，越来越小，就在大家都以为他睡过去的时候，屋子里突然有一个人唱起来。声音像一匹撕裂的麻布，沉郁，咿哑。是牛贩子麻五在唱！麻五唱的调子，不知是哪朝哪代传下的，抓摸不到任何清晰的音律，呜呜咽咽，时断时续的，似乎跟那个梦里造访的人有关。一条九尾狐狸在烈焰腾腾的火海中奔跑，跳跃，挣扎，惨叫与逃亡，投掷的石块，猎手的围攻，堵截，束手就擒，剥了衣服，铰了辫子，绳索，架在烈焰上的炙烤，众人的围观与赏玩……在麻五的歌声里，太阳落山了，月亮升起来，星星放亮了，月亮掉下去，太阳又升起来了。牛血泼的天空……狐狸绑在架子上，吊在树干上，鞭子抽，风吹，暴雨浇，苟延残喘，气息奄奄……四十年前的女子犯了何等的弥天之罪，要被这样整治啊！

"这是哪一年的事？"我好奇地问。

没有来自任何角落的回答。月亮真的掉下去了，四周鬼影幢幢，间或传过一阵低低的，压抑到极致的咳嗽。

"那时候你家搬走了，"麻五的眼睛闭着，声音近于呻吟，"游街躲不过，婆娘要拽裤子，她娘说要治邪……也是不容啊，说扒就扒了，好像都等着看……那几天，村子里就像是过节。"

015

"怎么会这样，难道所有的人都是女子的仇家？"

"我这快入土了，光绪，大清，历朝……像报上那样说的，喇叭里喊的，教人斗啊，杀爹剐娘啊……营人的文墨，都弄丢了，从娘胎里掉下来就学着恨，再也没有别的招数了，再说女人天生命贱的。犯下了，就得受着……满头的小辫都铰了，横着铰，竖着铰，转着脑袋一圈圈的铰，比狗啃的还难看，她娘在，哪能由着她……两个一锅烩更好看喽，这些年，一闭眼就是牛血泼的半截老天……一家人，就这样死的死，散的散，咳，咳！"

一滴浊泪从眼角不知不觉地滚出来。看上去，麻五爷正承受着坠入地狱前的恐惧和煎熬。他的期期艾艾，吞吞吐吐，遮遮掩掩，冲着不知名方向的哀求，咆哮，诅咒，似乎潜藏着一桩让他不能释怀的秘密。他是主谋，屋子里的听众，包括整个雁窝村当年的围观者都是共谋。麻五爷的焦虑，迟疑，前言不搭后语，都与这桩案子里的玄机有关联。随着残片一点点的拼接，补缀，渐渐地，一些被光阴剥蚀的，近乎褪色的画面在我眼前隐约浮上来。

雁窝村风水先生吉天佑的长女小姊，四十年前在果园里做过越轨之事，这件事跟乱伦有关。原因是小姊的情人二禾，跟牛贩子麻五是平辈，但在我过往的印象里，北乡远房作亲似乎是常有的事，比如"姑表亲，亲上亲，打断骨头连着筋。"小姊跟那位本家只要是出了"五服"，其他事情都可以忽略，不明白何以会弄成这样。四周一片阒寂，只有二胡调试过门的声音，从门缝里挤了进来。吱嘎，吱嘎，像极了一位不知名的乡村女子在抽泣。

渔鼓殇

　　愣了半晌，我才想起追问小姊的下落。麻五爷又昏厥了过去。随着一阵乱糟糟嘈的响动，不知从何方飘过一个声音。

　　"前几年跑回来过，后来再没听说，大体上没出北乡吧。"

五

　　事情绕了一圈，又回到原点。我只好再去找寥美娴。寥美娴请了长病假在棣花镇做保健品生意，跟牛头马面打交道的机会多，对小姊的行踪自然是了解的。我再次搭顺便车回到棣花镇。进门后才知道寥美娴出差了。我问去了哪里，梅姑说了一座遥远的城市，离棣花镇大约上千里路。此前我也曾跟她聊起过。"免费的，"寥美娴说，"全部免费的，来回三百多块钱。"寥美娴显然低估了我的智商。揣着三百元闯天下，不亚于野外生存训练了。可看着寥美娴镇定的表情，你不得不相信那是真的。

　　坐在沙发上，听老父侃了一通民国轶事后，我随手摁开了频道。娱乐至死的气息迎面扑过来，满眼都是裹着青蛙皮，拖着长尾巴，各式分不清男女老幼的装扮。婚配，搞笑，说事拉理，要员出访，中华饮食，卖电脑卖卫生巾卖各类药品，治跌打损伤头疼脑热痔疮口腔炎……没过几分钟，耳朵就嗡嗡作响起来，左右没有找到可看的节目。老父亲却要过遥控器，熟练地转到某个频道上。又是一段长得不忍卒睹的前列腺炎的广告，模拟的造型时而大，时而小，在屏幕上顽固地刺激着人的眼球。

梅姑在旁边拾掇着碗筷，说："打鬼子的，一会儿就有了。"

这时候电话铃响了，我拿起话筒："喂？"里面是一段静音，对方在等待。又追问了一句，话筒里的声音才逐渐响起来，很嘈杂，压根听不清楚。梅姑却从厨房里跑出来，用湿漉漉的手接过话筒，嘴巴里不时发出报单，下线，打货等词汇，还有一些听不懂的术语。梅姑也做保健品生意了？我一时间有些恍惚。梅姑好像有顾虑，通话三言两语到了尾声。我赶紧抓过电话，问寥美娴知不知道小姊在哪里。

对面隔了几秒钟，猛地送过一个声音："……在镇上？后来，谁知道去了哪里。"然后是嘟嘟的蜂鸣音，显然挂了。

梅姑看我有些郁闷，提醒说："侄女婿不在派出所吗，查个把人还不好找。"我想也是，二十一世纪了，互联网谷歌搜狗人肉电邮通讯联络，实在不行趁着月黑风高夜，到贴着寻狗寻物、吉房出租淋病广告的电线杆子上贴一张寻人告示：寻四十年前故乡人吉小姊，女，五十六岁零某个月，鹅蛋脸，柳叶眉，凤目，有麻花辫数对，江湖上人称"九尾狐"……身披道袍，手持长剑，口中念念有词，暗呼一声："疾——"……天呐，这是找四十年前的黄花姑娘小姊，还是幽灵一般游荡在苏北荒原上的巫文化传播者？

第二天上午，我又跑到柳树旁找那位卖炒货的小媳妇。绕过花红柳绿的布摊子，小媳妇依旧束着花围裙站在那里，不过这回改烤羊肉串了。两棵槐树中间悬着一只烟熏火燎的铁盒子，上面摞着几十支羊肉串、蘑菇串，香肠，豆腐串诸如此类。小媳妇拿着破芭蕉

渔鼓殇

扇，正呼呼啦啦地在炭火上扇着，鼻子眼都熏得黢黑。

"见过麻五爷了。"

"出殡那天人挤不动，看景的也多，怎么没看到你？"

"听鼓号班子吹了半天呢……麻五爷临死时有话的。"

"忙着前后招呼，没顾得上过去，都说了些什么？"

"小姊，颠来倒去都是小姊……"

"是那个疯婆子吗？"小媳妇问。中间有几粒炭火从槽里蹦出来，又被她随手捡了扔回去。

"她怎么疯的？"我吃了一惊。

"听人说，有年腊月底，她半夜跑回雁窝村，赤条条的光着身子。"

"她婆家是哪里的？"

"邪婆岭的"小媳妇吐出三个字。后来才弄清楚是翔凤岭。

"那里神婆子多吗？"

小媳妇哦了一声："你说的是'理乎事'吧？"

她把"做道场"叫"理乎事"。我点了点头。

"有几个，算得灵的只有小姊，城里开公司的，当官的，省城都有大老远开车过去的。"

"小姊什么时候当巫婆的？"

"从雁窝村嫁过去三年后吧。听人提起过，早些年十里八乡都在讲，哪个不知道雁窝村的'九尾狐'，眼下我也说不出她在哪，没准早死了……有话题的女人，活着跟死了没啥两样。"

紫金文库

　　小媳妇的嘴巴蠕动着，在吐着一堆瓜子壳的间隙，甩出上面几句话。这时候有一对小夫妻领着孩子过来买羊肉串，挨堆在那里挑着，小媳妇放下扇子，忙着招呼去了。

　　临别的时候，小媳妇说，邪婆岭没有直通车。如果我想去那里，她可以让表弟福生走乡镇顺捎一程。

　　福生脚有点跛。原来是年少时去东北打工，被人砍伤的，从此对世界充满了怨恨。一个相貌文弱的人，言语左右不离"操"字。抱怨天气无常，汽油涨价，过桥过路收不尽的费，抱怨一年四季不得不打点的大小二鬼，让人觉得他肚子里揣着个火药桶，随时都会爆裂开来。车子在路上吃力地开着，沿途两边的田畴，就像被一拳打碎的玻璃板，朝周边辐射出去，交错着，龟裂着，让人看上去不期然张大了嘴巴。一问福生，才知道半年多没下雨了。路上，车轱辘几次滑到沟里，只好央人掮着再拽上来。为了绕道，福生漏了好几拨客人。车到村口的时候，我偷偷将五十元钱塞到副驾驶的位子上。几分钟后，钞票又打着旋飞回来。隆隆驶过的动静中飘过一个声音：

　　"表姐的婶婆是看黑莓园的，要问的人她晓得咯。"

　　转过几道街，问了两位抱孩子的农妇，一位卖老鼠药的。都肯定地指了三条路，方向却截然反着。我摸了摸脑门，怀疑大白天遇到了"鬼打墙"。晃眼看到当街蹲着一位晒花生的女子。女子扎着绿头巾，仰起一张黑红脸，鼻翼周围爬满了雀斑。"这是在哪

里……"我梦游般地问。"你想去哪搭?"一双皱裂的手在地上划拉着,花生粒不断从指缝间滚出来。望着满眼灰秃秃的,需要被兜头浇一场大雨的村庄,我蹦出"翔凤岭"三个字。

"是邪婆岭",女子纠正说,"你找'没溜扯'?"

"没溜扯"是雁窝村土语,有"不着边沿"的意思,没想到在这里听到了。正思忖着,耳边飘过一个声音:"搂草去了。"我后背上顿时有种麻酥酥的感觉,暗想莫不碰到了神仙?看来北乡就是不一样,莒子国的那口元气还罩着呢。

"是福生表姐的婶婆吗?"我试探着问。

"错不了,从城里过来的人,都奔着她去的。"

半个多时辰后,婶婆终于扭着半解放脚从远处走过来,脑袋上扣着奇怪的白帽子。近前再看时,才发现这个让人等得心焦的老女人,头发是全白的。一个拖着鼻涕的锅铲头男孩在她腿边缠磨着,被啪啪几巴掌捆在屁股上。福生说的黑莓园,其实是一大片没有边沿的荒郊,成片的水泥桩子围着一座孤零零的小屋。婶婆就像一只风干的蜈蚣,和身后的背景融成了一个颜色。

现在,带着复杂的心情,我走进这位叫"没溜扯"的老女人家里。

六

"腊月二十七那天嫁的。星星一颗接一颗,寒碜碜地挂在头顶

上,几乎伸手就能摘到。月亮也怪得很,好像被天狗咬去大半个,记得那天该圆的,不知怎么回事,后来才想起来,是云彩遮了。那样的时辰,狗都拱到草垛里做梦去了。也没敲锣,也没打鼓放鞭炮,村子里压根不知道刘木匠家又添了女人……偏偏我是凑热闹的命,熬了大半夜,就等着进村的时候,守在刘木匠家的猪栏外面,看人家有没有'小五抬'?"

按照梅姑的说法,"小五抬",是北乡风俗新娘陪嫁的妆奁,大都指的是箱笼桌椅、被褥或盆架一类。北乡的姑娘出嫁,"小五抬"是不是气派,直接影响到新嫁娘日后在婆家的地位。梅姑曾跟我聊起过,她的"小五抬"自然是有些成色的。雁窝村的小姊呢?

婶婆嗤的一声,嘴巴眼看扯到两只耳朵上。"邪婆岭多少年没见过这样娶亲的,就一辆木轮车,连盆带碗半柳芭,外加秃滑滑一个人。穿的什么,鼻子眼都看不清爽。一大片云彩盖在猪栏上,风吹着,闪过一道缝……就在那会,看到脚后跟,天爷,一只脚光着,就纳闷了,这叫娶的什么亲?后来才知道,勒在车上的。就留了意……一行人踢踢橐橐的,左右像是掩了口,接进去了。半夜的时候,突然杀猪似的叫唤起来,男女声都混在一起,分不清哪个的。"

锅铲头又从外面跑进来,婶婆从玉米萝子里摸出半块方便面丢给他,小孩儿嚼得兴起,撵得院子里的鹅一溜叫着,朝四下里奔逃着。婶婆的语速像乡村路上撒开蹄子的土狗,也朝四下里奔逃着,我的耳朵却条件反射般地嘶鸣起来。

渔鼓殇

"第二天端着盆子去后河里洗衣服，头巾被风刮掉了，脑袋却秃着，就像庵里的尼姑，看上去怪吓人的，三尺长的辫子？哪有的影子，半边阴阳头裹着头巾……见谁都低了眉，任谁不搭话的。半年多以后，头发才长出来，模样也出来了，天爷，真像是芝麻油浸的，见天盘着，或编了小辫在脑袋后头晃悠，有时候到河里洗过，就齐肩落下来甩着，怪不得叫"九尾狐"呢，眼梢弯弯的，没有哪个男人能抵得住，就想刘木匠大概要麻烦了。果然没出几年，村子里就沸反盈天了。"

"后来怎么当的巫婆？"

"通仙了，孩子掉沟里就通仙了！"

又是蒙太奇的切换，忽略了中间所有的细节。

"清凌凌的天，满庄的人都跑去看景。那娘们跪在墓地里哭一阵，笑一阵，通身的衣服都撕成绺道道，哭给谁看的？孩子也走得蹊跷，左右好好的，偏巧在赶集的时候掉到沟里……"婶婆的每句话，都是麻五临终那幕戏的延续，却比麻五的叙述更有爆炸力。

"半夜接进来的，本来就比人家矮半头，反倒打公骂婆的，这样的娘们男人也该狠着点。"

"是吗，小姊在雁窝村还是蛮贤惠的，会招呼人，她家里的姊妹小时候都是她帮着爹娘照应。"

婶婆将巴掌拍得啪啪响："哎呀，还真不像，倒是有胆量当街骑在老公公身上打架，衣服拽光了，邪婆岭都轰动了，民政助理开着小包车来了，守着小姊讲大道理，熬炸三个煤油灯瓶子，没有半

点用处。老公公还不是活巴巴给气死了！"

婶婆嘴巴里的小姊，已经是一位彻底的乡村恶妇了。

"刘木匠家四壁都空着，一只柳芭斗当的饭桌……也是他前头女人的病把家拖垮了，将心比心，那女人倒想奔好日子。冬天狗都冻得牙缝冒冷气，老少一家的衣服她得背到后河里洗，河边的石头都捶出了凹窝窝，洗衣棍是村里用得最久的，都磨成筷子了。才结婚那会，刘木匠还算疼人，过年打工回来，给她买过花头巾。"

"那时候小姊有没有自己的孩子？"

"有啊，刚生下来的时候粉团似的，也就三岁多。"

"按理说，有孩子总归关系要近些的。"

"她公爹最疼的就是这个孙子。草鸡下了蛋用瓢端过去。几个儿媳妇骂他偏心，闲言就是从那时候起的。'白花花的月亮，就听柴门吱的一响，你猜哪个，老不死的起去撒尿了，撒就撒呗，偏偏去了后屋，后屋是哪的，大份家的那个，哎妈妈哉……'刘木匠不知道该信哪个，每次从东北回来擂鼓般地逮着女人暴打，也是邪性，打架就薅头发，一绺子揭块头皮，硬生生把脑袋整成了五道狸。"

正午的黑莓园静悄悄的，间或有一两声鸡鸣狗吠，西去不远的地方，新修的高速公路像一条蛇在龟裂的田畴上爬行着，驮着一串串蚂蚁似的车辆，时空交错，诡异丛生。锅铲头却歪在吊瓜篷下睡着了，脑袋歪一下，再歪一下。啃剩的半块方便面掉在地上，瞬间引发了一场鸡鸭混战。

渔鼓殇

"小姊哪年开始帮人'理乎事'的?"

"阿弥陀佛。"婶婆双手合十,态度突然变得谦恭起来,和刚才那个女人完全不一样。

"大约十年前吧……她每年都给人做法事,不消说头疼脑热的,就是看不好的绝症,经她点化也就逢凶化吉了。眼下的小姊,可不是三十年前进村没有'小五抬'的那个喽,那个是魔鬼附体,造了孽,这个可是投胎转世来的,压根就不是一个人,人家是在谱子的。"

"听说她还有个妹妹叫媩的,这些年可有过来往?"

"是瘦瘦的,圆饼脸那个吧,早几年有过接济,当巫婆后就再也不来了,邪婆岭留不住这家人,这里都是种庄稼的,挖黑泥的,人家小姊是仙班的,周边村子都做过场子,气派着呐……就是不给邪婆岭做。女人跪在黑压压的坟头哭的时候,合村里没有一个人伸手拉她的,都抱着膀子站在那里看景,也是伤透了心。"

"出了五服的本家,在北乡不是常有做亲家的吗,事情怎么会越弄越糟的?"我忽然想起有一句顶要紧的话。

"谁说不是,"婶婆叹了口气,"也是小姊命薄,搁在普通人家,两瓶大曲酒也就过去了。偏偏跟她好的那个男人,早年跟麻五爷宅基地结了梁子,乡下人就是这样,一口气僵在那里,最后让小姊充了替罪的羊。"

四十年前雁窝村的大姊,现今的巫婆小姊,依旧像一缕风在脑袋周围飘动着,在每个人的牙齿里嚼来嚼去,我不知道什么时候才

能抓住这缕气息。

七

寥美娴坐在沙发上，目光定定地望着我。"她真的这么重要？"

我想说很重要，可寥美娴不会理解的。自从她做起直销生意以后，我们之间的沟通便有障碍了。寥美娴见我没吭声，接着说："其实还有比她算得更准的，另找一个也不难，这街上多的是。"

寥美娴显然误解了我的用意。我虽然整天摸不清四至却还没到找人算命打卦的份上。我找小姊……唉，我为什么找小姊即便说了寥美娴会相信吗？连我自己都不清楚，这不能给我带来钱，带来利或带来别的什么，一切都没有。那你去找她做什么，你是不是吃饱了撑的，有精力没处扔了，实在闲得无聊就去做美容做瑜伽做瘦身做汗蒸学肚皮舞草裙舞SARS舞，即便约上三五知己上茶座里打牌，聊股市聊天气聊绯闻聊基金聊房事也好，听说房价又涨了，政府十二道金牌长利率长税收长他奶奶的癌细胞也没有用，这真是个千载难逢的时代瞅准机会就得下手，不下手就是傻子被人从一路狂奔的列车上甩下来提着鞋跑也跟不上趟……我望着寥美娴难得不再推销保健品的嘴巴蠕动着，却高山大河地吐出这样一堆文字，内心的绝望简直无法形容！我真是吃饱了撑的，脑植物神经紊乱间歇性发作不去求医问药，却跑到乡下找那些行将就木的人胡嘞嘞试图解读什么人类的精神困境，听说莒子国在战国时就被齐灭了，那里的

渔鼓殇

人还不是像虫子一般活到现在,这需要理由吗?为什么非要弄得自己形容枯槁几近崩溃,世界毁灭与我何干洪水滔天也与我无关,人活着不就是为了吃喝撒拉你快乐吗我快乐快乐其实也没有什么道理……如此说来我才是真正的傻子,再这样下去没准哪天也精赤着身子跑到大街上去吧。

"你找到她也没什么用,"倒完上面一大段话,寥美娴跟我说,"她根本没工夫跟你扯闲篇,她十里八乡的到处乱走,比蚂蚁搬家还忙。"看来寥美娴对小姊的行踪很熟悉,可她为什么不告诉我这位昔日的旧友在哪里,莫非道她心里也藏着难言之隐?

咕噜噜的蛐蛐声又响起来。寥美娴拿起手机走到卫生间里,重重地将门掼上,由于通信讯号不太好,她得大声喊叫对方才能听到。声音不断从门缝里挤出来。一句一句,清晰无比。"怎么,法院还没找到人,他两口子能跑到地球外去了?"幸亏老父亲耳背,加上电视里的声音喊喊嘈嘈,不然大家的心又提到嗓子眼上。"跑哪也没用的,说话哪有不算数的,那还叫人呐,红口白牙下了保证的,这年头要想做大事,就得讲诚信,诚信,你懂吗?"

小学教师寥美娴表达能力本来就不错,这些年在商海里打拼,嘴皮子练得益发顺溜,到处开讲座还兼传授做人的大道理。但据从外界反馈的信息来看,近阶段好像业务受挫,眼看被一桩开地下钱庄的担保官司挂上。正如开篇所述,几次有人上门搅扰了。不知道这只葫芦能摁多久,又噗地漂起来。

接完电话,寥美娴匆匆走到里屋拿起摩托车头盔,说还要出

去给人送货，咣地掩上门走了。寥国轩依旧沉浸在打鬼子的爆炸声里，越到晚年，这种症结越呈周期性发作。梅姑走过去，刚想把电视音量调小，寥国轩突然叫起来。"拧开！"寥国轩说，"你开那么小谁能听见？"梅姑只好再次把开关拧到最大。正值两军交火，机关枪的扫射声，手榴弹的爆炸声夹杂着若干鬼哭狼嚎，冲锋号的嘀嗒声弥漫了整个屋子。趁着枪战的间隙，梅姑贴着我的耳朵说："哎，你要找的那个人，没准我能帮你找到。"

我一愣怔。

"香油巷那边有一家香火店，是老家远房的表婶子开的……出道的时候，跟雁窝村的小姊学过手，或许能知道她落脚的地方。"

我惊讶地张大了嘴巴，问梅姑这么重要的信息，怎么直到现在才说出来。梅姑沉默了一会儿，有些为难地说："以前犯头疼病，会让她叨咕叨咕，小孩的二姨也去过……我一个做保姆的，你家的事情不想跟着多掺和。"我想梅姑是多虑了，就催她赶紧带我去。梅姑说："我得先跟她打个招呼，不然猛地带过去，她会不放心的……做这行的，都有些怕见生人。"

我不想错过眼前的机会，让梅姑抓紧联系，最好能在周末前告诉我。在北乡跑了这么多天，纸面上一字未落，心里总归有点发虚。梅姑答应了，说尽量在小孩表婶"理乎事"的时候让我过去，看场子到底是怎么做的。

梅姑是文盲，对识字的人却有一种本真的敬仰。

渔鼓殇

墙上的挂钟敲了几下。梅姑却一直在厨房里忙碌着。

几天前回单位续假，梅姑打电话来说，香火店那边晚上有场子，问我想不想抽时间去看？我拦了辆出租就往回赶。车到棣花镇的时候，天已经黑透了。梅姑却不着急。里外拾掇完了，又跑到卫生间洗了脸，换了衣服，头面收拾得干净，才陪我出了门。一路上不说话，只是在前面闷着脑袋疾走。过了提篮巷，把总巷，福禄巷，很快拐上去香油巷的路。我一路在后面跟着，看着路两边的老式路灯渐次亮起来，想不到棣花镇的肚子里竟然藏着这么多内容。再看那些门脸，让人想起一场地震后凝固的画面。布店，糕团店，裁缝店，寿衣店，烟花爆竹店……大都是五十多年前的格局。拆成半拉子的平房刷了白漆，用竹棒撑着，依旧将床单、被罩、十字绣等小八件挂在绳子上，顽强地做着小生意。远远看到一堆锡金纸泊，长短不一的红烛堆在店门口，纸泊成串挂着，更多蔑子编的笼瓮堆在地上。

梅姑说："到了。"

我紧走几步，跟梅姑跨到门槛里。一阵喊哩咔嚓的重金属摇滚乐从屋子里哗地涌出来，时响时停，两个孩子正趴在电脑前鼓捣着，不时有"蛐，蛐，蛐"的QQ声掺杂在里面，迎门是一张红油漆的长条供桌，上面是两炷正在燃烧的蜡烛，中间堆着饼、糕、水果等各式供品。外间靠墙的货架上摆满祭祀用的物品。孩子们一边听音乐一边打着节拍，跟屋外袅袅的香火，VCD唱片机里播放的佛教音乐的氛围，浑然是两个世界。

穿对襟唐装的女子很拘束地坐着。两脚内扣,双手放在膝盖中间,看我们进去,警惕地咧了下嘴巴。我跟着梅姑低头,下腰,屈膝,僵着手脚磕了三个头。然后走到一张竹制连椅上坐下来,不知不觉就屏了气息,心跳也慢了许多。落座后才发现旁边坐着一位穿褐色夹克的中年男人,气质有些混合,既像机关干部,又像承包工程的老板。他的腰挺得很直,多肉的手像团蒲扇似的,紧紧地扣着膝盖。连椅上还坐着一位手牵小孩儿,戴着栽绒帽子的老妪,朝我们张开了多皱的嘴巴:"恁也来了?"竟然是梅姑的二姐,松姑。那孩儿在跪拜用的蒲团上爬上爬下。松姑打不敢伸手,骂不敢张嘴,无奈地用两手交替在额头抹着汗,脸上满是惶惑和不安。

梅姑说:"来了。"

桌子里头有人哦了一声。是香火店的女主人,正坐在那里抽烟。

这是我在四十年后第一次看到帮人"理乎事"的女人,也就是《辞源》里所写的,装神弄鬼替人祈祷为职业的人;或者"有超自然力,并能借以行巫术,能与鬼神或神灵交往,驱使为之服役"的女巫师。她坐在一张八仙过海的巨幅挂图下面,正在喷云吐雾地抽着烟。听到梅姑的话,冲着我们微微一笑。

拉丝烫的披肩长发,低领的薄呢短上衣,紧身靴裤,一双长过膝盖的带流苏的黑皮靴。女巫师,这位权且被称作远房表婶的女人的装束,与时下街头行走的时尚女郎没有什么不同。让人注意的是她的脸,气色,光泽度都很好,口红涂得不多不少,浓淡相宜,透着她这个年龄段特有的风韵。抽了一会儿烟,她翘着兰花指,从容

地将烟头摁灭，开始为那对夫妻"理乎事"。

中年夫妻有些僵硬地配合着，点了香，也分别磕了九个头。然后是生辰八字，平素的日子，吃喝拉撒，庸常的念想儿，眼下想去哪，以后怎么盘算的，都在远房表婶的询问下竹筒倒豆子。表婶一支接一支抽烟，一口比一口抽得猛，也抽得急。过了一会，突然打了个长长的呵欠，开始给中年男人"理乎事"了。她说了很多，大意是高人在世外授权给她，托她给这人算一算，这段时间能不能出远门？北方有三只眼睛的虎头怪啊，南方有长着九个脑袋的虺蛇，东南方向不辨吉凶，西方也要算一算何时是良辰吉日，才能带着雨伞动身……她的声音忽高忽低，抑扬顿挫，时而细若游丝，消遁于袅袅青烟之中，时而声若尖锥，直扎人的耳鼓，让听者提着心，吊着胆，生怕听漏了一句半句。就这么说说停停，停停说说，声音越来越小，越来越远，越来越细……众人都愣在那里，表婶却猛地打个呵欠，冲着大家笑起来，看样子又回到凡间了。

我回过神来，发现松姑不见了。可能是带着孙子提前走了，只怕孩子造次，渎了神灵。

八

中年夫妻磕了九个头也离开了。整个过程很短，有点像七十年代乡镇民事助理搞调解，抑或棣花镇的小巷里藏着的各类门诊。表婶回到凡间，显出几分疲惫。我看着她，一时不知道从何扯出话

头。刚才的阵式，让人感到某种神秘和震慑感。里屋的两个孩子嚼着口香糖，不知怎么突然撕打起来。表婶走过去，左右呵斥了一句，两人诺诺连声，就背着书包上晚自习去了，重金属摇滚自然消失。表婶拿起遥控器，熟练地将一盘带子推进一只老式 CD 机，就听呜哩哇啦乱响了一阵，然后一缕佛乐从里面飘出来，整个屋子里再度陷入神秘、古老、让人不得不屏着气息呼吸的感觉里。

表婶见大家都不说话，就点起一支香烟。兰花指，护甲油的亮光在灯影下有些扎眼。显然梅姑此前跟她聊过，但她并没谈小姊，而是先从自己的事情说起。

她说，她是信道教的，师傅属白龙教那一支。她说在入道以前根本就是凡人一个，患了很重的怪病，CT、彩超都查过了，心肺的旁边有一大团无名阴影，黑黢黢的，在医院里拍片子都照到了，就是说不清名堂。好几位医生给她判了死刑："回去吃点好的，也就三个月的大限。"北京、上海、内蒙古、福建……犄角旮旯的大小各类城市都奔了去，没有一点办法。眼看着死期临近，一家人都为她装殓了。晚上，突然起了大风，然后是黄风裹着黑雾在漫天里撕扯着，像是有千军万马在整条街上厮杀，飞沙裹着石头满地乱走，就听呼啦啦一阵响动，有一条白龙从云堆里钻出来，打了几个滚，踏着祥云飞走了。她从惊厥中醒过来，看到旁边一堆人顶着孝布跪在那里号哭，吓了一跳！身子却从此轻得如一片鹅毛，随时像要飘起来。以前连名字都不会写，自此开了口，滔滔不绝口吐莲花。不但绝症消失了，而且点石成金，成了为无数人祛疾的救世主。她

渔鼓殇

说，连自己都傻了。她哪里是一个人？数不清的神灵附在她身上，像虫子一般咬她，拱她，撕她，她得通过不断的"做场"，跟天上地下来去无形的灵魂说话，跟大大小小的妖魔鬼怪斗法。每做完一场，她都像被抽去筋骨一般，躺在床上好几天才能恢复过来。表婶的语速不紧不慢，甚至带着一点北乡口音，但她身上有一种定力，让人不得不敛着眉，低着头，战战兢兢地听她说话。在神的面前，你就是草芥，就是砂砬，就是空气和尘埃，膝盖会不自觉地发软，然后抑制不住地弯下去，直到硬硬地磕到水泥地上。举头三尺有神明，谁敢忽视神的法力啊，更何况，表婶来自北乡，那里曾经是古代莒子国的领地。

提到小姊，她说很久没跟师傅联系了。刚入道的时候，常去看她帮人家做场。她跟师傅出道的方式是不一样的，师傅是跪在坟地里得的真传，她是临死前的一霎顿悟的。师傅很敬业啊，前些年她跟着师傅天天蓬着头面，披头散发地在乡间跑，看遍了大小各式的场子，后来就没有联系了，不知道她眼下过得怎么样。

"小姊到底去哪里了？"我从喉咙里挤出一个声音，蚊子嘤嘤似的，连自己都听得不甚清爽。

"没出北乡……一般场子师傅是不去的，除非有那种特别重要的场合。"

"什么样的场子才算重要？"

表婶顿了一下："要看那家人是不是心诚了。"

"如何才能去验证呢？"我懵里懵懂地问。

表婶没回答。梅姑却在旁边拽了拽我的袖子。

"你们也要培训是吗?像学生那样,整天上课,还要做考试卷子。"我挣扎着,用残存的勇气继续追问。

"神授。"表婶说了两个字,"都是在梦中点化的。"

我不由得矮了下去,看样子我这样的肉体凡胎是不能被点化了,只能无望地在凡间挣扎着,既纠结于人类何时毁灭等子虚乌有的问题,又受制于口袋里薪水稀少不能云游四方增长见识,只能上班下班吃饭睡觉,定时打开新闻频道看一拨拨政客商人明星在地毯上走秀,而自己则像绿头苍蝇一样东嗡嗡复嗡嗡,除去为这个查·丹诺预言即将毁灭的世界平添噪音外别无他法。我还想知道小姊更多的消息,比如她眼下有几个孩子,嫁了几次人,她的几个姊妹活得纠结还是困顿,但表婶一口接一口,很享受地抽着烟,烟圈越叠越高,越飘越远,一缕缕地扯在房间的横梁上,显然不打算再开口了。虽然没见到师傅本人,按照她刚才的样子,小姊的路数大抵如此吧。济公活佛是先疯后神,表婶也是得了一身绝症后才成了仙,但凡通神的人,是不是断开尘缘前都得置之死地而后生?

梅姑怕冷场,远房表婶说话的时候,在中间机械地回应着。每一句话梢还没落地,就被适时地捞起来,加以补缀。这种附和,大致在"嗯喃,真灵,人家都说好"一类。表婶每说到一桩事,她都帮衬着,说一些赞美的话。我为梅姑的虔诚感动起来。而搜罗自身与神有关的那点可怜的知识,基本得益于二十世纪的"横扫一切牛鬼蛇神",暴着青筋的拳头,指缝里愁云惨雾的小人,被砸毁的庙

宇前冲天的火光……眼下坐在椅子上，脑袋里空空如也，自感首鼠两端，草芥一般渺小。神有无边的法力啊，但凡吞食五谷杂粮的柴米小人都得在其俯视和掌控之中，心中有神，则万物有灵，心诚则灵，则自助者天助。至于我找来找去，是否潜意识里还想找回春秋立国时莒人的那股子元气，就只有上天知道了。告辞的时候，我跪在那里，重重地磕了九个头。这次磕得实在，每个动作都很到位。

回来的路上，梅姑神秘地说："看到了吗？孩子表婶那双靴子，是昨天下去'理乎事'，人家帮她买的，一千多块。"

我哦了一声，没有说话。

九

连日来的奔走，让我像剥竹笋似的，一层层剥去缠裹的外壳，诸多的人和事经由混沌一点点走向清晰。冥冥中，对准雁窝村那个狐媚女子的焦距愈拉愈近，至于取景框里究竟什么时候才能显影，故事推进到现在，我无法再忽略文本中的另一个人物。

四十年前雁窝村大街上的那场恶战，留下一个最直接的后果，是小姊的耳朵从此缺了半截耳垂。而为此决死一拼并付出代价的另一个人，媮，却从此淡出了雁窝村人的视线。据说偶尔回来，媮斜挎着黑皮人造革包，踩着高跟鞋笃笃地走在村前那条铺着沙土的大街上。姊的口音变了，说话像嗑瓜子一般撮在舌尖上。吉天佑再次摔了酒盅子："妈的，地瓜屎还没拉干净，就洋货了？"最初的几

年，民办老师媥给母亲孙翠花买过一件腈纶毛背心，给吉天佑买过几瓶散装的大曲酒，给两个姐姐买过尼龙袜子。终归使了公家的钱，家里就有了不可调和的阶级斗争，先是袜子被不知谁沤到粪缸里，随着麻五的介入，矛盾越来越激化了，最终是风水先生归天导致了全家的一场终极恶战，从此媥再也不上门了。几年后偶有提起，雁窝村的人都摇摇头，压根说不清吉家的三闺女到底在哪里。但无论如何，媥作为民办老师，应该是吉家最早同现代文明接轨的人。她流落广东的说法从何而来，是否真实，让我始终心存疑虑。

一个天干秋燥的上午，我拨通了远在省城公安系统搞情报研究的孪生鸿的电话。让她帮我通过公安网到广东查找一个叫吉媥或者吉小媥、年龄大约在五十二三岁的女人，在我看来，这件事也就是煎一只鸡蛋的难度。孪生鸿支吾一声答应了。十分钟后，那边回电话说："名字查到了，只是音同字不同者，广东省有三万多，全国有十几万；能卡上姓名、性别和年龄的大约在五千人上下，至于具体称呼，有吉媥，吉小媥，吉晓瑜，吉瑜瑜，吉玉，吉肖玉，吉遇，吉小遇，吉小羽吉渔吉鱼吉俞等等等等……名字能对上号的性别不对路，性别对上的名字又对不上，不知我找的究竟是哪一个。"

"从苏北迁入的！"我在电话里用近乎失控的声音喊道，"苏北某县某乡的，查不到吗？"又是漫长的十分钟，孪生鸿弹回一条短信："按照全国第六次人口普查登记的记录，目前住在深圳市叫吉媥的，年龄与性别一致的女人，共有三十七个；这是最新的第一手材料，不能再详细了，你不妨抽空去核实一下，余下的时间，到世

渔鼓殇

界公园散散心,并顺带帮我寻访一位三十年前的同桌,他眼下在市总工会少年宫开录像厅兼炒黄金……"

我泄气地摁下退出键。深圳说近不近,说远不远,双飞打来回,耗上一周或者半个月的时间(而且未必找得到),理由充分吗?跟单位怎么请假?这时候,我该死的惰性又发作了。我骨子里其实是一个有点自闭甚至害怕与生人打交道的小女人,每到关键的时候总是掉链子,这种性格短板带来的直接后果,是我的人生路越走越窄直到后半生退守到一栋水泥壳子的角落里,整天抱着一台11.2英寸的手提电脑跟自己的脑细胞较劲,间或在互联网上乱窜不断用精神胜利法麻醉自己。没有别的招数,在另一个秋燥天干的下午,我噼里啪啦一通乱敲,按照孪生鸿给我的地址,分别给三十七个吉媮吉小媮吉玉吉俞吉小羽一干人等分别发了电的纸邮兼特快专递宅急送等长短不一,大小不一查询函件三十七封。信中咬文嚼字,追溯了如烟的往事,表达了思念的情分,感动得神仙都要掬一捧泪。邮件的末尾一律缀上:静候回音,候回音,盼回音,急盼回音,候佳音,静候佳音,急候佳音,等你来,静候你来,盼你来,陪你去看海等等。

寥美娴看我那几天神情亢奋,几次将脑袋探到我的电脑跟前,满腹狐疑地问:"你忙活什么?小姊找到了?"

"快了,"我在键盘上运指如飞,不停地敲击着。

"打听到媮的消息吗?"寥美娴迟疑了一下,"大约还……在深圳吧,你找这人到底做甚?"

"她总该知道婾落脚的地方嘛。"我随口说。

寥美娴没吭声,对着我的脸研究了半天,嘴巴里突然惊呼一声:"你该补营养了!"

我吓了一跳:"怎么啦,有什么地方不对劲?"

寥美娴说:"人体需要的营养素约有 50 种,归纳起来分六大类,即蛋白质、脂类、碳水化合物、矿物质和微量元素、维生素和水;近年来发现膳食纤维也是维持人体健康必不可少的物质,可算是第七类营养……"天爷,寥美娴什么时候又变成营养学大师了!我捂着嗡嗡乱响的耳朵说:"姐,你要什么快拿给我,别的不用多说了。"寥美娴把一只装满各类药片的绿盒子塞到我手里说:"记住,红的饭前吃四粒,绿的饭后吃五粒,黄的睡前服用配以五匙营养粉,八匙胡萝卜素千万别弄颠倒了,否则效果适得其反……"我说:"嗯,嗯,给一张说明书就行了。"鉴于这段时间我两眼充血有脑植物神经紊乱加重的迹象,得抓紧时间吃点喝点补点,否则小婾没找到,神经真的出毛病就麻烦大了。

接下来的半个多月,每次打开电脑,我都习惯性地跑到电子邮箱里翻找。连着一个多星期,收件箱的数字长时间不动,显示都是 13,那是此前早已查看过的邮件数。到了第七天,收件箱的数字终于变成 19,这回真有消息了!我心里一阵狂喜,点开一看:"当当网:红包送礼品优惠无极限,低价乐翻天;卓越亚马逊:英雄无敌完美珍藏版预售(英文 DVD);淘宝网:网族新人类归来,千款精品感恩回归价;AD 白领心得:上班学英语那点事儿;孔夫子旧书

渔鼓殇

网……"啪啪啪，我一口气连删五六条，通通送入垃圾箱，一不留神将一个重新申请的QQ号密码，还有一封女儿推荐的最新练书法的软件地址也删了，当即心疼得牙缝里咻咻冒冷气。在此期间，我隔三岔五跑到单位传达室，冲着门卫老吴问："有邮件吗？"弄得门卫远远看见我，自行车腿还没支好呢，就习惯性地连连摆手。

奇迹是在第十九天发生的。我正在单位门口等车，手机响了，一阵紧似一阵，催得让人心烦。那是一首免费彩铃，中间串着恨不得胳肢人的无厘头搞笑，其实半点都不好笑。这时候公交车来了，我一脚门里一脚门外，听见手机铃嗡嗡作响，然后是一个完全陌生的声音：

"你是某某吗？请抽空到车站总邮局来一趟。"

刚落座，我又从位子上弹起来："什么？你再说一遍？"

"有你的邮件，再联系不上我们就退回原址了。"

在正午的阳光底下，我抽出那张薄薄的信纸，心跳得像是要从腔子里蹦出来。字写得极别扭，完全不像是一个曾经当过代课老师的人写的，从笔画看上去，应该是多年没有拿笔，一旦握起来手指头不能打弯，每一道笔画都显得吃力，拘谨，有的地方甚至将纸戳破了，留下一簇簇的黑点点。纸是从小学生写字的课本上撕下来的，有几处还豁了口，就是这么一张巴掌大的信纸，让我突然有了一种绝处逢生的感觉。

"雁来，如果我没记错的话，你就是那个小时候在雁窝村的一

039

对双的妹妹吧？"

"来深圳三十多年了，记不清老家还有什么人了……你跟我打听小姊，她当年是为了我跟娅打架……这些年，能还的都还了，寄过几次钱，后来日子越过越走下坡路，一个做大姐的，天知道是怎么回事。自从她当了巫婆后，曾经多少年断了来往。教过孩子的人，再怎么也不能相信装神弄鬼那一套啊，姊走上那条路，实在是自取灭亡。我们的阵地，无产阶级不占领，资产阶级就要占领……"

后面的几句话，让我怀疑自己看花了眼。绕过一大团被墨汁浸染的字迹，我仔细辨认着方格纸上的内容，希望能在字缝里找到对自己有用的线索。

"多少年没有拿笔了，能说的几句台面上的话，都是四十年前在乡下教书时学的，那时候掌着本念，也不懂得啥意思，今天还是不明白……日子就这样一天天熬下来，不管谁占领阵地，都得有东西填肚子。才来深圳那些年，拣白菜帮子，替人家缝过衣服，当过洗澡堂的搓澡工，勉强算是糊上了口。过去说这些怕丢人，从来没跟老家人提起过，眼下老了，也无所谓了。我对得起吉家的每一个人，他们跟我没有别的话，永远是要钱，要钱，要钱钱钱……不知道钱是怎么挣下的，不怕妹妹你笑话……有一阵子，实在没办法，只好去婚介所里当托，一次又一次，也就是混几身衣服，还有吃顿饱饭，后来被发现不对头，暴打了一顿，从此再也不敢了。眼下跟了姓胡的，是造纸厂看大门的，还算说得上几句话的男人。人老

了,爬不动的时候有人能端杯水,其他什么都不想了。"

"雁窝村有三十多年没回去了,那里的老人都死光了吧,麻五那条老棍子,孙翠花,小姊都被他捏巴了,要是没有他,吉天佑也不会早死,娅,除了诅咒,她没有送给我别的,那些陈芝麻烂谷子,再念叨也没有什么意思了。你们家是哪一年搬走的?有件事一直想告诉你的,没得着机会。你的那本《运枪记》中间缺的几页,是我偷偷躲在磨坊里撕的,没有钱买,你们又舍不得借……唉,现在想起来,真是又好笑,又心酸。"

"我和小姊之间,年前牵上了一桩狗肉官司,弄得我夜夜睡不着觉,半边脸疼得皮像被揭掉一样,眼皮搁上两根火柴都不起作用,老胡要是知道事情的真相,非得杀了我不可……这里就不细说了。等忙完了手头的事,我想抽空回棣花镇一趟。姊……她自己的命都管不了,还整天帮人家求神打卦的,翻了脸说都不听,打死也不改的拗脾气,这个社会除了钱,大家还信什么,我实在想不出来了。其实做点小本生意,哪怕卖包子,蘸糖球,也算吃一口安稳饭,这样糊弄下去,碰上横扫一切牛鬼蛇神,就糟了,莫说你是九尾的狐狸,就是大仙,天王老子也帮不上忙了。"

…………

末尾落款的几个字和日期,被墨汁洇得完全看不清了。但字里行间的无奈、落魄和听天由命,却提供了另外一条线索,小姊就在周边,而且很活跃。不管出于何种原因,都不该继续沉潜在水底了。

十

"大丫头有'趴'。"雁窝村的风水先生吉天佑,当年曾不止一次撮着酒盅子笑吟吟地说,"再不济也是个乡妇联主任的角。""趴"是雁窝村话,指的是收放有气魄,能震得住场子。姊眼下的角色,显然跟她爹最初的梦想是有出入的。但小姊入了巫婆的道,很难说不是得了她爹的真传。

夜空顶在脑袋上,像一口倒扣的锅,锅底缀着几颗寥落的残星。我跟梅姑约了三次,终于在暮秋将尽的时候,跟她到香油巷一户开布店的人家去看道场。当晚起了大风,一堆堆云头滚动着,翻卷着,朝棣花镇的上空积聚。梅姑洗涮了锅碗,抹了头面,然后扛着一条枣木凳子,带着我在小巷里神秘地蛇行着,又是鸡肠般的小路,提篮巷,把总巷,福禄巷……一路赶得气喘,沿途都是紧闭的门户,间或从里面传出看家狗低低的吠叫,还有用爪子抓挠门扉的声音。梅姑一路上无话,只是闷着脑袋朝前疾走。

在那户人家熬了半夜。由于场面太大,根本挤不到前头。我只好牵着梅姑的手,站到枣木凳子上。透过人头攒动的缝隙,勉强捕捉着里面的动静。听了些哭哭啼啼,看了些群魔乱舞,中间串着一些老掉牙的流行歌曲,无非是狼爱上羊猫爱上老鼠鳄鱼撒下伤心泪,更有诸如冬天的故事秋天的忧伤,潮湿的心破碎的肺等等诸如

此类，就在我呵欠连天，差点打盹歪下凳子的时候，梅姑说："开始了。"

四周一片哑然，静得掉根针都听得见，满场子几百号人，黑黢黢地沐在夜色里，都在看一个女人作法。眼前的女人，三尺长的头发披在肩上，头杠从中间夸张地分开来，面色煞白，嘴巴撮着一粒樱桃红，手持一把桃木剑，口内不时发出蚊子似的嗡嗡声，先是絮絮，后是咿呀，少顷，突然爆出一声凄厉的长啸。

梅姑说："看见了吗？那就是小姊。"

我站在人群外面，冷眼看着场子中间的那个女人。四十年前的美丽女子小姊，四十年后神灵附体的巫婆小姊。此刻头戴五瓣莲花状的凤冠，身披太极八卦图法衣，外罩用赤橙黄绿青蓝白紫拼缝的绫罗裙，正跳跃腾拿，长袖善舞，且歌且唱，如醉如痴，伴随着她的时跪、时蹲、时站、时坐、时唱、时跳，一时间环珮叮当，霞光万道，一声令起，众声唱和，一声令歇，举座掩口。茫茫穹庐之下，时而黄风黑雾，时而飞沙走石，灵动谲诡，星辰在众人的脑袋上渐渐移露出来，在大团的云絮间游走，飞升，下坠。我紧紧拽住梅姑的衣角，一时间神情恍惚，手脚都仿佛抽了筋，不知道此时是前世还是今生，或许回到两千多年前的莒子国也未可知，眼前却分明是金星乱溅，箭矢如雨，在片片云絮的缝隙里跌落。再看前面的一圈人，都齐刷刷地跪在那里，噤了口，掩了声，死一般的阒寂，由于看不清头面，宛若一堵黑黢黢的墙。墙是沉默的，却又是有生命的，因为脉管里的血在汩汩涌动着，心脏和着一个节拍跳动，每

跳一下，都在渴望神灵的庇佑。神啊，你看见哀鸿在天，遍野焦枯，满目疮痍，神啊，你高居九天之上，掌管着人间生死、寿夭、子嗣有无，法力无边，神啊，你……只是一错愕的工夫，待屏息再看时，云团奇迹般地消失了，一轮皓月挂在那里，透明、澄澈，宛若一幅手工剪纸。而天空下的半边轮廓，却被香火纸烛映得像失火一般血红。

梅姑说："好了。"我哎哟一声，从凳子上跌下来。半晌挪不动寸步，梅姑赶紧帮我连搀带打，勉强站直了。

"去找小姊说话？"

梅姑摇了摇头："去不得，人家还在天上，凡人不能打扰的……"

我揉着麻酥酥的腿，想起麻五说过的牛泼血……天呐，这个通了神力的女子，究竟是什么人！长袍底下掩盖的是一个怎样的躯体，那个被凌辱的，曾经是猪狗一般卑贱的女人，刚才却端坐在神坛上，那般高高在上，她脸上带着微笑，以那样的姿态俯视着大家，一颦一笑都辐射出无边的法力，难道苦难叠加到极致就变成了神的信使，就能为一脸菜色的凡人指点迷津了？

美发铺旁边的音箱里一声接一声地嘶吼着，旁边是KTV，网吧，游戏厅、羊肉馆、康乐球台。寥美娴掏出了手机。"你在哪？吃过了……正在吃？我们在某某店某某处。"

三言两语，感觉是旧相识。

渔鼓殇

几分钟后，从黑黢黢的巷子里过来一个女人。手里拿着一双筷子，握着卷筒一般的煎饼，在催得让人几欲捂着耳朵逃开的音乐声里，边吃边朝这边小跑着。寥美娴走上去跟她说话，一副很熟稔的样子。女子操着棣花镇口音说："怎才来的？进屋坐坐。"跟在这个神秘的女子身后，一行人磕磕绊绊地走着，七拐八绕，很快来到一个完全陌生的地方。回廊，闪烁的霓虹灯夹杂在一排女贞树中间，一溜闪过去。扑朔迷离，又绕过两处巷口，一处不大的门脸露出来。卷帘门好像坏了，用两根粗铁丝拉上去，门旁停着一辆六成新的摩托车。

女子一把拽了我的手："这是谁？"寥美娴说："你猜猜。"女子猜了几个人名，寥美娴都说不是，我却气喘得急，心跳得急。我不知道这个女子是谁，又分明知道她是谁，我奔走多日，寻找多日的那个四十年前的女子。小姊，已全然不是旧日的模样。无论从声音，到穿戴和做派，都跟过去天上地下，无法再合辙了。她的头发直撅撅地盘在脑后，竖成一个高把。上身穿着双排铜扣的短皮猎装，脚蹬一双过膝长筒皮靴，看上去更像一位全套行头都从地摊上淘来的时尚女郎。我的手被对方紧紧攥着，不敢发出半点声音。

女子将串着玻璃珠子的门帘一掀，说："进来吧。"

直到落座，我才不得不相信，眼前的这位紧脚俏利，穿着不是一般扎眼的时尚潮人，就是四十年前的故人，那个叫"九尾狐"的小姊。因为屋子里那尊镀金的菩萨像，两炷正在燃烧的红烛，旁边堆放的大小不一的金银纸箔，蔑编瓮笼，都在提醒我，这就是巫婆

045

紫金文库

小姊。昨天晚上那个翘着兰花指普度众生的女人。

"你是雁来啊，拿了帽子我才认出来。"女子低低地说了一句，然后咧开嘴巴笑起来。一圈圈朝两边推开的皱纹里，藏着恨不得对她食肉寝皮的娅还有婳的影子。顽劣抑或狡黠，高粱花子式的质朴，脂粉底下掩抑着藏不住的劫难。八平米的房间，隔成里外两块，外面堆放着观音、纸烛，两个供来祭拜的蒲团。里面是睡觉的地方，一张单人小床上铺着艳色的单子。床头的酱色柜子上，摆着几块重油的桃酥，一股刺鼻的腌菜味在房子里弥漫着。是梅姑的远房表婶房间的微缩版，却有着一样的布局。

"所有的经历都是真的。"

小姊一边嚼着煎饼，一边面无表情地说。

寥美娴不知什么时候变成了一位淑女，微笑着，聆听着，身体微倾，坐姿幽雅，不时轻轻颔首，表示同情，表示心领神会。

"现在回忆起来，就像是另外一个人。"

小姊的脸在灯影下晃动着，显得模糊不定。她的小辫不再像流苏那样摇曳了，而是束成了高把。眼前的这个女人，藏着太多不为人知的秘密。其中一个让人无法释解的谜团，就是孩子的溺水真相。那是一团雾，愈远愈近，愈近愈远。也许将伴着她直到天国。即便是点滴的透露，小姊亦将万劫不复。

渔鼓殇

十一

"妹妹,那张脸沤在猪栏里,不再是粉嘟嘟的,脑门的上半撮头发还黑着。几头没吃食的猪在旁边乱拱,粪便沤在水里的味道和青草混在一起,划根火柴就能起火的。把他的小胳膊拽出来,手脖子太细了,真怕一不留神就拽断了。就这样从泥水里抠出来,胳膊腿都还好好的,就是不喘气了。去拨弄他的眼睛,闭着,眼球糊满了泥巴,用手擦了再擦,眼球就露出来,白得让人心惊,是鸡蛋清的那白,没有半点杂质,有只上面还挂着血丝丝,就是一动不动了。通身凉得跟冰块一般,又像在后河里洗衣服用的捶衣石。篮子当下滚到一边,嗷地嚎出来,直撅撅地挺在地上。自从村子里烧沼气,已经溺死五个人了。村东头老把总家的郭开,村南郭发家的二跛子,前两天刚从池子里捞出来,眼珠子翻得像死鱼眼。孩子蹦蹦跳跳地捏着风车去了后院……"

"守着一筐萝卜在集市上呆了半下午,过来一个卖糖葫芦和年糕的,买了块糕在正吃着,胸口被谁猛地蓐了一下,手脚就僵了。果然晚上吃饭的时候孩子没了,一家人满村子乱喊。后来在沼气池的边上,趴在猪栏里,像是挣扎过的……说来奇怪,哭了一声,就再也哭不出来了。"

"刘家出了这样的事,我还没有回过神来,老公公就疯了,癫

紫金文库

了，拖着棍子满街追着打儿媳妇。原以为只是做样子，头一棍打在脑袋上，第二棍打在肋骨上，看架势，这家人是真的要索命了，不死也得瘫了，哪个想这样，头发像铁丝一样倒竖起来，真的，每一根都像被人连根薅着，啪啪乱炸，神经当下错乱了。先割了衣服，又割了头发。精赤着身子跟老公公对打……"

屋子里的香火快燃尽了，桌子上的菩萨却微笑着，千古不变，金身在灯光下闪烁着，慈悲，安详。小姊举着手里的煎饼，就像在说别人的故事。我却听得惊骇，不知道该怎么安慰她。再看寥美娴，依旧挂着适度的笑，双脚内扣，重新回归了贤淑又善良的女性范本。小姊囫囵着将煎饼吃完，却转了话题。

"姊妹俩这么晚过来，该不是有要紧事？但凡能帮上忙的，我会想尽办法。"她背后的那几炷香，依旧袅袅地冒着烟。供桌旁边是一大捆像标枪般长短的香，用金箔纸包着，拄天拄地的竖在那里。"从河南二十五元一捆批发的，"见我盯着香看，小姊又说了一句，"这边卖三百多元，几个河南兄弟用货车捎过来的。"

我哦了一声，一时有点反应不过来。

"多少年不见了，小妹天天催得紧，就是……带过来闲聊的。"寥美娴调整了一下坐姿，急忙解释道。

女主人不再追问，也不再像刚才那样滔滔不绝了。而是走到里屋，将靴子脱下，旋即换了绣花拖鞋出来。脑袋上的高把却放下了，一头长发弯弯曲曲地挂落着，让她的脸看上去，有种奇异的感觉。人与巫，年少与苍老，瞬间让人想起被风裹走的草帽。

渔鼓殇

"那夫妻俩到底在不在棣花镇住着？老躲着总归不是办法。"

"前几天听说女的住院，法官到医院去取证，被医生挡了，说怕出人命……医院周围都是带警棍的。码头那边停了工，帮着凑了点钱，连修理费的零头都不到，光换配件就得六七万……一天天朝里赔钱，深圳那边，也盯得紧呢。"小姊突然变得有些吞吐。

"签字画押的时候，哪晓得要担这么大风险，弄得一夜夜的通身出汗。"寥美娴嘟囔着。

"谁说不是，本意是想帮着姐发财的，眼下只能慢慢来了。"

言语间分明藏着一桩棘手的官司。对话却是绕着的，水上平稳水下流急，似乎房间里多了一个人，就有着诸多的不便。我抓摸不着头绪，浑然如在梦里，不知怎么想起婾的那封信。

"画龙画虎难画骨，砍了脑壳也没用的。"小姊转过脑袋，"妹妹，有空多过来，姐还有话要说给你。"

我与小姊之间，早晚要有一番对话。可眼下对着这样一个女人，我失去了开口的勇气。小姊身上的气质太混合了，我甚至不清楚该从哪里切入，也许一张嘴，就暴露了自己的懵懂和无知。

十二

手机响了，声音是从餐桌上传出来的，很时髦的彩铃："害怕面对的事终于到来，冥冥中注定的结果，谁又能躲得开，上天给我们的安排……"是羊力的电吉他编曲，欧阳永亮监制的《爱情方向

紫金文库

盘》。小姊跑到里屋拿起手机,从话语听上去,在跟一个姓郭的老板交涉。"人都找齐了,六个,明天就把人带过去,提成还是按老规矩,相信俺家兄弟……另外那两个河南的,还有三个有残障,一个不够年龄的,按半价就好说了,眼下找人不容易,我明天就去带他们,伙食费都在我身上,哪里用得着你操心。"

手机还夹在耳朵上,小姊就开始收拾碗筷,丁零当啷之间,头发又变戏法似的挽成一个发髻,高高地竖在脑后。我简直被她迷住了,这真是一个施了魔法的女人,是化身在空中飞行的伊莎贝尔·加伍蒂,还是《哈里·波特》里的戈德里克·格兰芬多,抑或网络游戏魔兽世界里的黑女巫法琳娜?都是,又都不是。

"没有办法,抽空带两个人,挣点外快。"小姊说,"孩子上的物流学校,杂七杂八的,一年学费得缴两万多。"

"老刘前妻留下的,"见我疑惑,小姊补充说,"从东北回来就得了绝症,眼下躺在医院。打也打过,闹也闹过,最后还不得我去服侍,这辈子毁在男人手里,可我不会跟他打离婚……这就是命,前世欠下的孽障。"

墙上的挂钟当当敲起来,夜有些深了。寥美娴起身带着我告辞,小姊撩起门帘,费力地将停在马路边上的摩托车推到屋子里。那是一辆早年产的雅马哈,看上去破旧不堪,不明白怎么还能在路上跑。进门槛的时候,车辘轳卡在那里,让她穿鞋拖的脚脖子看上去,有些变形。我跟寥美娴合力抬了几次,才算拖拖拽拽地弄进去。一行人在黑黢黢的巷道走着,小姊攥着我的手,嗓子眼好像突

渔鼓殇

然卡住了一口浓痰，咳不进，吐不出。

"多少年没有人这样听我说话了，你俩跑到俺家梁头上折腾，翻哪看哪，非要在破草纸里挖出金子来，一切都像是在昨天。"

我的手被攥得麻酥酥的，心里百味杂陈。

"死过几个轮回了，百样的难处都得熬着，眼下活一天也算够本，为自己早就不在人世上呆了。"直送到巷子口拐弯，小姊才趿着拖鞋朝回走，仿佛家里失了火，一副急着赶回去救火的样子。

又走了一会儿，寥美娴说："她晚上有客人，不然还能再坐一会儿。"

我脑袋轰的一响，抬头朝身后看过去。路两旁的霓虹灯明灭不定地闪烁着，棣花镇正进入夜晚最喧闹的时期。

"妹妹，你说我该怎么活法？去了观里，星云道长攥住手，说'你来，冬天的时候到山上来，我帮你好好理会一番。'那是最难的时候，不止一次想到死。"

"后来还是去了，天很冷。沿着石阶一蹬一蹬朝上爬着，每爬一蹬，就在上面磕一个头，沿途的游客都在看。那座山上的道观四十年前就被烧了，只剩下一座还是新修的，门庭上堆满了一堆堆的树叶子，看不见师傅打扫。有钱人烧香的，都跑到名山去了。没有钱，只能到这里来。就这样一步一个头，一直磕到山顶，想磕完跳崖的……观里留吃了素饭。一辈子也没吃过那么好的饭啊。蘑菇烧菜心，鸡蛋羹，豆腐拌香椿……四个盘，另外是馒头和稀饭。三

紫金文库

天没吃饭了，就像饿死鬼托生的一般。道长让慢慢吃，然后讲了一个故事。他说有一个人家里遭了事，准备到庙里烧几炷香，然后去寻死的。道长说，'你沿途去访几个人，如果访了这些人回来，还是这样想，就帮你了却心愿。'这人就顺着原路往回走，路上分别遇到一些人，听了不同的故事，几乎每个人的遭遇都甚他十倍，没有一个人是圆满的，但都还活着，看花开花落，水流云在……"

风水先生的女儿跪在那里，一袭长袍拖曳在地上，发鬈不知什么时候散开了，又变成了满头小辫，每根辫梢上都缀着铜铃铛，风一吹，丁零当啷地响着，而她的脸却不停地幻化着，一副狐狸的眉眼，倒映在巨大的哈哈镜里，时而尖，时而扁，时而被拉得很长，甚至扭曲到变形，又像躺在透明的水潭里，面如满月，亦狐亦仙，笑眯眯的，旋即爆裂开来，变成数不清的小狐狸，拇指般大小，在霞光中朝四下飞蹿着，挤眉弄眼，摇头晃脑，一阵吱吱乱叫，扭作一团，有几只甚至跑到吃饭的筷子上蹲着……我蓦地打了个寒噤，鸡皮疙瘩一簇簇朝外冒着，从棣花镇的家里虚汗淋淋地醒过来。

月光如水一般从窗外流泄进来，半弯剪月悬在窗户上，旁边衬着一颗孤零零的寒星。起身倒了半杯水喝了，翻个身想重新睡过，竟是万分的艰难。狐狸美丽的花纹，九道狸，尖尖的喙……那个女人的声音絮絮地，依然在耳朵里回旋着。

"一直想不明白，是不是开始就投错了胎，轮回到这个世界上就是罪人。所有看见的，看不见的，空气，水，风，都像刀子一样割我，纵有一百张嘴也难说清楚。除非你认了，让人像蚂蚁一般把

渔鼓殇

你碾成碎末。那根棍子，就在脑袋上挥着，呼呼地带着风声。犹豫着要不要去夺，哪容得细想啊，索性就横了心，即便像猪狗一般也得活着……后来，也不知道自己在做什么，老东西那么大年纪，哪经得起几棍子？当街比画了几下，都是虚晃的，然后就扯了自己的……心里揣着一团火，撂根火柴就能烧起来，只有撕了衣服，不然从心肝肺里呼啦啦烧起来，就没得救了。"

"怎么会有那种感觉，莫不被魔鬼缠住了？"

"从前……每分每秒，应该是许多人合力把它送进去的，在肝、肠、肺头和血液里钻来拱去，最后让我做了那件事……"

"你是指孩子吗？"我知道这样的追问，或许很残酷。

"本来可以拦住不让去后院的，当时被奇怪的念头攫住了。"

"曾经有过后悔吗？"

"……丧事上三尺长的白凌拖在地上，被风一吹，哗啦啦朝天空飘上去，又落下来，手脚陡然僵住了。那时候想起老人所有的好……真的。他对孩子那么好，草鸡下一个蛋都惦着，热乎乎的，刚 出屁股就端了来，小孙子整天骑在脖子上。爷俩蹲在墙根晒太阳，一大一小，开心弥勒似的。哪个忍心跟他对打……怎么说，如果有来生，我会好好伺候他。他下狠手，还不是刘家的香火断了……以命抵命也不为过的。可就那样杀来杀去，顺着每条道走下去，前头都是堵上的……余下的光阴，也就是当牛做马吧，最后一切都想好了，到庵里去当尼姑，今世犯下的罪孽，都是要一点点赎的。"

"所有这些,让你最终走上那条路的?"雾霭似的疑团在我脑子里盘旋着,飘荡着,像鱼漂似的摁下去,又浮上来。

"妹妹,哪个不想体面地活着……你活着比死还难受的时候,其实是没有选择的。当巫婆……好啊,风水先生的闺女,本来就有家传的。神灵附体后,突然高高在上了,谁还敢来薅辫根子,剪阴阳头,恨不得把你碾成粉末的人,变得恭恭敬敬的了。其实你还是你,这真是奇妙,那么多人磕头捣蒜的,昨天眼看把你的皮扒了,你披上了袍子,罪孽就一笔勾销了,走到哪都有神灵罩着,没人敢再对你说三道四的,从没像现在这样受用过。"

"是不是真的很灵验?"

"灵啊,心诚则灵……你一旦相信就灵了,那天你也看到了,不灵哪会有那么多人去,脑袋都磕出血来了,至少做的时候是灵的,天地万物,日月都有灵,神灵就在人心里。"

"那……钱呢,怎么还要去挣钱,它难道不是对神灵的亵渎?"雾霭里,又一只鱼漂浮上来,脑袋再次钝痛,经由颈椎朝后背一点点地辐射着,我不得不绝望地用手箍着,仿佛一松手就在瞬间爆裂开来。

"人活在世上要吃饭,吃饱了,吃不饱都得去信神,那么多升官的,发财的都开着宝马车去算命,更别说吃不上饭的……穷人,富人,在神的面前其实都一样的……原先做几个场子够一年,孩子要上学,姓刘的又得了绝症,兼着揽点活,不然一家老少都得饿着,眼下什么也不想了,本本分分做点善事……"

渔鼓殇

侧过身斜躺着，再翻回去，没有拨云见日的迹象。扑面而来的流行音乐，娱乐至死的喧嚣，霓虹灯。神灵和俗世。杀子的恶魔。普度众生。柴米油盐。这是一个复杂的生活逻辑。中世纪女巫大审判。《女巫之槌》。"如果被告过着不道德的生活，那么就证明她同魔鬼有来往；如果她虔诚而举止端庄，那么她显然是在伪装……"法国人列维-布留尔："它在一切不平凡的事件中，能看出一种看不见的力量。"《抱朴子》："山川草木，井灶污池，犹皆有精气；人身之中，亦有魂魄……"东南亚一带的降头术；印度的塔罗牌；莒子国的杀伐与战乱……一夜辗转，头痛伴着耳鸣持迟迟不去，几欲下坠的窒息感，没有出路，脑袋渴望被外力掰开，雨点粗粝地打在脸上，让飓风一点点撕掳……

月亮依旧挂在窗户上，只是那颗寒星不见了。远处不知谁家买来宰杀的公鸡养在笼子里，突然爆出一声鸣叫，四十年前雁窝村的早晨，蓦地被拉得很近。

十三

在文本接近结束的时候，没想到又见到了喻。

那个当年拿十九块半的代课老师，跟小姊三十多年不来往了。出于某种绕不开的原因，前不久又牵上了线。那是我最后一次拜访小姊。巷子里的流行音乐依旧多少年如一日地唱着，将或悲苦，或亢奋的声音挤进夜幕中的每一处街巷。敲了半天门，就听吱呀一

声，珠帘子窸窸窣窣，从里面走出一位矮瘦女子，腿像所有的北乡农妇那样，有点罗圈。她站在那里，盯着我，直勾勾地只是看。

和小姊一样酷肖的眉眼，扁圆脸，像半块核桃皮绷在那里，眼角的鱼尾纹透出另一番沧桑。我迟疑地问："你是媗？是来占领阵地的吧。"媗撇了下嘴："啥阵地，打平伙就没了阶级。"我问她怎么回来的。"要钱呗，"媗面相愁苦地说，"国际欧盟组织在海南融资了，要开发北海。"这回轮到我吃惊了。再看媗，一件蓝布褂子包住屁股，光脚穿着晴雨两用的褪色塑料鞋拖，浑然一副七十年代的装扮。这时候里屋突然传出咳嗽声，一阵接一阵，仿佛要背过气去。

"胡哥跟我一道过来的，路上着凉，蹿稀了。"媗说。

"不是早就绝了姊妹情分？"我忍不住问。

"钱。"媗吐出一个字，"钱是一切的媒人，娄世彩夫妇鼓捣挖掘机，小姊允了人家十三分的利，撺弄我跟老胡投了三万养老钱，两年多没见到半个子，跟老胡也吵过，也打过，今天非要过来看究竟，想抽回去投到北海那边。"

我想起窦美娴，陡然紧张起来。

"现如今钱不好挣，姊妹俩好不容易叙上，凡事还是商量着来。"

"尽量吧，当年……哪里是十九块半，那是人家正式老师的，代课的是六块半。以讹传讹，就都红了眼。娅就不讲了，恨不得在我的饭碗里下砒霜，连麻五那根老棍子都索钱买大烟，总得过日

渔鼓殇

子……一切不必再提了。好不容易牙缝里攒了点，本想吃几分红利，板上钉钉的事，哪个想到会陷到这里。"

从婠的话音听上去，笃定是信上提到的那桩狗肉官司了。

正说着话，外面响起一阵摩托声。小姊回来了。后座上驮着香烛，锡金纸箔，杂七杂八的物什，还挂着一只铁皮桶。由于烛竿太长，摩托车不断划着S形，不知一路怎么开回来的。听到动静，有人从屋子里走出来。那人眼窝内陷，发梢带着几缕蜷曲，眉眼乍看上去，有点像蹲在树上的猫头鹰。

"婠早跟我说过了，"小姊说，"还有劳你亲自跑了来。"她吃力地将快要散架的摩托车单腿支住，然后将香烛打横抱在怀里，戳戳捣捣的朝屋子里拖，烛身几次卡在门楣上，搞得险象环生。

"不是听说这边在搬山填海嘛，馅饼都撂到鼻子尖了，专门过来看看，欧盟组织那边也在搞开发，等着融资呢，百分之三十的红利。"凹眼人的每句话都顶在舌尖上，一个字一个字地朝外挤着。

香烛搬过来竖在佛像旁边，姊又倒回去搬纸箔，搬灯笼，最后才将那只洋皮铁桶解下来，哐里哐当的，半桶水里竟然游着一条甩着尾巴的草鱼。婠坐在那里，压根没有动弹的样子。我只好跟在姊的身后，帮她合力拎着把手，小姊喘着粗气说："木匠一直想喝鱼汤，农贸市场的活鱼贵得很，跑了几十里地去乡下弄的，这两天真够遭罪。"总算将东西都倒腾到屋里，再出来的时候，手里拎着一把电茶壶，哗哗放水的声音，遮住了屋子里让人难堪的沉闷。

"法院那边一直在找人，等找到了，先把你们那份利息抵

紫金文库

上……"小姊将电茶壶放在电磁座上，费力地斟酌着字眼。茶壶里吱吱嘎嘎的烧水声，游丝一般，锥着每个人的耳鼓。

"是吗，"凹眼人又开了口，"你好像说过不止一次……眼下北海那边等着用，这次最好能抽出来带走。"

婼依旧泥神似的坐在角落里，像被施了定身术，一言不发。

香案上的红烛无声地燃烧着，其中一根突然爆出噼噼扑扑的响声，随后慢慢倾斜下来。小姊想走过去，被凹眼人拦住了。他带着几分惊讶站在那里欣赏着，烛身还在一点点朝边上歪着，很快将身体烧出一个巨大的豁口，烛液连带着火苗从里面奔涌而出，噗啦一下烧起来，香案上顿时腾起一小片火光。

小姊的脸蓦地失了颜色："怎么你，渎神呐？"

凹眼人下意识地伸手去取烛台，又猴爪似地缩了回来。淌在香案上的烛火一直烧着，火舌朝周边漫延过去，舔着旁边的糕饼碟子。

"嘿……这事弄得。"凹眼人看上去有些犹疑，眉宇间却隐约有了一丝狰狞。

"怕是要遭报应了，"小姊的膝盖不知不觉地弯到地上，一下一下磕着，"东南的，西北的，黄大仙快来救急……"一串话没吐完，白沫子从嘴角冒出来，直撅撅地朝后面跌了过去。

"狐狸精哎，你正经话不说一句，整天装神弄鬼的，看看今天大仙究竟灵还是不灵？"婼终于站了起来。

电茶壶尖厉地啸叫着，咕咚咕咚鼓着盖子，水蒸气弥漫了整个

渔鼓殇

屋子。小姊却直挺挺地躺在那里，仿佛魂魄入了九霄。屋子里所有的人，媮，凹眼男人，包括我都在瞬间变得束手无策。接下去，眼前的女人像得了梦游症一般，一轱辘爬起来，在屋子里摇晃着，目光迷离，摇摇摆摆，打了个长长的呵欠后钻到屋子里。少顷，披散着头发的小姊手里举着一面镜子走出来，嘴巴里叽溜咕噜，像鱼吐水泡似的冒出一嘟噜声音，那声音说长不长，说短不短，节奏和韵律都很对称，听上去优美，凄婉，却透着说不出的恐怖。

姊在祈祷什么？我打了个寒噤，蓦地想起海地的活死人。一行人正愣在那里，就听小姊用奇怪的尖音喊了一声："把害人的鬼魂抓住，快抓！"说完，抓起瓦盆的纸灰朝空气里一撮撮地撒起来。香灰飞溅着，在屋子里飘浮着，呛得人直咳嗽。凹眼人来不及躲闪，被扑了一脑门，只剩下一双布满血丝的眼球，在脸上转动着。

"臭娘们作死啊，老子今天就是不信这个邪，看看大仙到底藏在哪里，非让你这头九尾狐狸现原形不可！"

"牛鬼蛇神又还阳了，这可怎么好，这怎么好……"媮怕沾了晦气，缩在屋角里连声诅咒着。

凹眼人不再说话。过了一会儿，走到房间的角落里耐心极好地翻找起来。先是将镀金佛像用褂子兜头裹住，顺手塞到裂缝的皮革包里，然后提溜玩具似的掀翻了香案，床腿，桌子腿一一撬过，柜锁拧开，连几双旧拖鞋都用刀子劈开仔细察看过了。随后，从水池子里摸了一把菜刀，倒拎着走出来，抓过一根刚搬进来的香烛，像削甘蔗似的，一圈圈转着削，刀法异常的利落和娴熟。

"婆娘的确厉害,今天服了你……"凹眼人边说边削,香烛一寸寸地短下去,最后被他很小巧地握在手里,看上去酷似男人胯下的东西。他随手把玩着,嘴角浮上一丝难得的笑意,甚至揣着几分猥亵。

"想不想试一试?感觉会不错的,姊妹的钱都敢诓,没有你办不到的了,告诉我存折在哪里,就放了你,不然的话……"

凹眼人站起来,握着半截香烛一步步朝小姊走了过去。

媮扭曲着五官,伸出膀子左右一抢,以罕见的迅速薅住了姊的头发:"九尾的狐狸!骗人要挨枪子的,我跟胡哥的养命钱,今晚不吐就扒了你的……"说着,就去拽姊的裤子,凹眼人攥住姊的脚脖子,将手里的东西高高地扬起来,撕扯中不断寻找着方向。就在这时,屋子里响起一种奇怪的动静,先是叽叽,后是咕咕,旋即叽叽嘎嘎地爆出来,把所有的人都吓了一跳!后来大家意识到是小姊在笑。看上去,小姊在拼命压抑着,想吞回去,但压根挤不住的,声音从她的喉咙里、肩胛处,甚至每根头发梢里,气泡似的一串串地朝外冒着。

"来,你过来,你们都过来,嘻嘻嘻呼呼呼,嘿嘿嘿……"姊一边狂笑,一边将手臂朝上举着,一下下抓挠着,看上去真像一条舞弄着指爪的狐狸。

直到很久以后,我仍然无法相信那是真的。小姊,这位四十年前被以乱伦罪绑在耻辱柱上示众的黄花少女,四十年后竟然采取了同样决绝的方式。只见她左右一拽,衣服顿时像一片片树叶纷纷跌

渔鼓殇

落。眨眼的工夫，通身赤裸的小姊宛如一片白光展露出来，电击一般耀花了所有人的眼睛！天呐，怎么会这样，到底发生了什么？接下去，我惊奇地发现，这位接近六十岁的老女人的胴体，竟然像少女一般的苗条，丰腴，光洁如玉，没有一丝丝的变形，冗赘，甚至衰老的迹象！莫非上天对这个女人特别眷顾，还是她四十年前就戛然定格，停止了生理性的生长？眼前的小姊，真像一条九尾狐似的赤裸着，跳跃着，尖叫着，撕扯着自己的头发，在屋子里被一团无形的旋风裹挟着，疯狂地舞蹈着，亢奋，快乐，难以自制，这是一种怎样的自虐与疯狂，它甚至不惜将人这个物种的尊严底线彻底撕碎，用婴孩般的坦露来迎接世界的屠戮，一种将自身化为霁粉的，何其残酷的自卫方式啊！

那天的事态是在怎样的情形下结束的，多少天后回忆起来，我脑子里竟然一片空白。深圳男人的凹眼，婍在瞬间张大的嘴巴，咕咚咕咚几乎要被沸水顶翻的茶壶盖，一切都抵不过那团白光。那团诡异的，捉摸不定的白光，如此尖厉地刺痛了我的眼睛，让我目瞪口呆，心若擂鼓。我下意识地想冲上去把它裹住，告诉它不能这样，人不可以这样！可它转得太快了，快得像一缕旋风，那位四十年前的狐媚女子，就这样在旋风的裹挟里，时而放大，时而缩小，最终在一声奇怪的爆响中轰然倒地！我眼前再度金花四溅，定了定神，才发现茶壶盖被沸水顶翻在了地上。而屋子里的每一个人，都泥雕木塑般地僵在那里，口不能言，脚不能移，仿佛瞬间被施了定身术。后来……再到后来，满脑子乱糟糟的，听到手机响起来，我

061

紫金文库

惶急中将手伸到包里摸了半天，才想起应该拨打的那串号码。

二十分钟后，寥美娴来了，是带着在派出所做警员的妹婿一起来的。警员一进门就跟凹眼男人要身份证，在简单地询问了几句后，客气地说："跟我们走一趟吧。"

"姊妹情分算是完了，看来只能法庭上见了。"婵被带上警车前，无奈地嘟囔了一句。

女警官将地上躺着的人扶起来，用风衣像裹粽子似的包住。

我跟在一行人后面走出来，心里怪怪的，脖颈转动时依然有些吃力。就像在影院里刚看完一部超级恐怖大片，由于过分的专注和投入，浑身的骨头都散了架，而眼前晃动的，除去过往的行人，依然是那道顽固的，挥之不去的白光。

十四

娄世彩终于被法院传唤了，据说在案件的举证上，小姊立下了汗马功劳。娄氏夫妇死猪不怕开水烫，要钱没有，要命有一条。法院在执行上遇到了很大的障碍。寥美娴作为贷款担保人，依旧被开地下钱庄地纠缠着，一家人没事跑到寥家门槛坐着。吃饭不用推让，自动拿勺子到锅里去盛。有鱼吃鱼，有肉吃肉，没有鱼肉吃豆腐。几次下来，梅姑只好再次向侄女婿求救。寥国轩的小女婿带着车从远处呜呜亮着警灯开过来，揪扯中被开钱庄的表弟一拳打在脑袋上，当即掏出警棍回了几下，一时间在棣花镇闹得沸沸扬扬。寥

062

渔鼓殇

美娴只好四下里筹措，求爷爷告奶奶的，又给远在省城的妹妹打了电话。

那是一个深夜，李生鸿在睡眠中听到枕头底下的手机嘀嘀嗒嗒地唱起来，拿起来一看，液晶显屏上是一连串的账号，开始以为是诈骗信息，翻到末了，跳出寥美娴三个字。"请于近期将两万元打到此账户上，开户行，某某某。急用，谢谢。"类似的信息，李生鸿近几年没少接过。一接就气喘得紧，天爷，当我开银行呐，心里却隐约知道寥美娴又遇上大麻烦了。当即抱着膝盖坐在那里，只是发呆。在一家金融公司主抓意识形态的老公后脊梁冷飕飕的，忍不住抱怨了几句，小夫妻在床头拌上了。一夜论战加上无眠，第二天，老公带着一双熊猫眼上了长途车，去邻省某三线城市的一所三流大学去给学生开设《论拜金主义之危害及其前瞻》经济学讲座。

寥美娴这厢满脑门子官司还没捋清，小儿子也没消停，因为在网上看中了一套电玩游戏，偷偷将老妈的账号连同身份证登到网络上，手指头还没离键盘呢，寥美娴骑着电瓶车从外面疯一般回来，嗵的将门踹开了："琪琪，你刚才做了什么？"琪琪翻了翻眼皮："跟澳门同学讨论算数呀？""这是不是你干的？"寥美娴举着一张卡咆哮道。三个月的工资，好不容易拉的几份客户费瞬间不翼而飞，那可是寥美娴买房买车的最低心理支撑啊，只要卡上数字不是零，一切就都还有希望。

"十分钟以前，你告诉我究竟发生了什么？！"寥美娴再也顾不上说教，声音打着颤追问。琪琪哪里敢承认，胡诌在网上只买过

063

一双袜子，打三折，也就值一支糖葫芦钱。寥美娴捏着一张废纸，当夜奔了长途大巴，跟梅姑解释说是去省城签一批业务单子，实则是去找孪生鸿求救。拆了东墙补西墙，没准哪天一不留神买彩票中大奖，法院执行到位了，所有被坑的人的钱都被追回来，也就咸鱼大翻身了。

至于小姊，听梅姑说，依旧在遥远的北乡呼风唤雨，间或帮着包工头揽点生意，比如到火车站、汽车站或桥头招揽一些从河南，山西，陕西人去工地上干活，其中也偷摸着带个别残障者或童工过去，每招一名都有提成，也算挣点外快补贴家用。刘木匠眼下还有一丝游气梗在脖子上，前妻生的孩子在学校跟人打群架，加上拖欠学费，被校长在大会上当众点了名，并得了一纸警告。小姊正托人四下里打点，为了刘木匠阖眼之前，不至于让学校将孩子退回来。

我在一个深秋的下午又去了北乡。由于半年多没有下雨，遍地枯焦，褚褐色的原野千年不变地沉睡着，沿途到处可以看到肩挑或手拎着水桶的人在地里抗旱，条件好些的，将手扶拖拉机扯上长长的皮管子，在附近飘着塑料袋、臭鱼和死鸡鸭的蚯蚓般的小河里抽点水，朝四下里小便似的喷撒着。梅姑专门抽空回了一趟老家，每天用家里的自制土井打水，膀子肿得像瓦罐一般粗。梅姑将一桶桶泛着铁锈红的水担到地里，一勺一勺浇着那些蔫着脑袋等水喝的秧苗。接下来，听说又一批土地被开发商征用了，从沿海发达地区整体搬迁过去的小化工厂，造纸厂就要在那片春秋时就封邑的土地上开工了。沿河的一大片栗子林里狼烟四起，莒人的后裔们在电锯的

渔鼓殇

啸叫中砍的砍，伐的伐，然后迅速插上各式小彩旗，一行行地在秋风里招展着，给灰秃秃的荒原增添了一点颜色。

我的脑植物神经一直紊乱着，没有丝毫好转的迹象。加上便秘，肩周炎，颈椎增生坐骨神经痛后胸骨无名灼痛心跳过缓或过速，冻疮脚拇指键翘炎胆固醇过高蛋白B过低等等，眼看着百病缠身无药可救。我成了自己的医生，百度谷歌搜狗淘吧就是我求医的诊所，每天键盘一通乱打上网查找各类症状，间或以打酱油的身份窥探着各种正规的非正规的，中西医结合的处方建议，一天喝八副汤药吃五种水果兼盲医推拿精油开背养心补胃哈药藏药仙草奇虫诸药协作，统统不起作用。"谁让所有的钟表停了，让我唱让我忘让我在白发还没苍苍时流浪，我是一根线串起一段一段的流年……"抬眼朝远处看过去，脑袋里除去空蒙，还是混沌。小姊在哪里，不会又带着十里八乡的村民们在荒原里祈雨抑或招魂吧？婾恶战一场后，从此如泥牛入海，只有娅偶尔在深夜打电话过来，说秤杆子又被"地扒皮"抢走了，问能否托人要回来。化工厂的废气在空中不断飘弥着，有一些干辣椒粉的味道，它强烈地刺激着我的鼻翼。我像一只失去方向感的宠物狗似的咻咻鼻子，然后打了个不甚爽利的喷嚏。世界快要毁灭了，离查·丹诺预言的毁灭还有不到几百天了，除去继续为印刷厂的化浆机贡献文字垃圾兼跟各类心理生理疾患搏斗之外，我实在想不出还能再做点什么。我找到了小姊，等于没找到。人类由人到巫，由巫到人的转换流程我依然不明白。不过这也没什么，世界太精彩也太无奈，马路上的斑马线漆了一遍又一

遍却永远形同虚设。我从来就没搞清楚鸡兔同笼是怎么回事。

某网新闻频道：南方诸省遭遇冻雨袭击之时，北方正经受着另一场灾难的侵袭——某省某某地区旱情200年一遇，莒子故里的老人称70年未见此旱情；天气网通栏标题：旱灾百年不遇，西北各省频告急……

公元两千多年前，神话中的巫阳披着袍子，在《招魂》里唱出"魂兮归来，入修门些……"多年以后，像虫子一样苟活在北乡的人依然由小姊这样的乡间巫者领着，鸡啄米似的磕着头，走在找魂的路上。

天还是没有下雨。龟裂的田畴像一幅水印木刻铺陈在那里，不需要任何点染，逼真得异常的残酷。

渔鼓殇

渔鼓殇

一

绕过城乡接合部朝西走,脚下的路渐渐变得泥泞起来。龟背桥的西端似乎依旧停留在20世纪中叶。大片的河堤裸露着,上面残存着树木砍伐后碗口粗的树桩。唯有岸边的巨型酒精储藏罐直冲云霄,在天宇下透着不由言说的霸气。交叉路口颇具现代派风格的广告牌上,一位西装男人举着药瓶向路人暧昧地微笑着。黄氏再造丸,让你重振雄风。男星是从C镇走出去的,唇角流露着山民后裔的狡黠。

我要去河西镇八里庄找一个人。三十五年前皓月当空,麦收

后的打谷场上人头攒动，挂在电线杆上的汽灯罩子在风中来回悠荡着。一群姑娘红袄配绿裤，短发过耳，齐刷刷地坐在凳子上。个个明眸皓齿，将系着红绸子的渔鼓置于膝上，左手敲简，右手击鼓，嘭，嘭嘭嘭嘭，然后开口唱道，哎哟——俺就演唱一回……我要找的姑娘就坐在其中一条凳子上，她看上去如此与众不同。满月脸，卧蚕眉，干枝梅的斜对襟紫布小褂，脚上的方口平绒鞋上配着蝴蝶花。她坐在那里，随口接唱道，万里长空呀风雷荡，五湖四海掀巨吆喝浪……女子在新编渔鼓曲目《斗豺狼》里扮演郭凤莲。八里庄人没见过郭凤莲，就觉得满场子黄花年少，只有那女子长得舒展，唱得入心，就不断地击掌叫好。

这位当年红遍十里八村的乡下女子，就是八里庄老渔鼓艺人的女儿红琴。听说她前几年在村里开酱园厂，生意做得很红火，光干活的就雇了十多位。有天在新闻里，我突然听到红琴的名字。此后，屏幕上的颁奖的画面定格了三秒钟，副市长走上台去，依次跟那些披戴着红花的人握手。其中一位烫着菊花头，穿着流行的紫红色涤纶套装。这时候镜头拉得很近，是半张特写的脸，正冲着那位大人物谄媚地笑着。不是红琴。至少，多年前的红琴，不该是眼前这个样子。

近几年，这片土地上的乡野俚曲、明砖清瓦、疑似皇亲国戚的针头线脑突然被人以老鼠打洞的方式从各个角落掏出来，用老瓜刷绿漆的方式进行抢救。苏北老家的渔鼓腔在消遁近三十年后，前不久也作为非物质文化遗产上报申遗了。八里庄，是我此行跟某民间

渔鼓殇

文化研究机构前去探寻的地点之一。车到河西镇已是傍晚时分，我躲开诸多的应酬，决定先去拜访一下童年的朋友。

刚下过雨，路上到处都是积满水渍的车辙。我推着滚成泥坨子的自行车，经过两个多钟头的跋涉才走到村口。正思忖着找人问路，忽听一串高亢的长号从半空里砸下来。这种声音久远而且熟悉，它曾经渗透在我童年的每根汗毛孔里。因为它每次响起，都昭示着村里死人了。所有吹打都是经由那杆长号引领的。那一长串号声后面，永远是遮蔽着天日的哭声。我吃了一惊。拐过两道巷子，果然看到一群人披挂着麻衣在那里号哭。灵棚旁边有个用简易木板搭建的台子，一伙人坐在那里吹打着。有对抹得庙堂小鬼似的男女走上去，中间插些四六不搭的荤话。那种氛围很奇怪，既非悲痛，也非欢乐，更多是看景的旁观者。在弄清死者只是某户村民的太祖后，我在人堆里挤来挤去，开始找我要找的人。

你知道红琴吗？喂，我说，红琴来了吗？

被问的人大都不明就里地摇摇头。也难怪，现场的人太多了，我甚至分不清哪些是八里庄的土著，哪些是从外面来的。在问到一个年龄稍长的女人后，她歪着脑袋狐疑地看着我，荷芹，她今天没去上学？说话间从人堆里拖出一个身短腿细的丫头。

我失望地走开了。那女孩满脸雀斑，眨巴着一双狡黠的眼睛。她在突然的扭打中躲闪着，和追打者有着某种莫名的默契。

这时候台上的节目正进入高潮。男女各执一个竹筒子，噼噼嘭嘭地拍着，女的开始唱了，哎哟——漫山红叶哟似彩霞，彩霞年年

映山崖……那是一首前几年流行的电影插曲，她用的是当地有名的渔鼓腔，鼻音，拖腔，一样不缺。可听上去掺杂着卖弄和风情，跟当年的红琴真是云泥之别。男的像打摆子似的，将竹筒子狂拍一通接唱道，红叶彩霞千般好，怎比阿妹在山崖？朋克头，立领夹克，全套古惑仔的做派。唱到兴浓的地方，满嘴跑火车，开始跟女人调侃。女人插科打诨，用的多是本地俚语，诸如篱笆关得紧，野狗不上门诸如此类。两个人一唱一和，管拜祭的几次过来，悻悻地抗议着。喜丧，喜丧，年轻人嘻着嘴巴地说，闹闹图个吉祥呗，八里庄这不就剩三升一个老妖，棍打着都撵不走。

我险些以为自己听错了，赶紧从人堆里挣出来。

乐鼓阵仗旁边果然歪着一位老人，须发皆白，像捆风干的玉米秸倚靠在马扎上。天这么热，脚上竟然捂着冬天的捏脸毡鞋，鞋头被烟头烧了两个洞。

我蹲在老人旁边看了半晌，然后用手做个喇叭捂在嘴上说，三升老太，我是小妍啊，您知道红琴姐去哪了？老人抖动着眼窝，口涎从乱蓬蓬的胡须上不自觉地流着。

找哪咯？三升咿呀着嗓门说，她几年前就走了。

二

我抬起头来，看到天和地的尽头，蓦地出现一个绿色的身影。一辆辆运麦车辆在尘土飞扬的村路上逶迤而过。那抹浓绿是动态

渔鼓殇

的，充满着神秘和不可预知的悬念。我手搭凉棚，看到三十五年前的大哥天赐朝这边走过来。他朝气蓬勃，裤杠笔直，浑身散发着一位青年军人特有的活力。当时我正在午后的麦田里穿行着，试图寻找那些收割后遗落在田间的穗子。脑袋上空的太阳很毒，地气在头上很旺地蒸发着。我被晒得近乎窒息，肚子里稀溜糊噜地唱着歌。正顽强地跟那些噪音作着搏斗，一位年轻的士兵朝这边走过来。我无法形容自己当时的心情。这给我的视觉冲击太强烈了。他军装的颜色，和黄褐色的土地形成鲜明的对比。他轻盈的步履带来某种气场。他就像一道闪电，一抹强光，突然从天边打过来，瞬间耀花了我的眼睛，让人怀疑自己是在恍惚中心生幻觉。

小老乡，请问去河西镇八里庄还有多远？

八岁的我坐在草地上，篮子扔在一旁，呆呆地忘了说话。这个明眸皓齿的青年军人，竟然是我的哥哥石天赐。他有三年没回家了，怪不得在接天连地的麦浪和田畴中找不到回家的路了。

俺哥来了？我攥着一把青草站起来，腹内瞬间停止了歌唱。然后揩着满脸的泥垢讷讷地说，我是小妍呢。

天赐微微一笑，要演戏了。他说，我随文工团回来演出的。

八里庄经年被老树浓荫遮蔽着，几人环抱的古木随处可见。人们只有在婚丧嫁娶的时候，才想起将院子里的树伐倒，然后忙乱着手脚请当地的土木匠打成寿材或嫁妆。晚上大家习惯于拽着蓑衣，到村后的河堤上摆龙门阵。至于天外的事情，大都来源于全村唯一

的木壳收音机，它的拥有权是一户叫庆生家的。那家的女人在镇上的铁器店里站柜台，当全村人都在使用秫秸围成的茅房时，他家厕所的脚蹬子率先用上了水泥砌的砖台。现在，庆生手里的收音机里正播放着社论。男播音员字正腔圆，充满了庸常的声讨气息，仿佛午时三刻就要把什么人押到刑场上去，一枪崩掉。

众人正张大嘴巴听着，蓦地响起一阵咯吱吱的简板声，初听似耗子磨牙，紧接着一阵破鼓拉音的唱腔从头顶上灌下来。残杯冷炙饶滋味，醉倒在回廊古庙，一凭他，那个雨打风吹哎……嘭嘭嘭，嘭嘭嘭，嘭嘭嘭嘭！人们知道三升的酒到了劲，又开腔了。

三升爷，这副简板不趁手，曹国舅给你的那两块"阴阳板"呢，给铜匠打锣，还是让开店的做门扇了？

老人眯着眼睛抹了几下渔鼓，又转了调门……路旁柳绿被风摆，始想起奴的夫名叫张才。他唱的是渔鼓《桃花庵》里的头几句。众人这回懂了，都噤了声，竖起耳朵，想听他下文唱些什么。

嘭嘭两下，又没了动静。寂静中不知谁鬼鬼祟祟地放了个屁，声若游丝，欲扬先抑，最后终于忍不住撕帛裂绢地爆出去，众人嗡地笑开来，中间掺杂着不无快意的叱骂。

三升爷还魂了，还记得老祖那年摆擂唱的是哪出咯？又等了半天，小木匠大榆见依旧没有动静，便别有用心地追问道。

八里庄人都知道小木匠所说的摆擂，指的是清雍正元年的事。三升祖上跟过湖北沾化胡家造神像的和尚学过渔鼓戏。1823年曾随师傅去码头打天下，名噪武汉三镇。到他这辈，其实只剩下跑坡游

渔鼓殇

巷的技艺。三升还是不吭，只顾吭哧吭哧地鼓捣竹筒子。从前他一袭带褡裢的大褂，小马甲，大蹄裤，再拿起渔鼓和简板串四乡，每逢九月香火会，那张嘴巴硬是唱得顽石点头，铁树开花。破四旧的时候，家传的渔鼓和几百个唱本都随着喧天的锣鼓劈了，拆了，烧了。近几年形势稍有松动，偶尔在红白喜事上唱唱劝善小曲，算是挣口酒钱。三升的渔鼓蒙子是用村里过年杀猪讨的猪尿泡做的。经常弹着弹着，像半张荷叶飘落到地上。后生们抻着脖子等了半晌，见三升不接招，只好恹恹地散开，都挤到村东老石家去听洋曲去了。

洋曲是当兵三年没探过家的石天赐拉的。他跟部队文工团下乡巡回演出的消息，此前早就传遍了八里庄。

现在，老石家的两间半屋子里挤满了人。挂在墙上的煤油灯只有豆粒大的火苗，将村民的影子投射到墙上，显得鬼影幢幢。但这丝毫没有影响人们的热情。因为那粒灯火照耀下的桌子上，是一堆人们从未见过的乐器。有种号曲里拐弯，像猪肠子似的盘了多少道。只见石家老小子，那个叫天赐的。轻轻端起来，朝嘴巴上一碰，那号立马喷出一股仙音，在人们的头顶上打着旋儿。八里庄人实在想不出用什么词形容。只觉得头魂都跟着它走了，飞了，吸附在屋脊上。这是勃拉姆兹的第X交响乐章，吹了几下，天赐又说，这是圣桑的。我们看到他戴着一副白线毛套，在煤油灯底下甚是扎眼。吹过两曲，他又端起一个排箫似的家伙。依旧吹，可声音变

了。刚才的号音发闷，现在却轻灵得很。有人说，女特务跳舞？天赐微微一笑，不置可否。接下去，人们看着他抄起一把模样更怪异的琴，两头圆，中间有点像女人的臀。天赐朝下巴颌上轻轻一放，将长长的马尾弓朝上面一搭。蝴蝶就在屋芭上盘旋着，溪水哗啦哗啦地在耳边流动着，突然，一道霹雳从天空砸下来，狼奔狮突，驴喊马嘶……所有的人都屏着气，看着天赐先是微笑，后是悲苦，然后头发在抖，手臂在抖，整个身体也在抖动。天赐闭着眼睛，全身痉挛不止，随着音乐完全进入了疯癫状态。我们也跟着魔鬼附体，中邪了！他的身子朝左歪，我们也朝左歪，他朝右歪，我们也朝右歪过去，天赐眯着眼睛笑，我们咧着嘴巴开心，天赐双目圆睁，我们也跟着拼命瞪大眼睛，看着他顿弓，抖弓，错弓，弹弓，跳弓，用一根弦子拉，用几根弦子拉，上拉，下拉，左跳右拉，真是看呆了，看傻了！

多年后我在众多的场合再次听到那些曲子……阵容庞大的交响乐伴奏，无懈可击的技巧，冠盖京华荣誉加身的大师登台献艺，密如骤雨的掌声。我再也没有找到当年那种连骨头缝都被酒浸过的感觉。那寥寥数弓，三五句介绍，真是盖过群芳无数了。

天赐的举动，今天看来毫无疑问有炫技的成分在里头。他不顾文工团的规定，私自将那堆洋玩意弄回八里庄，如果让领导知道，没准背个处分也未可知。但在当时，天赐的派头，天赐对各种乐器的熟谙，包括天赐对乐理知识的滔滔不绝，都为他的归乡之行套上

渔鼓殇

无比绚丽的光环。在那些光环里，天赐无疑是从天而降的音乐奇才兼师奶杀手。八里庄所有的黄花女子和小媳妇都疯狂地爱上他。示爱的方式无花八门。有绣手帕，有纳鞋垫的，庆根媳妇竟然在半夜神魂颠倒之际，端着半瓢虾酱去敲天赐的门，自然被嘲笑一番，叱其搭错了神经。男人们都在暗地里模仿他。模仿他说话的语气，他总有点讥讽意味的、诡异的笑。这个是天赐说的，那个天赐让做的，成了年轻人的口头禅。天赐就是真理，就是音乐殿堂的艺术化身，八里庄乡村后生的音乐教父。

这里陷得最深的，自然是红琴。那天晚上天赐的琴声一起，红琴的眼睛就亮了，比墙上那粒煤油灯的火苗还亮。天赐就像从天上掉下的，他的明眸皓齿，浑如天籁的标准音，都随着天赐的琴声成了酵母和催化剂，蒸得她辗转反侧。没有演出的晚上，石家的小屋里总是围得水泄不通。一簇豆粒大的煤油灯火苗，照着天赐青春焕发的脸，三七开的脑袋，和那双能够在乐器上永远变换出不同花样的手。红琴坐在小板凳上，两手托着腮，迷迷瞪瞪地看着天赐，脸蛋上云蒸霞蔚，身体随着天赐拉琴的动作扭动如蛇。人们嘴里呵着口臭，腋下散着体臭，小屋里拥挤得几近爆棚。

庆生的木壳收音机还在后河堤上聒噪着，收音机的主人似乎心不在焉，总是不停地转台。偶尔会冒出忽高忽低，像敲钟似的音乐，和一个男人怪异的腔调，莫斯科人民广播电台，旋即被嘈杂的沙沙声所掩盖……过去这是庆生招徕听众最好的手段。眼下不灵了。八里庄出了新鲜事，河堤上的人都跑光了。三升的渔鼓腔没了

075

听众。不知不觉中,三升抱着竹筒子也蹭到老石家的门外蹲着。听着屋子里飘出的琴声,时不时从嘴巴里蹦出几个字。因为屋子里人太多,根本没人注意他在门槛外嘟囔什么。

总之,天赐回来了。八里庄人隐约有种感觉,这个石家大小子不仅带来洋音乐,或许还会带来更多的故事。

三

八里庄的戏台,用所谓现代化的眼光看上去,显然只是乡村野地的权宜之所。它的搭架极为简陋。只是三五根竹棒,在靠近大树的地方将一块方形的空地圈出来,然后将一盏汽灯罩子挂到树杈上。那盏灯必是在光芒四射的同时,发出滋滋的响声。灯罩子周围,永远是各类蚊虫、蛾子前赴后继,呈集团军式的轰炸。有时候不知何故,就听嘭的一声,灯芯爆丝了。现场立刻鸡飞狗跳,再加上恶作剧的,扔板砖的,顿时像开锅粥一般。这时有人就会满脸堆笑出来维持秩序,倘压不住阵脚,就拿着喇叭筒子在台上跳着脚跟人家的祖宗过不去。汽灯光很亮,这使每个看戏的人脸上益发透着青菜色,和衣衫的蓝灰黑形成映衬。谁家的姑娘要是穿了红罩衫,或束了条花包头巾,难免让人侧目,被指斥骚或浪。这在当时的乡村,是很有贬义的说词,有勾引男人的嫌疑。

那天晚上似乎有点不同寻常。细心的八里庄人发现,树上挂了两盏汽灯,灯芯子的吱吱声比平时大了若干倍。早年请戏班子来唱

渔鼓戏的都没有这样的阵式。接着人们看到石家大小子，那个叫天赐的，甩着三七开在台子上进进出出，指挥着走马灯似的喽啰们。都说那小子会拉琴，想不到还会导演呢。这样想着，村民们的期望值自然水涨船高。

天赐果然是八里庄请来帮忙的。巡演结束后，村长根生揣着两条大前门，带着小木匠大榆在县剧团门口将天赐截下。天赐当时正帮着背琴盒的小女兵吹眼皮。根生挤过去搭话，天赐噘着嘴巴呵气，压根就无反应。等小女兵揉着眼睛跟队伍走远了，才折回来问他们有何事。根生将天赐约到路边小酒馆里，堆盘摞碗摆了桌，还上了散装大曲。喝过几圈，才搓手顿脚地说"四人帮"倒台啦，要请天赐回村议事。天赐吓了一跳，"四人帮"倒台跟自己有啥关系，根生不至于请他回去当村长吧。大榆在旁边抢话说，不是村长，是导，那个导……啥哎。根生瞪他一眼，又大着舌头说些车轱辘话。大榆摩拳擦掌地说，哐哐嚓，呛，才，呛呛呛呛呛！天赐恍然大悟。原来八里庄要参加县里会演，想请他帮着排新戏。

天赐在文工团的身份，其实是乐队伴奏。但天赐通音律，懂创作，会导演，堪称今天的复合型人才。却因为面相俊雅偏于文弱，不符合傻大黑粗的工农兵形象，偶尔被拽上台去客串。那时候紫红色的大幕徐徐拉开，观众经常冲男女主角的大段唱腔疯狂叫好。这使他经常感到英雄无用武之地。听到老乡的话，天赐满口答应，并迅速托人将探家报告递到团里。此后仔细盘点了八里庄的演员阵容，决定重打鼓另开张。就这样，天赐精神抖擞，指点江山，终于

在八里庄找到可用武之地。

当晚鼓乐齐鸣,天赐让几个精壮后生将村里过年才用的锣鼓家伙抬出来,在村口小学校猛敲几个来回。咚咚咚,哐哐哐,咚哐咚咚哐。擂鼓的大榆头天晚上跟老婆在床笫撕扯中落了下风,结果千仇万恨都冲着鼓去了。直擂得通身大汗,连呼过瘾。晚上果然灯火通明,十里八村的人都扶老携幼地赶了来,等着看八里庄人的新招数。天赐开始还算镇定,后来看人们越聚越多,赶紧将管联络的马立本找来问究竟,几句话没说完,就大发雷霆。

哪个通知的?这只是内部彩排!彩排,是不公开的,懂吗?

马立本是结巴。正哈着腰帮红琴扎绑腿,缠了裹,裹了放,实则是想拖延时间跟红琴多搭讪。不妨被导演撞破,就窝着火赌咒发誓,哪个龟孙通知的?叫雷劈……这不锣鼓家伙一敲,都不请自那啥到嘛,半年多没……唱戏,耳朵都生,生锈啦!

天赐还想问点什么,看马立本为憋出一个字,急得跺脚瞪眼,嘴巴扯到两耳,眼看就要栽到地上转磨磨。只好挥挥手让他忙去了。望着青年男女们穿梭来往,有描眉的,有画眼的,有扎头捆脚的,都穿扎得有模有样。心里才稍稍有些安定,脑子里却在急速盘算着,晚上千万别闹出笑话。

开场戏是《六大嫂收谷忙》。姑娘们穿着铁梅式的红袄绿裤,短发齐耳,头顶绣帕,每人捎个柳编篮子鱼贯而上。红琴是领舞的,自然跟别的姑娘不一样。她反其道而行之,穿着绿袄红裤,甩

渔鼓殇

着大辫子,开口唱道:六大嫂,手拿萝来走得忙,哟喝哟,走得忙,喜气洋洋来晒场。她的声音,曾被八里庄人称之为"柔耐",大抵是甜,软,糯,声音硬朝肉里杀的意思。姑娘们肩靠肩,膀挨膀,手臂像船桨似的左划右划,将割谷、簸谷、扬谷、归仓演得还蛮像回事。第二个节目,是扮演技术员的庆连上场,他手搭凉棚东张张,西望望,为一头被阶级敌人投毒的种猪顿首挫脚。由于闷哑嗓,乱张嘴观众不知道他在唱什么。乡下看演出没规矩,立刻有臭鞋头子在脑袋上穿梭着。中间上去两个压场子的,背了几段伟人语录,又被轰下来。

村民那天晚上有种莫名其妙的兴奋。逮了"四人帮",整个国家都很高兴,哪个敢拦着老百姓狂欢呢。正嚷闹间,忽然响起一阵清脆的钢板声。当哩个当,当哩个当,闲言碎语不要讲,且听俺表一表……台下鸦雀无声,就见一白面书生,三七开的头,绿军装,一路打着钢板,脚步轻灵地走上台来。微笑,鞠躬,面朝观众摆个亮相。一切都干脆利索,恰到好处。村民们看着小当兵的比比画画,就屏息静气,以为他要说说好汉武二郎。没想到天赐不慌不忙,张嘴来了段洋的。

勃列日涅娃,

转了一个下午,

在那集体农庄里,

她偷了一头小白猪……

村民们眨巴眨巴眼睛,有点不知所云。大家带着一肚子疑问,

看着天赐当哩个当,当哩个当,再次绕场半周,中间还热情地朝某个方向打招呼,很快又将笑容收回来,作若无其事状。那是快板书中的一个包袱。底下鸦雀无声。巡演中屡试不爽的包袱没抖响,天赐的自信稍微有点受挫,只好硬着头皮说下去:她给它戴上小花帽,又给它穿上花衣服……第二个,第三个包袱依旧没抖响,而这些包袱以往在大剧场里可是场场笑翻的。红琴跟几个姑娘站在台后,恨不得跑下去搔村人的胳肢窝。这时候场外有起身找人的,有孩子哭着要撒尿的,场面眼看就要失控。

天赐草草把段子说完,才要退场,忽听台子底下山呼海啸发一声喊:三升,割肝,三升,割肝来!天赐吓了一跳。正莫名其妙着,底下的动静又起来了。这回是拍手跺脚,啪啪啪,三升,啪啪啪,三升!人们整齐划一,一起用脚在地上跺着。天赐哪见过这番阵仗,赶紧跑到后台。却见大家合力拽着一个糟老头子朝台上猛搡。那老汉穿着斜大襟的衣服,破毡鞋露着脚指头,抱着个猪尿包裹着的竹皮筒子,推搡不过,只好歪歪斜斜,一溜踉跄被人架到台上,冲四处打躬作揖。

俺爹哩,红琴脸颊红红地对天赐说,喝得晕哩咕咚的,大家偏要听他唱老戏。天赐不以为然地笑笑,冷眼看着三升被几个人连拖带拽地撺弄到台上。

这时候村民安静了,人们都在看三升。天赐也在看他。后台不知谁送上一条木板凳,三升摸索着坐上去,先是排山倒海一通咳嗽。接着将手里的简板咯吱吱试了几下,半吟半唱地哼了句:简板

080

渔鼓殇

响，渔鼓敲，张果老哎倒骑在驴背上……嘭嘭嘭，嘭嘭嘭，嘭嘭嘭嘭嘭！底下哗地爆了声好。三升却不唱《八仙过海》，只是在试调门。又清过几口浓痰，才端出他几十年没唱的老段子《割肝救母》。

那天晚上的主角，是被人遗忘在角落多年的渔鼓老艺人三升，而不是音乐教父石天赐。今天我依然记得当年的盛况。一个竹棚快被挤散架的场子，一位摇头晃脑，手持竹筒子的老人，满场像石块扔倒进沸水锅的观众。三升借着酒力死而复生，仿佛一夜找回了灵感。所有失忆的唱词都像决了堤坝的洪水，滚涌而出。他左手执简板，右手拨鼓面，击，滚，抹，弹之间，将一种唱腔奇特，苍凉陈郁的音律重新带给大家，起起落落，鼓声飞泄，听得人血脉贲张。天赐纵然揣着十八般武艺，亦不得不落于下风。所有喝彩都是冲着三升去的。人们在拍手跺脚的同时隐隐有种快意，"四人帮"倒了，连老八股都能搬到台上，形势跟以前不一样了。

四

直到今天，我对红琴的死依旧百思不得其解。红琴对天赐有好感，这是肯定的。天赐是部队的文艺兵，吹拉弹唱样样来得，加之整天在女文艺兵堆里混，自然将拈花惹蝶视作寻常事。而红琴的心路历程是什么，她这些年婚姻不顺的症结究竟在哪里，没有人去溯源。直到三十多年后，当我第一次听到红琴的死讯，才蓦地打了个激灵。我知道红琴最终没走出来。尽管她生意上看似红火，风风光

光,其实她心里是有结的。直觉告诉我,是天赐间接杀死了红琴。尽管他对此一无所知。甚至这位早年文工团的首席小提琴手在历经十几次各种各样的恋情,离过两次婚后,终于选择了一位图书馆的管理员结了婚,并且有了一位同样天资聪颖的孩子。而此时渔鼓老艺人的养女红琴,则躺在离八里庄几百里外一处偏僻的山脚下。每逢年节,只有她那位背负着耻辱的老公,在不为人知的时候,怀着满腹的幽怨偶尔去为她上一炷香。因为红琴的出轨,那个样貌庸常的男人,将在八里庄戴着终生的绿帽子,直至走进坟墓那天。

但红琴的死因究竟是什么。三十余年后的这个女人,应该在处世上有着曾经沧海的练达,不然不会把生意盘得那么大。以她多年的成熟乃至世故,何以会为那个根本不存在的梦付出性命呢?

天赐,你看我头上这朵花。红琴走过去,扭扭捏捏地说。当时候小学校的灯光很暗,每个姑娘都在朝头上戴花,是那种灯芯草染制的。红黄蓝绿煞是好看。姑娘们每人拿个小镜子,相互对着看,看看前额,看看后脑勺。唯有红琴把花挟在耳朵上,扭着腰肢朝导演走过去,天赐,你看我头上这朵花好看嘛?好看,比人好看呢。天赐说完,顺手托起红琴的下巴颏。他做得如此轻松自然,就像信手抄起一只茶碗,左右玩赏半天后,随口撂出几句赞美的话。那几句话或许只是敷衍。但说者无心,听者有意。当红琴的脸被对方托在手上,就觉得自己的人也为对方托付而出了。天赐是谁,天赐是导演,是八里庄的音乐教父,姑娘们众星捧月的白马王子呢。喊,

渔鼓殇

红琴嗔骂道，有这样夸人的嘛？天赐就笑着更正道，我是说人比花好看。说完，仍旧端着红琴的下巴不撒手，直到周围有人喊导演，才随手丢开。全然不顾对方早已两颊绯红，心如撞鹿。

那时候我站在窗户外，将鼻子挤得扁扁的趴在玻璃上好奇地看着。心下觉得天赐有点无耻。八里庄的姑娘就是相了对象，也不能这样被男人捧着看呀，更何况当着那么多人的面。所以我认为天赐跟红琴百分之百是在谈恋爱了。

即使用今天的目光来审视这位当年的乡村姑娘，我依旧有足够的理由认为，红琴应该是乡下女人的上品。她有着典型的苏北女人的身材，窄腰硕臀，乳房饱满，眼睛大且亮。唯一美中不足是脸上的雀斑，像星星似的散落在鼻翼周围。她渔鼓戏唱得好，走起路来更是风摆杨柳，摆臀送胯，为八里庄姑娘所不及。苏北的乡下女人，很少有这样走路的。她们喜欢跟男人争高低，说话，谈吐，步态处处比着男人。说谁不像个女人，是八里庄人对女人最大的褒奖。倘谁被当成女人说事，则意味着不正经。这些标准唯独对红琴例外。天赐是从八里庄走出去的，天赐要选媳妇，也应该从八里庄挑选。倘在八里庄选人，还有比红琴更合适的么？就在人们传得沸沸扬扬，大小媳妇为此打翻了醋罐子，甚至大榆跟马立本几次动起拳脚的时候，只有三升半天撂过一句，却是诅咒自己养女的话。

王宝钏常有，薛平贵不常有哩。三升挤巴着积满眵目糊的眼皮说，丫头不知道斤两，再唱就是个疯。

　　星儿闪坠夜空，月儿弯挂山顶，老房东半夜三更来查铺，手里捧着一盏灯。红琴又在唱了。红琴这回唱的不是渔鼓戏，是马玉涛的《老房东查铺》。在唱到"挂山顶"的时候，红琴声音里的"柔耐"味又出来了。这种味道芝唱不出，艾唱不出，大珍唱不出。只有红琴能唱。大珍只会带着个红兜肚，踮着小碎步满场子磕磕绊绊乱跑。然后沙哑着嗓门说，天赐，你看俺跑得还行？天赐不看大珍，反而向众人问道，八里庄怎么这么多"云遮月"，是水土关系吗？众人一愣，不知道他说的"云遮月"是什么意思，后来才明白是"闷哑嗓"。大珍就暗地里骂天赐损人带拐弯的。不管怎么说，天赐鼓捣出新节目。这个节目是上县里参加汇演的。小学校的操场上每天晚间灯火通明，八个姑娘一字儿排开，呈丁字步坐在凳子上，将手中的渔鼓嘭嘭嘭，嘭嘭嘭一通狂拍。红琴是领唱，所以红琴每次在开场曲唱完，都要站起来，手执简板走到汽灯底下，接唱道，俺唱一回，隆哩个隆，大寨人奋勇斗豺狼。红琴的一招一式，都是天赐手把手调教出来的。

　　你就是我手中的玉，现在只是半成品。天赐不止一次对着红琴那张兴奋得有些变形的脸，认真地说，我正在开掘你，很快你就成为完美的艺术品了。于是红琴在声声渔鼓里更加心旌飘摇。不入戏，不成魔，你连这句话也没听过？红琴不明就里地望着他。戏里戏外压根就是两个人嘛，天赐循循善诱，戏外的你柔情似水，是水做的骨肉，但戏里不需要这个。天赐手一挥，在戏里你就是铁姑娘郭凤莲，你是要跟豺狼搏斗的人，说话怎么能柔声细气的？

渔鼓殇

红琴满面羞愧地低下头去。此后为了在外形上接近郭凤莲。她摘掉斗篷,跑到太阳底下自虐般地狂晒。至于唱词,更是走坐如老和尚念经。即便如此,排练时天赐还是劈头骂了她。说她眼睛里没内容,说她的唱词都是从嘴巴里蹦出来的,听得旁边的人满头雾水。唱渔鼓不用嘴巴,咋能从后脑勺冒出来。天赐却不解释,而是接着问,江青是谁?红琴眨巴眨巴眼睛,不知道他想说什么。江青是哪个,地球人都知道呀。天赐肯定还要说别的。果然导演又说了,是阶级敌人,你说大寨人能不恨嘛,心里有恨,眼睛里能不喷火嘛。红琴惶惑地点着头,接下来演唱时眼睛里果然有了内容。实则是累得眼球毛细血管破裂,淤了血。拉二胡的马立本心有不忍,几次过去说情,都被天赐叱开了。你懂得什么?天赐说,八里庄以外,世界大着呢。马立本只好悻悻地走开。

有天晚上,红琴突然山崩地裂地唱起来。连说带唱,中间还夹着伴奏。哎呀,俺这就演唱一回……声嘶力竭中带着恶狠狠的味道。字有血,声噙泪,充满着控诉,恨不得食其肉,寝其皮,置于油锅烹炸而后快。当时八里庄连蚊子都进入了睡眠,猛可里响起一个女人的咿呀,真让人听上去有点毛骨悚然。大家循着声音,最后找到三升家门前。门是反锁着的。红琴一个人在屋里开着戏。只是不知为什么,剧情始终盘旋在开头那句词上,哎哟,俺这就演唱一回……调门越起越高,越唱越凄厉,几乎要将屋顶掀翻。那天晚上,宣传队的人聚集在三升家大门外,熬到天快亮的时候,终于听

到红琴冲破前奏,在睡梦中唱完一整出渔鼓戏《斗豺狼》。我们飞快地跑去跟导演石天赐报信。所有的人都知道红琴终于入戏了。到乡里汇演肯定拿头奖了。

五

三十五年前的八里庄,一轮明月高挂,在村前的那所小学校里,我首次领略到一种叫渔鼓的阵式和威风。八个姑娘一字儿排开,每个姑娘都穿着梅花斜对襟罩衫,系着毛巾改做的绣花小围兜,黑平绒方口鞋,一字儿排开。嘭嘭嘭,嘭嘭嘭,嘭嘭嘭嘭嘭,哎哟,俺这就演唱一回……那些姑娘有长脸,有圆脸,有方脸,有鹅蛋脸,瓜子脸,饼子脸。月光下看上去一律明眸皓齿,唇若涂朱。将粗细不一的手朝渔鼓上一搭。哎哟,俺就演唱一回……因为村里看排练的人太多,一些小孩子净跟着捣乱,虽然我是导演的妹妹,还是被大榆跟头把式地轰出来。走,走,小木匠说,别在这里影响排戏。我乜着白眼珠子苦苦哀求。大榆恶毒地笑了笑,不好说,不好说,都是你带的头。说完揪着小辫子将我搡到门外。我只好踩在砖头上,脊梁上驮着一堆瞧热闹的扒着窗户朝里看,生怕漏掉每个细节。

乡里要汇演。听说选上的节目还要到县里,省里参加演出。此前,八里庄在上报节目时伤透了脑筋。原有的几个旧戏《小货郎》《天上布满星》《逛新城》,样板戏选段,都跟不上新形势了。筛来

渔鼓殇

筛去,最拿手的还是三升的绝活。天赐只好将人们召集到小学校,弄几坛散装地瓜酒摆在那里,又让村里宰了两只鹅,盘了座豆腐。让红琴将养父搀过来,每天晚上酒过三巡菜过五味,小学校里挤挤攘攘人声鼎沸,都跑来听三升扯着嗓子开唱。

连着几个晚上,拍坏两个竹筒子,撑破三个猪尿泡,把能记起来的旧唱本都掏空了。《韩湘子拜寿》《双头马》《大妮逛街》……不是抑恶扬善就是因果报应,跟庆贺粉碎"四人帮"委实天差地远。有的三五句,有的十来句,唯一能唱全的《岳飞枪挑小梁王》根本搭不上边。天赐越听越不耐烦,不停挥着手说下一个。三升不顾豁牙瘪嘴,拿出吼破苦胆的劲头连拍带喊,唱着唱着泄了气。因为每每在他掏心挖肺,欲死欲活的当口,赫然听到一声断喝。停!天赐头一摆说停。天赐的三七开乱糟糟的,这使他无意中增加了甩发的频率。还有吗?天赐问。三升几次被刹了闸,半天没回过神来。红琴迟疑地说,《一条鞭》和蒲门姐……哭夫。老人没吭声。红琴只好自己捏着嗓子唱起来。才唱几句,天赐又将头摇得像拨浪鼓,什么神神叨叨的,这些下里巴的东西能端到台面上?

红琴噤了声,又催促三升说,爹你唱呀,你快唱呀!唱好了送你去省里录音哩。

三升泥雕木塑似的坐着,不吭声。问得急了,才突然吼了句,扯卵蛋哩,现今的人懂个俅,就知道驴喊马嘶哩!说完将渔鼓扔进褡裢里,拿着竹竿戳戳捣捣的,兀自走了。

桥边日出犹酣睡,山外斜阳已早归……掼了小锣子,三升重新

回到后河堤去唱他的老八股。宣传队只好搬出村支书根生去找,并允了他当顾问。三升翻翻眼皮说顾啥子问。根生害皮肤病,白斑正蚯蚓似的经由脖颈朝脸上爬,百药不治。他拎着几只做药引子的癞蛤蟆,心烦地搔搔头皮说,天赐导戏,还得老年人压阵。三升说,我那一肚子不中用,跟青年人厮混辱没了辈份。根生就托人弄了几包大前门,搭上两捆烟叶子,说是天赐从外地带的。三升横竖不领情。根生又吓唬他,说再不去拿绳子捆到公社开批斗会啦。三升只好蹭到学校门外墙根蹲着。满耳朵莺声燕语,都是围着操标准音的石天赐的。其中以自己的闺女红琴最为活跃,连笑声都不着平日的调儿。老人回去气咻咻地又喝上了,从此神仙也搬不动,说是哮喘病犯了,嗓子不灵光。

天赐不以为意,火速跟部队拍电报弄了几段快板书。正唧哩呱啦地排练着,根生急吼吼地跑了来,说书记拍桌子啦,点名让八里庄唱渔鼓戏。天赐这才挠了头。他在部队学的都是洋玩意,对渔鼓的格致韵律,"小搓板""吹腔""娃娃调""鱼尾腔"哪里在行。只好放下身段,硬着头皮蹭到老牛屋班师,标准音也变回八里庄话。都是爷们,天赐说,小爷们还得老爷们帮衬。三升在牛槽旁边呆坐着,头不抬眼皮不翻。讲了话天赐字正腔圆地讲了通形势。三升说,好,好。天赐丈二金刚摸不着头脑,又激昂地侃了番新构思。三升说,好,好,毛主席他老人家就是好哩。天赐再说,发现那边已经打起呼噜,口涎拖了几寸长。天赐回到宣传队,将红琴找来,气呼呼地说,你爹不给面子,油盐不进呐,看来八里庄的荣誉与他

o88

渔鼓殇

无关了！红琴疑惑地地说，老糊涂跟不上形势，不行就开他批斗会？天赐冷笑笑说，未必有用，他在酱缸浸了半辈子，言行和心理都定了型，再说也白搭。

正值麦子黄熟季节，根生开完揭批"四人帮"大会回到村里，招呼兵马下地双抢满街找不到人。一问，都跑到小学校排戏了。根生满嘴烧着潦浆泡，只好带着几个虾兵蟹将捐着镰刀和锄头到田里抢收抢种。村里一帮青年人整天神情鬼魅地朝学校钻，这期间，甚至闹出几桩争风吃醋的逸闻。如此折腾了几日，天赐脸上的雾霾越来越重，终于在一次咆哮如雷后让宣传队暂时解散。

学校里从此阒无声息。

村里人下地回来，几次拐过去瞧热闹，看到大门紧闭着，就跑去村西牛屋打探消息。三升拨愣愣，拨拨愣愣，抱着竹筒子捻着几张油印草纸正跟孙拐子摆龙门阵，这回切磋的是《箍桶记》。人们说你不当顾问了？三升说，哪个用我顾着。有人拿话逗他，不怕闺女被人拐跑嘛。三升说，忙得跟杀钻似的，里外跑不出八里路。此后就看到红琴拎着竹篮子步履匆匆，每天带着游击队女交通员的神情穿梭于学校和村庄之间。几经周折才打听明白，原来是给特邀导演石天赐送饭的。饭是从每个姑娘家里端来的。有的是贴饼子炒豆腐，有的是煮面条卧荷包蛋。要知道，老百姓家只有来亲戚的时候，才破例炒蛋烙油饼。所以天赐享受的，其实是八里庄贵客的待遇。此后几个晚上，值班室小屋房门紧锁，并时常怪异地冒出烟来。那烟若有若无，顺着稻草苫的房顶丝丝缕缕地弥散着。偶尔走近的人，会听到里面传出弹抹滚捻的击鼓声。直到第五天早晨，人们才看到八里庄的特邀导演走出来，冲着冉冉升起太阳打了个喷嚏。他衣衫不整，披头散发，头皮屑像雪花似的铺满肩头。攥着几张揉得皱巴巴的稿纸，冲着过来打探消息的人说，新节目出来了。

天赐说的新节目，是他自个鼓捣出来的渔鼓坐唱《斗豺狼》。多年后回忆这个节目，除去女主角目眦尽裂的痛斥，我已经回忆不起这出戏的任何内容了。红琴抱着个渔鼓筒子左一悠，右一悠，时而滔滔不绝，时而转身亮相。她身上融注了天赐对那个时代高大全人物形象的一切理解，女主角就是柯湘，就是喜儿，就是阿庆嫂，方海珍和江水英。特别是大段唱腔，被三升称之为驴喊马嘶的那种，听起来既像吕剧又像柳琴，跟传统渔鼓戏也算搭边。但新编戏与当时的大好形势终于接了榫，合了缝，这让八里庄人再次见识了天赐变戏法般的能量。

汇演日期临近，宣传队急吼吼地投入了排练。哪知道一波未平，一波又起，因为演戏用的道具，三升跟八里庄的特邀导演石天赐，发生了自见面以来最激烈的一次冲突。

六

梁子是在编排节目前就结下的。三升的老八股虽然不被赏识，由于担着顾问的头衔，茶余饭后仍蹭到小学校，听到不顺耳的地

方，依旧忍不住嘟囔几句。天赐自忖才高八斗，新编戏又是上面肯定过的，哪里听得进去。宣传队的几个青年人奉天赐为神明，自然对老人言语行动上怠慢许多。三升揣着明白装糊涂，知道插不上话，却惦着宵夜时的散装酒和花生米。尽管每天关公战秦琼，来去总归能见到人。等酒坛子见了底，找鬼也看不到影子了。天赐嫌三升碍眼，所幸落个耳根子清静。哪晓得老家伙缺席后，新节目几次合练都没成功，每到关键处，就卡在那些七七八八的声腔韵辙上。原来天赐只是生吞活剥。眼看着局面僵在那里，有一天，天赐神秘兮兮地找到我。

妍，给你一个任务。

我正挎着篮头子准备出去剜菜。天赐这段时间忙于排节目，被一群姑娘小媳妇整天围着，眼瞅着要被她们活撕了。我连挤上去说话的机会都没有，几次好不容易混进去，又被大榆跟头把式地撵出来。而天赐那时候正如鱼得水，颇为受用，完全忽略了我的存在。这让我心里很不好受。我翻了翻白眼说，什么事？不是有那么多人围着你吗？

天赐不以为意地笑了笑，然后有点神秘地对我说，你去侦察一下，看三升老犟筋整天在鼓捣什么，能不能过来搿几句……下次探家送你一套明信片，带黄山风景的那种。

我不假思索地答应了。明眼人一看就是哄小孩的把戏。天赐就是这样的人，说话永远不算数，可总有人屁颠颠心甘情愿为他忙活。知道他在说谎，却又无法抗拒，这正是他诡异的地方。天赐

如此这般地交代了一番。他还有更多的事情要忙，其中有两个小媳妇为他打架，被小木匠大榆狠狠收拾了。天赐必须好好给他们上上课，做做这些乡巴佬的思想工作。

这时候太阳落山了。我挎着柳编篮子，兴冲冲地朝村西走去。途中看到一群脖颈乌青，走路一溜歪跛的鹅，正得意洋洋地走回来。我将它们轰得东倒西歪，四散奔逃。然后我又看到几只打群架的草狗，毫不知羞地纠缠着，有几个孩子拿着石块，边透边骂。更多的运麦车从村边的路上透迤而过，木制辘轳在小石桥上咕咚一下，又咕咚一下。远看上去像一座座巨型的草山，缓慢地移动着。在那些草山底下，是许多挽着裤管的青筋暴突的腿，或穿着各式胶鞋及布鞋的，沾满泥巴的脚，麦秸零零星星撒落在地上。

八里庄西槐树林子旁边的牛棚，是名副其实的那种牛屋。用稻壳子裹着泥巴糊的墙壁，上面苫着草项，刮风下雨的时候，经常会被大风揭了盖去。墙上没有窗户，挖个拳头大的洞口透气。我蹑着手脚走过去，看到木栅栏的门缝很宽，就将篮子先扔过去，然后拭巴着跳了进去。西墙根有一群牛，正趴在那里打盹。嘴巴一歪一歪，不停地咀嚼着。与此同时，有股子热辣辣的青草味夹杂着陈年的牛粪饼子味，以及牛身上的混合气息飘过来。木门关得很严实，我搬了几块土坯，踩到上面，刚好够到那个窗洞。上面只有两根细细的木棍撑着。我将眼睛贴上去，吃力地朝里边张望着。

突然山崩地裂几声大响，"一顿饥，一顿饱，翻穿羊皮白衲袄反穿羊皮白衲袄。半头砖，一把草，侧卧横眠一任旁人笑……嘭嘭

渔鼓殇

嘭!"接下去又是几通咳嗽。三升是老年性哮喘,发作起来满胸口跑火车。我站得腿麻,正准备从砖头上下来,忽觉辫根子钻心的疼,接着有人在背后恶毒地笑起来。来,来,你想听什么,到屋里去听老家伙唱嘛。

我躲闪不及,被拄双拐的二柴稀里糊涂拎到屋子里。

牛屋里乱糟糟的,挤满了捏着长烟秆的老头,裹脚窝鬏的老妪,一律斜对襟的黑大袄,或蹲,或站,或席地而坐。里面烟雾腾腾,看不清那些人的鼻子和眉眼。暮色渐渐浓了,屋子里黑黢黢的。豆粒大的煤油灯火在墙上噗噗跳动着。这中间有人在咳嗽,有人在说话,可都是压得低低的,很快就归于平静。我使劲眨巴着眼睛,看到三升裹着光羊皮歪在那里,头不抬眼皮不翻的。

还在逮着皇上娘娘使劲嘛。

天赐让喊你去呢。

天赐有才,天赐跟得上新形势,你三升爷肚子里左右就剩下老古板了。

我两手交替抹着脸上的汗。赶紧将半包花生米从篮子里摸出来,放到他脚边的石凳上。

横竖只是个竹筒子,我倒看他石天赐还能翻出什么新招数……三升依旧含糊不清地嘟囔着。半眯着的眼睛却突然亮了一下,然后伸出指头去纸包里抠摸着,捻出几粒花生米塞到滴着口涎的嘴巴里。拄双拐的二柴突然恶声恶气地笑起来。嘿,连"垛子板""评调"解不透就敢写戏,也就哄那些外行吧。二柴原先是八里庄的壮

劳力,因为去东北打工爬火车摔断了腿。政府帮他治伤,还给了他一副皮拐。从此成为游手好闲之人,似乎后半生都用来吹嘘他那段经历了。

三升又开始咳嗽,越咳越急,最后将身体缩成一团。仿佛是信号,周围也此起彼伏地咳嗽起来,夹杂着有人昏睡中的磨牙声。嗡嗡轰轰的声音在四面响着,仿佛每个人的胸腔里都隐藏着一个巨型的风箱,逼仄得让人透不过气来。

别费劲了。三升将口中的浓痰吐到墙脚的草木灰里,半眯着眼睛说,一山容不得二虎。

天赐屡出新招,在将渔鼓词的七字句改为二五式后,又突发奇想,对道具动开了脑筋。这也是他跟三升矛盾爆发的根源。但天赐的革命意识越来越浓,益发而不可收。在听信大榆聒噪一番后,竟然连夜让他小舅子用拖拉机运来几捆卷纸筒。堆到学校的院子里。那些时日,人们进进出出,根本不清楚弄这些东西做甚。就看到大珍小艾急慌慌去供销社扯了红布。然后将管子一截截裁开。外面用红布捆扎起来,前后蒙上牛皮纸。看上去比腰鼓细,比渔鼓粗,拍起来嘭嘭作响,甚是晃眼。

那几日无酒。三升发现院子里唏溜夯喞三升发现院子里吸溜夯喞,大姑娘小媳妇个个忙得屁股朝天,脚底冒烟。锯的锯,拉的拉,不明白都在做什么。天赐怕老爷子多嘴,每天监工似的转悠着,瞄着三升来了,就嗫起嘴巴打嘘字。直到捆扎停当,不知哪个

渔鼓殇

说漏嘴，三升果然掼了小锣子。老祖宗传的东西，用了几百年，说改就改了？姑娘们一排队，三升就摸到板凳上盘腿坐着。大珍小艾都被他逗乐了。三升老爷，你领唱哎？三升翻翻眼皮，不吭声。上面要审节目，天赐捺着火气苦苦劝慰。三升死猪不怕开水烫，任谁说都不挪窝儿。

僵到半晌午，有人来检查了。是庆根陪着来的。那人穿着中山装，撮着腮上的疙瘩肉问，节目准备得如何了？天赐瞥着凳子上打坐的老犟筋，说快了。又问能不能唱几段。天赐说，马上排，排……急喊三升爷让开。叫了几声，三升抖着山羊胡子假寐，压根不予理会。来人笑了笑。问哪的。庆根说，呃，呃，是宣传队的，顾……中山装的脸就沉下来。庆根只好下了毒招。冲左右使个眼色，几个后生嗷地冲上去，将三升揉到牛粪筐子里，连简板带渔鼓打着号子掼到门外。就听哐的一声，三升跌得三魂出了七窍，等浑身臭烘烘爬起来时，那边锣鼓家伙一响，简板一扬噼里啪啦，姑娘们已经噼哩啪啦唱上了。三升也是驴性，抱着渔鼓就去捣门，天赐从里头蹿出来跳脚，老祖宗，上头审议哇，你要作死不是？三升一口浓痰堵在嗓子眼上，点着天赐的脑门，纸糊的也作数哇，你，你……糟践祖宗！鸾生气咻咻地说，村里过年才杀猪，你让我去哪抓猪尿泡？正嚷嚷着，庆根从里头跑出来喊，现场秩序太乱，大人物要走了！鸾生脑袋一大，立马轰出一帮看戏的小孩，然后咣地将门掼上了。

三升被晾在那里，自觉辱没了斯文，顾问也不当了。裹着老

羊皮躲回牛屋里。守着几个老伙伴,重新唱起渔鼓三声响,请出诸神仙,反复找不到昔日的感觉,哮喘病益发严重。

这边却是八个姑娘一字排开,唉哟,俺就演唱一回呀!万里长空风雷荡,五湖四海掀巨浪,工农兵,斗志昂扬除四害,俺唱一回,大寨人奋勇斗豺狼……嘭嘭嘭,嘭嘭嘭!八里庄人哪里见过这样的阵势?村民们的耳朵被八个样板戏磨出茧子了。没人知道渔鼓戏演起来,竟然这么好看。三升唱得再好,也只是一个竹筒子在拍。现在这么多渔鼓同时拍起来,那是怎样的威风呢!至于那手里的家伙,只要能砸出响来,管它竹子还是塑料的。八里庄人看着那一双双玉手上下翻飞,弹拨捻抹,眼睛只有发直发呆的份,那里还顾得上挑三拣四。

天赐的突发奇想,再次确立了自己在八里庄音乐教父的位置。此后每到晚上,小学校的教室里的便明光锃亮,灯火辉煌。随着排练的深入,另一幕大戏也渐次拉开。这其中的男女主角,自然是导演石天赐和渔鼓艺人三升的养女红琴了。

七

我觉得你就是我理想中的人。今天想起这句话,我依然为红琴的大胆表白感到震惊。要知道那是三十五年前,所有人的来往信札,开篇都是最高指示,中间以抓革命促生产贯串始终,偶尔聊几句日常话,也是假革命之名草草带过。而一位老渔鼓艺人的养女,

渔鼓殇

却在信上写下这样的句子,真有点石破天惊。这既不同于"天赐,你看我头上这朵花",也不同于一个索要夸赞的眼神。而是直抒胸臆,将一位乡村女子的心端出来。这句话如此深刻地印在我的脑子里,与它同时浮现的,还有养父三升近乎恶毒的叱骂。至于那封情书是如何被人窃走,又如何演化成八里庄的公共事件,应该与我童年的一次失误有着密不可分的联系。红琴后来的坎坎坷坷,是否也与此有关,只有上天知道了。

红琴曾是我童年要好的朋友。这里有些忘年交的成分。红琴比我大十几岁,按理说是姐。红琴对我好,多半是照顾性质的。比如农忙朝地里送绿豆汤,她会偷偷盛一碗留下来,或多放半勺白糖。尽管那是割麦子的壮劳力才有的待遇。红琴会纳袜垫子,会织毛衣,会在黑方口布鞋上绣蝴蝶花。于是我的脚上经常变换着各种花样。红琴对我掏心挖肺,自有其特殊的原因在里头。

有天晚上,我正在窗户外头看排练。红琴将我拉到暗影里,神秘兮兮地说,妍,求你一件事。我心里乐了。就想红琴说话的语气怎么也跟天赐似的。红琴让我做的事情,是帮她送一封信。红琴把那封信叠成纸鸢拿出来,很小心地放在我手心里。问,你哥哥晚上睡觉前看书吗?我说,看的。红琴说,在床头上?我说是呀?红琴问,她最近正在读什么书?我想了半天,说《和声学》。其实我也不知道《和声学》是啥。红琴点点头,没有再追问下去。她轻声说,帮我把这个夹到书里好吗?然后千叮咛万嘱咐,说不要让人家看见。我使劲点点头,却不明白她为什么不当面交给天赐。这时候

有人喊，红琴使劲捏了捏我的手，走了。我躲在窗户底下，偷偷打开信笺，赫然看到那行字，我觉得你就是我理想中的人……心下蓦地狂跳起来。这时候窗户里面的红琴正在拖一个长腔，那腔拖得几乎变调了，导演还在声色俱厉地叱她，嫌不够高。红琴顶了两次，都破了音，最终没顶上去。我想如果天赐看到这封信，是否还会这样批评她。

这时候星光满天，月亮像铜锣似的挂在天上。我正朝家里飞奔，突然被人拽住了。原来是同村二队的小艾和大宝。小艾原先是我的朋友，后来跟大榆的弟弟大宝好上，就不再理我了。他们就像狼和狈，总是勾肩搭背厮混在一起。八里庄所有恶作剧的场合，都能看到他俩的影子。小艾抓住我的膀子，神情诡异地说，去玩？我犹豫了几秒钟，推辞不过，还是跟着走了。我从小就是贪玩的人。就这样，那天晚上我们围着一个土坑，跟好多孩子玩起一种叫戒严的把戏。就是跑到土坑里蹲着，然后有人嘴巴里发出一声尖厉的嗯哨，戒严啦！大家立刻闻风而逃，跑到自认为安全的地方藏起来。几年前村子里曾有过武斗，还死了人，上头专门派飞机来巡察过。所以孩子们都知道戒严，就是撒传单的飞机来了，没准还要扔个炸弹啥的。我们就这样无师自通地演习着，像耗子一样蹿进蹿出，乐此不疲。可那天玩着玩着，出事了。有人在草垛里突然惨叫起来。那种叫声，多年后音犹在耳。莫过于被魔鬼掐了脖子，或被狼啃了脚后跟。我们循着音跑过去，发现小艾的裤子猪肠子似的堆在脚背上，大宝忙不迭地帮她朝上提着。大家吃了一惊，瞬间在月

渔鼓殇

亮底下看到小艾白乎乎的半截肚皮。让树枝子戳了，大宝鬼鬼祟祟地说，哪个敢胡说，就灭他家人……小艾被人搀着，似乎走路有些吃力。我们就帮大宝一起护送小艾回家。实则想去看大宝被痛揍的场面，但我们什么都没看到。小艾嘤嘤地只是哭。小艾的娘打躬作揖地谢了大家，忙着将热毛巾捂到闺女脑门上，还说要煮炒米鸡蛋给她吃。我只好郁闷地走开了。回到家里，一摸口袋发现信丢了。

月亮沉沉地坠了下去，天赐还没回来。母亲依旧在院子里烙着永远也烙不完的煎饼。我顺着原路找回去，借着月光用笸子笸头的办法将周围搜索了几遍借着月光用笸子笸头的办法将周围搜索了几遍。哪里还有信的影子？我知道自己闯了祸。此后几天，再也没有去看排练。尽管听说不久要彩排了。我怕红琴询问，更怕哥哥找我要那封信。天赐的《和声学》不知读到第几页了。他很晚才回来，而且总是蹑手蹑脚地。我闭着眼睛在那里假寐，好在他哼哼唱唱的，看起来心情还不错。

就这样，我整天心怀鬼胎，吃过早饭就急急忙忙地赶着一群鹅到野外打发时光。那是麦熟时鹅贩子到八里庄来的时候，让母亲赊下的。那些见风长的家伙，不需要吃粮食。我每天赶着一群鹅，腋下夹着几本小人书，慌里慌张地朝野外疾走。看着它们扑棱着翅膀你追我赶，盼着那件事快点过去。我总是这样，每抵捅了娄漏，就做出很忙碌的样子，暗示自己根本没有发生过。这招有时候还蛮灵的，不久我就变得轻松愉快起来。

可是几天后，接连发生了两件事，一件是三升跟养女红琴当街

闹翻了,接着宣传队的马立本跟大榆突然在小学校撕打起来。

总之,事情的原委,是红琴给天赐写的那封情书。被大宝捡到了。大宝交给他哥哥大榆。大榆看完后鼻口蹿火,当晚将信里的言语透给正在沟边挖淤泥的二槐。二槐又添了些油醋,贩买给在树下纳凉的大顺媳妇,小芝的表婶,三队的玉霞和小平。她俩想进宣传队,结果在挑选的时候,被筛下来。原因是玉霞五音不全,小平是左撇子。玉霞跟小平从此怀恨在心。她俩正在踢沙包,听到这句话,相视一笑,然后飞快地跑去告诉所有认识的人。于是这句话在光天化日之下被人传递着,直到最后像风一般刮到三升的耳朵里。在当年八里庄的青年人看来,这句表白无异于床笫之语。需要点上煤油灯,脸对着脸,抑或进了洞房才能说的。一对青年男女,没有突破某种界限,怎么能说这种让人面酣心跳的话呢?既然说了,就说明他们之间有了关系。这种关系说不清道不明,只可意会,不可言传。

世事就是这么奇怪,红琴,经由一封今天看似正常的情书,正由一个八里庄众星捧月,为人瞩目的公主,沦为人们眼里的笑柄。

八

排练依旧如火如荼地进行着。这天早晨,八里庄人刚吃过早饭,正三三两两捎着农具准备下地。远远看到两个人撕扯在一起。好像是一个急于脱身,另一个死死拽住不让。

渔鼓殇

你去唱,你去唱?你还能去唱吗?我丢得起这份人?

怎么了,我又没做什么,我做什么了。

你要去唱就是个死,你嫌我死得晚了就去!

人们纷纷围上去。看到八里庄昔日的渔鼓老倔头,正揪住自己的掌上明珠,用烟袋杆子疯狂地抽打。随着他歇斯底里的动作,我们看到他烟杆上那块玉珮上下甩动着,不顾一切地击打在养女的脑袋上。而红琴,那位八里庄当红的宣传队女主角,正拼命护着自己的辫根子,一边躲一边喊。

爹,你疯了不是?你破坏革命新形势,根生要拿绳子捆了!

三升的愤怒,实则是出于从开始就看到结局的无奈。那个三七开小白脸,打从走进八里庄,就是他的对头与克星。现在全村的人都在议论小白脸跟自己的闺女胡搞。老家伙一旦动起手来,就有朝死里整的架势。听闺女说根生要拿绳子捆人,他犹豫了一下,红琴乘机挣脱了。倒不如当年就把你掐死喽!三升左右转圈抓不到人,气急败坏地说,天天扯着嗓子吼丧,你以为那个姓郭的娘们真有胆子犯上嘛。

红琴眨巴眨巴眼睛,怎么了,人家导演说是这样的。

三升胸口呼哧呼哧拉着风箱。自古草民见了皇后娘娘都是三叩九拜,这样的戏哪个信?天天鬼喊驴叫不讲,你诌那些丢人的东西做甚,总归嫌我死得晚了吧!

红琴暗暗心惊。养父说出这样的话,委实让她有些架不住。红琴是三升从远房亲戚过继的。从小吃打无数,养成乖张的脾气。那

封写给天赐的信，是她躲在煤油灯底下，一笔一画刻出来的。至于具体写了些什么，她都忘记了。那天早晨她正要去排练，养父戳戳捣捣地找过来，嘟囔着说，牛屋的水缸见底了，连牛都没水喝啦，自己看来早晚得渴死，让她留神去收尸。红琴只好先到井台帮养父打水。天赐回部队联系乐器的事了，这几天临时由她看着宣传队排练。红琴心急如焚，在弯腰去转摇橹把子的时候，有面半月形的小镜子，噗通从口袋掉到井里。红琴赶紧将水桶放下去捞，眼看着镜子一点点沉底了。

红琴七上八下地帮养父挑了两趟水，就到小学校排练去了。在对词的时候，老觉得后脊梁怪怪的，好像背着许多眼睛。屋子里的汽灯芯子也是奇怪，爆了两次，才换的那只依旧滋滋乱叫。红琴摔了两次小锣子，伴奏照样文武不齐。小木匠大榆鬼鬼祟祟地跟马立本嘀咕着。然后马立本拿异样的眼神看着她。红琴走过去，口干舌燥地说了半天。大榆闭着眼睛假寐。再说，大榆拿手搔搔头皮，从口袋里蓦地掏出样东西，嘿？俺怎么觉得你就是那个……理想中的人哩。

周围鸦雀无声。红琴脑子轰然一响，你胡呲什么？

大榆不再搔脑袋了，将纸头啪啪拍两下，高声道，媳妇儿，该是上床歇去了哇？

红琴这回听清了，那脸当即红得像树上熟透的柿子！对方却毫不羞耻地逼上来，拿信纸冲着她的鼻尖乱晃。大榆有九个兄弟，平日纵横八里庄，没有敢惹的。又值满脸冒疙瘩的岁数，私下里将八

渔鼓殇

里庄的姑娘排了队，红琴自然是头牌。没想到斜刺里杀出个石天赐，气得他每天都想杀人。红琴觉得平素大榆百样顺着她，今天搭错了哪根筋呢。正思忖着，大榆已经扑上来攥住她的手脖子。红琴哎哟一声。说好呀，你耍流氓？这就告你去。大榆说告呀，八里庄哪个不知道你是我媳妇？红琴气得手颤心抖，哪里还说得出半句话。正僵持间，汽灯罩子砰地爆裂了。黑暗里有人噼溜噗通厮打起来，中间夹杂着闷闷的拳头和吭哧声。女队员皆抱着脑袋尖叫起来。待汽灯再亮的时候，人们发现红琴不知去向。搂抱在一起使劲的是小木匠大榆跟拉二胡的结巴马立本。

马立本有个嗜好，就是跟红琴掰手腕。天赐还没来的时候，我们跑到三升家玩，看到马立本正在煤油灯底下给红琴看手相。你今年要命犯桃花，马立本认真地说。红琴说，犯谁。马立本很有信心说，识文解字的。我们在旁边看着，都知道马立本的用意。偏偏红琴不解风情，又问了一句，八里庄识文断字的不多呀。马立本有点泄气地说，你问我哪个字，我没帮你解出来？红琴有点明白了，将手抽出来。马立本说，把手给我。红琴狐疑地问，你能猜出什么？马立本说，给你指个方向。就眯着眼，在红琴的手心画个字符。我们都猜不出，红琴的脸却红了。将手抽出来在对方脸上击了一掌。不要脸的！

马立本不仅会看手相，他还有个习惯，就是支锅框。支锅框是八里庄的青年男女常玩的把戏。就是十指相扣，像牛似的拱在一

起角力。先倒下的那位，自然是失败者。这在一定程度上考验到人们的耐心和臂力。八里庄所有的青年男子，都渴望在下地干活的间隙跟红琴支锅框。可红琴支锅框的对象是有选择的。出于可以理解的原因，马立本自然是红琴的选择之一。从前我们都喜欢到三升家玩，红琴就跟马立本钻到牛屋里稀溜糊噜角起力来。外面一堆青年人在摔牌，听到屋里不时发出哎哟、嘿的声音。至于胜负几何，就不得而知了。有时候我们会钻到门帘里偷偷察看，这时候就发现马立本将红琴压在床上，用两腿抵住，两人四目相对，十指紧扣。红琴说，先生，你要怎着？马立本说，那个，你还，还不认……输？

　　排练期间，马立本争取到拉二胡的机会。经常在天赐或红琴对话的时候，耗子磨牙似的咯吱几下。大家笑一笑，知道他心里笼蒸火烤的煎熬。现在，马立本跟大榆厮杀在一起，明眼人看上去，都知道是千仇万恨的总爆发。马立本身小体弱，自然不占上风，吃过几个杀威的拳头不讲，胸前两支笔也被大榆抢过去，掰作三截。他哪里知道从支锅框以后，自己就是大榆的眼中钉。现在冒出来，正好顶缸挨揍吧。眼下大榆将他当作天赐，骑在地上打得鼻血横流。二胡弦也扯断了好几根。直到根生被红琴找来，喝令住手。大榆杀得性起，哪里认得张三李四，拉扯中不慎将拳头抡到根生脸上，当场肿了半个腮帮子。根生气得七窍生烟。当即宣布将大榆马立本开除。话一出口，两人都后悔了。打躬作揖，求村支书根生开恩，又连夜写了检讨书贴到墙上，事态方才平息。

　　天赐回来了。这是打架事件结束后第三天。听到大平小秀争着汇报事情的经过，天赐微微一笑。是吗？这么有趣？大榆跟马立本站在旁边眨巴眨巴眼睛，不知道他说的有趣是什么意思。大榆还想多说几句，天赐将手一挥，各就各位！大榆头皮麻酥酥的，赶紧乖乖地拾起小锣子。转眼间摆好阵式。红琴清清嗓子，又开始了对江青的痛斥。那一刻，红琴再度成为人们眼里的公主。村人的嘲笑，大榆和马立本的厮杀，与其说是吃醋，毋宁说是自取其辱。天赐就是这样。他就是气场，就是威慑力。他的不怒自威，让八里庄人自惭形秽，唯其马首是瞻。八里庄的年轻人看天赐就像看天上的太阳，强光之下自然缩了半截，矮了三分，哪里还有叫板的勇气。

九

　　天赐形迹鬼魅，总是半夜才回家。而且他好像多了个习惯，就是用指甲剪镊下巴的胡子，这让人看上去提心吊胆。因为他不是在剪，而是在拔。就是用指甲剪镊住胡须，朝外猛拽。这种做法很危险，我经常看到天赐捧着半个腮帮子抽冷气。在我看来，他在头面上花了太多的工夫。他脑袋上的三七开，被烫成鸡冠的型状，裤杠总像擀面杖压似的笔直。如今他对着下巴开了杀戒，恨不得把所有的胡须都连根拔掉。我想他根本不用这么忙活，即便他长髯飘飘，依然会有女子愿意为他勒马坠镫。排练期间，天赐热衷于不停地给女主角说戏。导演越慷慨激昂，女主角就越痴痴迷迷。宣传队的排练热火朝天，天赐跟红琴整天双出双进，满村人看到我，都在问，

你哥哪天结婚呀？

　　这是件很严肃的事，我必须把外面的情况赶紧跟天赐说了。否则父母会着急上火的。可天赐很忙。天赐要排戏，排完戏还要乐此不疲地跟下巴较劲。尽管我整天蹿来跑去，可根本插不上话。再说即便讲了，天赐也不一定理我，这让我小小的年纪，心里就坠上石头。天赐却毫不知晓，有一天边拔胡须边对我，妍，你要什么样的嫂子？我吓了一跳。结结巴巴地说，谁知道，都没有，那个……红琴好来。天赐不说话，而是从包里掏出一堆照片抖落在桌子上。其中有张女兵的侧面照。像玉一般具有雕塑感的面部轮廓，上眼皮叠得很双的眼睛，光洁的前额，几缕微烫的刘海，唇角似有似无的笑靥。灵动，飘逸，充满神秘和无法言说的高贵。我捏着照片，就像捏着从画报上剪下来的图片，心里充满了疑惑。

　　罗逸，文工团拉小提琴的，天赐说。

　　这个叫罗逸的，直到今天依然是我心中象牙塔里的艺术女神。她那么神圣，高洁，有着永远无法靠近的感觉。

　　太好看了。我脱口而出道，她是哪的？

　　一直在追我，天赐说，温州人，我还在犹豫呢。

　　红琴呢？我有点疑惑地问。红琴的长辫子，细腰身，大腚盘，还有她"柔耐"的渔鼓腔，毕竟让我从未有过的着迷。

　　老房东查铺唱得不错。天赐不置可否地说，仅仅是不错而已。

　　我不知道该哪个伤心。天赐太优秀了。八里庄的女子，天赐是随便挑的，可八里庄毕竟太小了。

渔鼓殇

这样的女子有一打。天赐说，没办法的事，都是魅力招惹的。

大幕徐徐拉开，一束强光从天穹上打下来，牢牢罩住台子上的八个姑娘。枣红色的干枝梅斜对襟小褂，湖蓝色的人造棉裤子，黑方口布鞋。每人腰间束一块平绒绣花小方巾。齐刷刷的樱桃小口一张，哎哟，俺就演唱一回，万里长空风雷荡，五湖四海翻巨吆喝浪……嘭嘭嘭，嘭嘭嘭！嘭嘭嘭彭嘭！

它给我的童年造成如此强烈的视觉冲击。以至于前边演的什么，后边演的什么，报幕员说了些什么，我一概无从知晓。在大幕拉开以前，观众稀稀落落进场的时候，我看到天赐在剧场正门入口转来转去。天赐穿着牛仔装，手里箍着香烟。看上去有些心神不宁。我跑过去说，嗨！天赐看到我说，演员正在后台化妆，你赶紧到前面看看，上座率如何。天赐的话就是圣旨。我答应了一声，赶紧抬腿朝大厅里跑去。

人们依旧在陆陆续续地进场。剪票口拥堵得一塌糊涂。八里庄的二柴和庆连试图混进来。他家的根子拖着老长的鼻涕，正从人们的腿缝里钻过去。刚钻到半截的时候，被检票员，那个外号叫吴大牙的，一把薅出来。你小孩怎么也到处乱跑？吴大牙是南方人，剪了五十多年票，没有过差池。二柴红头胀脑，跟吴大牙说些蛮缠的话，眼看着就被挡在外头。我顾不上管他们，又飞快地跑进剧场。黑黢黢的大厅里，观众已经坐了八九成。靠前排中间的地方，好像是坐了几个领导模样的人。他们的前后左右都空着，有几个孩子的

紫金文库

气十足地趴在那里玩耍。三排以后，陆续有人走过去坐下，间或将椅子拍得噼里啪啦直响。我里外穿梭，急得满头大汗，盼着人们赶紧坐满，盼着大幕赶紧拉开。我知道只要锣鼓家伙一敲，八个姑娘将渔鼓嘭嘭一拍，天赐的导演梦就圆了。这样的阵式，三升做梦也不敢想呢。

宣传队进县城汇演前，集中排练了四天三夜。每天炒米鸡蛋红糖水，姜米果子。享受着八里庄孕妇才有的待遇。根生豁出去了，节目要拿奖，他在领导眼里身价自然水涨船高。张书记早就表态，等汇演结束，将他提拔到林业站当站长，吃公家粮。

三升却在一个月黑风高的晚上找到根生，说闺女不能再唱戏了。根生说怎么了。三升说，再唱就嫁不出去了。根生知道有人把话灌到他耳朵里。诸事纷扰，哪里还顾得上开导他。就搪塞说好吧，等汇演结束不唱也罢。三升蹲在门槛上，半晌没说话。根生知道他心里有疙瘩。说三升老太，不是不让你登台，你的那些老八股，的确跟不上新形势，顾问还是我帮你要的，你又跟天赐合不来……实在想上，就去打大锣吧。三升将烟袋朝门槛上死劲磕了几磕说，我还没贱到那份上，大锣我不打，闺女你帮我撤回来，后天黑驴坡有病丧事，我让她陪我去那里唱。根生说哪样重要？三升说，生老病死，论年古辈的大事。根生心里笑他没见识，不便硬顶，只好哄他说好啊，我去跟红琴做工作。三升抱着渔鼓筒子走了，红琴那边自然没说成。三升人老没觉悟，闺女却是讲原则的。尽管动机的背后有些让人生疑。

108

渔鼓殇

红琴依旧绿裤红褂，只是模样看上去带着几分憔悴。让人奇怪的是她的声音。原先那种甜，糯消失了。取而代之的是高，尖，细。特别是几处高潮的地方，几乎要将房顶掀翻。台下不断刮起暴风雨似的掌声。因为她的大义凛然，她表现出来的爱憎，的确让人看着既解气又过瘾。我终于明白，她这种唱法，就是天赐说的穿透力了。可这种声音，真的不好听。我当时有种奇怪的感觉，就是台上的那个女子，压根就不是红琴。她的两眼喷火，她的咬钢嚼铁，她的甩发，跺脚，对着某个虚拟方向的指鼻子挖眼，都让人觉得毫无美感。她原有的声音消失了。我宁可她是手里举着一盏灯的老房东，也不愿看她现在的样子。可她这副做派，是天赐要的。也是坐在台下前排那些头面人物要的。那天晚上，八里庄人几乎倾巢出动。只有三升没到场。不但没到，还把天赐托人送去的票撕了。在老人看来，那些瞎鼓捣的东西，压根就是非驴非马，气死祖宗。

一切都在意料之中。天赐的渔鼓坐唱《斗豺狼》大获成功，被评为最佳剧目，最佳导演，红琴被评为优秀女演员。在谢幕的时候，前排就座的大人物都挤挤挨挨地走到台上，跟每个演员握手。八个姑娘齐刷刷地朝台下鞠躬，掌声在她们到达的每个地方适时响起。红琴就像一朵牡丹盛开在舞台上，所有的配角都成了绿叶。红琴心里却只有一个人。当她牵着天赐朝观众致谢的时候，在场的八里庄人都认为，红琴跟天赐真是天造地设的一双，就等吉日良辰，石家下聘礼了。

红琴嫁的却不是天赐，而是临汾某旅的一个退伍兵。与红琴在舞台上的辉煌相反，随着天赐的功成身退，她在八里庄的声名变得暧昧和令人生疑起来。天赐走了。除去那句"我就是你理想中的人"以及那封丢失的信外，我不清楚红琴从八里庄特邀导演那里是否得到过某种承诺。汇演结束后，天赐突然变得暴躁异常。他像鬣狗似的在屋子里转着，同时将一只几近报废的收音机拨弄来拨弄去，从早上的新闻联播听到晚上的小喇叭，让噪音充满房间的每个角落。那几天，我惊恐地看着天赐的失态。难道是因为红琴？我摇了摇头，红琴是八里庄的首选。但红琴之外，还有一大批罗逸们等着。我不知道这一切缘从何起。瞅着天赐调台的间隙，我怯生生地走过去问了一声。

天赐说，气候变了，文工团可能要解散了。

天赐几年后的命运转折是跟百万大裁军联在一起的。那是八十年中期的事了。天赐此后从天上掉到地下，开启了他多年去向不明的艺术漂泊生涯。这也成为萦绕在县城工作的父亲和勤于农耕的母亲心头多年的梦魇。而这些，作为偏居苏北某隅弹丸村落的八里庄是无从知晓的。人们只知道天赐回部队了，而且一去便了无踪迹。红琴依旧在田间灶尾干活，这使人们的眼光由艳羡变得狐疑，渐渐地，关于婚嫁的话亦不再提起。红琴，正面临着一位乡村姑娘最尴尬的局面。这种处境是原先被抬得很高，高得人们仰着脖子都看不到，然后不明所以地掉到地上，突然变得一文不值。原来，天赐只是罩在她头上的肥皂泡啊，当这个肥皂泡消失后，她就什么也不是

了。尽管不是，按说婚嫁的年龄，该走的程序还得走。所以在天赐回部队几年后，红琴草草相了几次亲，然后很快跟一个背着风箱回乡的退伍兵定下了终身。

出嫁那天早晨，一挂不大的鞭炮在她身后噼噼啪啪地炸着。天空下着雨，那些争风吃醋的乡村青年早已不知去向。我懵里懵懂地跟在旁边，看着红琴坐在他堂弟的自行车后座上，一溜歪消失在村庄的尽头。三升依旧在牛坊里唱那些老八股，甚至没在村头露面。不管怎么说，作为八里庄宣传队的台柱子，红琴走得委实有些诡谲，乃至寒酸了。

我见过那个退伍兵的黑白照片。背景是一条弯度很大的列车轨道，红琴跟她"理想中的人"在铁轨旁并肩而立。那男人斜挎着扎毛巾的军用挎包，白瓷茶缸上写着临汾某旅几个字，有点像电影《战上海》里的乡下小当兵的。红琴两条辫子搭在肩上，穿着碎花的确良小褂，黑平绒方口鞋，唇角上的笑有几分苦涩。

十

天赐由文工团的首席小提琴手蜕变成一位坚定的传统文化捍卫者，用了十余年的光阴。二十世纪八十年代后期，各种外来思潮疯狂地敲击着人们的耳鼓。手提录音机，大喇叭裤一夜之间风靡了全城。女人烫发由弯曲的刘海向整个头部蔓延。河西镇那阵子流行菊花烫，地不分南北，人不分老幼，纷纷涌到理发店排队，林立的电

帽子在每个年龄段的女人脑袋上吱吱作响。由于不明就里,不少青春少女顶着今天看来中老年妇女才有的菊花脑袋走在大街上。迈克尔·杰克逊的太空步,约翰·丹佛的《村路带我回家》,李谷一的《乡恋》杂糅在一起,敲击着每个人的耳鼓。各种光怪陆离的音符装点着人们的生活,由于用力过猛,使得很多人从头面到着装,从思维到生活方式,都处在前所未有的混乱生态。因混乱而兴奋,因兴奋而勃发了空前的能量和生机。

此时的天赐已经在县文化局创作室做编剧了。经过十几年的漂泊和打磨,天赐发生了在人们看来惊人的嬗变。这种变化从他的头面上就可以看出来。天赐不再烫发,亦不再穿皮鞋。他的头发乱蓬蓬的,毫无方向感地生长在脑袋上;他的脚上永远赤足穿着一双老北京瑞蚨祥的布鞋,方口的或者圆口的;他不再反复跟下巴较劲,任那上面春风野火,犹如杂草丛生;他总是身着中式对襟罩衫,裤杠亦不再笔挺,而是很家常的棉布裤子,腿弯处堆着永远拽不平的皱褶。所有这些,无不昭示着一个曾经十分洋化的天赐向传统的回归。而视艺术为终生信仰的天赐,在历经十余年的构建与打碎,追索与破灭,忠诚与背叛,地狱与天堂的转换和挣扎后,竟然在全民经商的大潮里,不可救药地一头扎到传统戏曲的深潭里,离群索居,走火入魔。如今的天赐就像一头无法捉摸的藏獒,外表看起来沉雄、坚忍、神秘,内里却蕴集着随时可能爆发的能量。

百万人裁军后天赐曾经回过一趟八里庄。从前那个言必圣桑的天赐不见了。除去百无聊赖地敲着呱啦板子,嘟囔着火车站里有火

渔鼓殇

车，车站里面有旅客，旅客们手里提着包裹以外，更多冒出来的是小二黑，打起鼓敲起锣，我推起小车来送货；再不就是马铃儿响哟玉鸟唱，我随阿诗玛回家乡。妍，我给你唱一段《朝阳沟》？那时我正拎着篮子出去割草。天赐在门口把我拦住了。当时《朝阳沟》风靡苏北鲁南的大街小巷，银环和栓宝的故事将乡村说成人间的天堂。天赐却拦着我唱道，我往哪里去呀，我上哪里走……他唱念做打，手眼身法，一人包揽了朝阳沟的全部角色。眼看着日头已过正午，我望着空空如也的篮子，担心母亲责备，想从门旁溜出去。结果朝左躲，天赐朝左拦，朝右躲，他拦在右边依旧只是唱，横竖就我一个听众。猪在圈里饿得高声抗议了，鹅鸭则围在身前身后嘎嘎叫唤，有几只冲上来猛啄我的裤角。我无奈地蹲在门槛上，听着天赐如泣如诉地唱道，朝阳沟，明年又是大丰收，大丰收呕呕呕。我从天赐的眼睛里，看不到一丝丰收的喜悦，只有无处逃遁的茫然。

多年后天赐从天涯海角流浪归来，通体散发着一个穷尽探索终至化境的男人无比成熟的魅力。天赐熟谙各个地方传统剧种和戏曲流派的创作规律，特别是对那些流派代表人物的艺术风格考证，不逊今天的任何骨灰级拥趸。由于对传统渔鼓戏的迷醉，他跟八里庄的渔鼓老艺人由对手成为莫逆之交。至于他们如何冰释前嫌，天赐是否行过三叩九拜的大礼，就不得而知了。总之此后几年里，文化馆的人经常看到一位披着黑布长衫的老人，逢庙会摆摊唱渔鼓，旁边总有位忠实的信徒坐在那里，笔走龙蛇地记录着那些永远唱不尽的词谱。无寒论夏，风雨无阻。有时候集市散了场，天赐会把老人

请到屋子里继续切磋。

河西镇文化馆的那间小屋,当年有两个奇观让人印象深刻。一是耗子体大如猫,大白天率众儿孙在天赐经年不刷的碗筷上过桥,打洞的积土几乎堆到天花板上;二是一老一少捧着渔鼓弹拢捻抹的动静,以及老人从豁牙漏风的嘴巴里冒出来的渔鼓腔。又叫魂了,馆里人总是说,一个不够,又来了俩。天赐对渔鼓戏的执着,其实是个体化的,毫无功利性的,出自对古老传统艺术的钦服和迷醉。他的这种自发与自悟,比起现今老瓜刷绿漆式的抢救抑或申请,至少早了将近十多年。这期间,天赐积累了大小几十部剧目的编导经验,业已成为坊间公认的实力派了。

眼下,天赐正在呕心沥血地创作一部古人出海为题材的渔鼓大戏《远行记》。那部戏里的男主角,多年来在民间和官方得到截然不同的评价。民间唾其为骗子,由于其出生地,品性的可怀疑性,在学术界一直争执不休。官方则认为是一位传播文化的友好使者。天赐要做的,就是在这部戏里还原其七情六欲,让他的所作所为看起来真实可信。这对天赐,自然是轻车熟路的事情。剧本脱稿后,经过几次例行公事式的审核,很快在一个艳阳高挂的日子作为精品工程立项了。

女主角的遴选却在全县闹得沸沸扬扬。当时石家已搬回城里,我大学毕业分在县科研部门上班,没事喜欢跑到文化馆去坑。所到之处,满耳朵都在听人说那部戏。接着听说要选角了。文化馆人称

渔鼓殇

之为选美。由县柳琴剧团的男老生谷子良带队,到各乡镇去选拔。其方式就是所到之处,摆开一溜长桌凳,让民政助理陪着,然后找几个姑娘扳扳腿,再喊两嗓子。谷子良牛眼阔面,演了半辈子武生,摸爬滚打样样在行,选人亦自有一套标准。喜欢高嗓门。凡音域扁窄的,声若游丝的,一律当场淘汰。几个乡捋下来,挑了几个能吼几句黄土高坡的肉喇叭回来。这些肉喇叭对流行歌曲蛮在行,一旦唱渔鼓调,五音不全的,荒腔走板的,左右跟不上调门。兼有跳舞同脚同手的,难免让人啼笑皆非。天赐一番过目,当场全盘否定。于是下去开始第二轮挑选。热热闹闹又带来一批窄腰肥臀的女子,搅得县剧团满院子莺声燕语,花枝招展,却半天没见有人出来验收。原来天赐有事出差,至少三五天后回来。导演即已离席,其他人便无法擅自拍板。一大堆姑娘小媳妇无处安顿,谷子良只好骂骂咧咧的,自己贴钱带到路边餐馆里,白菜汤就干蒸馍,饱餐一顿后暂时打发回家。

过了几日,我到文化馆去办事,一进门发现满院子花团锦簇,看景的围了里外三层。

听说了吗?这次入围的有十几个。说话的文化馆临时工罗孝春,是天赐的骨灰级粉丝,整天热衷于各类新闻八卦的发布。

我立刻想到红琴。红琴是宣传队的台柱子,按理说应该有她。

八里庄有吗,红琴来了吗?

红琴?好像……有吧,不过我只认得那个叫黑莓的……肉喇叭嗓门,唱北京的金山上没有超过她的。

紫金文库

罗孝春一身迷彩装打扮，头发中分，郭富城晃眼看去有点像郭富成。举止上处处模仿石天赐，有时候听声音几乎可以乱真。

我的心忽悠提起来。不管怎么说，红琴的唱功是家传的，唱渔鼓戏哪个能比得过她？但红琴出嫁多年，是不是荒废了嗓子也未可知。

天赐回来后，就到县里汇报了。谷子良满头大汗地张罗着，将精心挑来的女子们排排坐，并几次催人去喊导演。我里外找了几圈，没有发现红琴。就想是不是跟天赐单独谈心去了，毕竟他俩是有过节的。这样想着，一径奔了县剧团招待所。

招待所坐落在河西镇的老街，两层小楼。底下卖百货，上面住人。绕过熙攘的人群，我踩着木制楼梯吱吱嘎嘎上了二楼。楼梯年久失修，随意搭了几块水泥预制板，有稍不留神便一脚踏空的感觉。走廊里满地纸屑，刚吃过的西瓜皮从塑料袋里半露出来，上面有几只绿头苍蝇飞来飞去，墙角没有及时清理的垃圾散发出难闻的馊味。抬眼看过去，一溜七八间房子，都是极简陋的门，玻璃窗上糊着报纸，有的挂着锁，有的虚掩着，不时有鼓乐声箫从里面传出来，影影绰绰。我走过去，试探性地推开其中一间，看到一个和尚模样的老男人，着中式对襟大褂，正半眯着眼睛拉二胡，其声音之柔美、之凄婉，跟他的气质很不相称。又试探着去推另外几间，都没推动。便不再冒失，而是隔着半截纸糊的窗玻璃朝里张望着。

屋里坐着一位女子。从背影看上去窈窕，端庄，光彩照人。今天回忆起那位女子，我依旧说不清她当时给我带来的感觉。女子服

渔鼓殇

饰极尽美艳，大红，翠绿和明黄相配，每种颜色在搭配上都犯了民间的忌讳，却有出其不意的效果。她云髻高挽，玉臂轻绕，将一只用黑金丝绒缠裹的渔鼓松松地拢在胸前，腕子上堆金砌银，带了各种粗细大小不一的钮花镯子，一条玫瑰红的绸布休闲裤下面，是精巧别致的绣鞋。白皙的赤足上，一道道纤细的，近乎碧蓝色的血管纤毫毕显。她就那样姿态优雅地坐着，轻松，随意，娴静，看上去就像一幅静态的古代簪花仕女图。似是寒窑的王宝钏，牡丹亭里的崔莺莺，望江亭里的谭记儿，抑或游龙戏凤里的凤姐。都是，又都不是。她一身华服，绫罗绸缎，跟屋子里的鄙陋形成惊人反差和对比。这是另一种不可靠近，比起罗逸，她的光彩四射似乎更有了某种俗世的味道。接着就看到天赐，正拿着一沓子纸对着那女子说戏。他指指点点，嘴巴里不时冒出一串串让人似懂非懂的戏曲术语，感觉从未有过的投入。

我敲了敲门，不等回应就推开走了进去。

女子依然保持着优美的坐姿，只是用略带疑问的目光瞥了我一眼，然后转向天赐。

我径自找了张木椅坐下，听到天赐对那女子说，我妹妹，大学刚毕业。

女子没说话，微笑着轻轻颔首。我也下意识地点了点头，不知为什么想到红琴。

直觉告诉我，这位女子，就是天赐出差五天从外地请来的女主角，至于外面院子里的花团锦簇，大都是些龙套喽啰的角色。依红

琴当年的心高气傲，她就是不唱，也不愿给别人打下手的。正思忖着，一声气运丹田的渔鼓腔在屋子里回旋起来。"夕阳古柳赵家庄，负鼓盲翁正作场，身后是非谁管得，满村争唱蔡中郎。"那声音苍凉，遒劲，悠扬婉转，百折千回，在极尽酣畅的抒发之后回收原处。是天赐在唱。天赐的眼睛似闭非闭，用脚打着节拍，完全沉浸在某种情境当中去了。这让人听上去有种奇怪的感觉。仿佛这位静态的宛若图画般的簪花女子，天赐的吟唱，还有整个屋子里的气场都回到远古时代。漫天飞舞的苇花，伴着一缕时隐时现，浑如天籁的拖腔在屋子回荡着，让人凭空生出亦真亦幻的感觉。

　　天赐极尽兴致地唱毕，突然说了一句，梅凤殊，从淮州煤矿文工团请过来的。

　　凤殊依旧优雅地坐着，通体弥散着说不出的镇定和从容。我不知道她这种气质是怎么修炼的。在我看来，那是一种舞台或镜头前的坐姿，和柴米油盐之人不可同日而语。就说我，从小到大，无论在课桌还是办公桌前，也就几分钟的规范，然后很快弓腰塌背东倒西歪。现在，我挺胸抬头，将两腿很刻意地收拢着，听到凤殊开口嘤声道，天赐，第五幕的唱段能不能减两小节？这几天偶受风寒，我怕到时候嗓子吃不消哦。

　　她的声音很好听。字润腔圆，水音里衬着气声，每个字都吐得特别熨帖和到位。不过我很清晰地听见她喊天赐，而不是导演。

　　天赐说，那是中心唱段，全剧的主旨都押在上面呢，而且是专门根据你的嗓音特点设计的，华彩段落。

渔鼓殇

凤殊轻轻哦了声。然后撒娇似地对天赐说,那我不要天天走场子嘛,身体吃不消的,要不你得帮我揉揉。

她连说两个吃不消,让我对她的感觉有点怪怪的。

天赐说,好呵,给你开小灶吧,谁让你是救命的姑奶奶呢。

他俩就这样一来一去,几近打情骂俏,其熟稔程度就像多年不见的老朋友。也许导演和女主角之间,本来就需要这种默契度。可不知为什么,我想红琴的感觉越来越强烈了。不顾他们话稠,脱口道,红琴呢?她这次也该选上的。

天赐愣了一下。少顷,才很认真地对我说,不是没考虑过……听说红琴眼下做生意,怕是早就不唱了。

梅凤殊坐在那里,随手赶开几只在眼前不停翻飞的蚊虫,她挥手的姿势依然那么好看。

十一

红琴酱园厂坐落在河西镇八里庄。她的那位退伍兵男人原先是搞汽修的,因为生意不景气,结婚后倒插门到老丈人家帮媳妇打理事务。眼下,闹哄哄的酱园厂很是气派,几乎盘踞了半个村子。在最红火的时候,我曾随参观团到那里去过。当红琴搓着手出来迎接的时候,我险些没有认出来。

眼前的女人腰粗体硕,穿一件雪花呢宽下摆大衣,严谨地扣着每粒扣子。靠脖颈处是银狐小翻领,托着堆满笑容的满月脸和萝筛

般的菊花头。我愣了一下，听见红琴操着生硬的标准音对前去参观的人说，整天盼星星盼月亮，就等着大人物来检查指导啊。说完，从喉咙里爆出有些夸张的嘎嘎大笑。

如果我没记错的话，此时已是红琴出嫁的第十个年头。那个坐在堂弟车后座上远去的纤瘦身影，和这位张着两只手东一指，西一指，满口感谢这，感谢那，不时笑得前张后仰的中年女人，是如此的不合拍。我站在人堆里，看着眼前的女厂主，心里思忖着要不要上去搭话。她也许早已不认识我了。一堆人呼呼啦啦朝前走，绕来绕去，率先进了酱园厂的食堂。有位系着围裙，手里拎大勺的男人小跑着迎上来。他过早谢了顶，有点罗圈腿，一笑嘴巴周围推开俩弧圈。中午让领导们在这吃饭吧？厂里做的酱鸡爪远近闻名呢。

红琴熟练地吩咐着，完全是江湖上行走多年的派头。

那男人诺诺连声。污水横流的墙角果然绑着几只鸡鸭，水池子里泡着切成丁的酱梢瓜。几个穿着水靴的乡下丫头蹲在那里，拿水龙头来回冲刷着筐里的毛蛤，一只王八冒着气泡游来游去，不时吐着成串的气泡泡。

领队的张组长连连摆手说，上午还要跑几家，就不麻烦了。

一堆人又前呼后拥地走出来。

红琴酱园厂是手工作坊。十几口黑黢黢的大缸，一溜靠墙根摆放着，缸盖上压着石头。红琴让女工掀开其中一口，捞了几条，耍把戏似的让调查组看。瓜是那种传统的棉老梢，沥沥啦啦朝下滴着卤水。听说供给各大超市，还有外贸上。这中间鞍前马后跟着跑龙

套的，是当年在宣传队拉二胡的结巴。马立本的口吃好了许多，说话的时候，能不眨眼吐上一长串。只有换气时才打磕巴。

有车就好……办，走时每人弄几箱酱瓜带着，卷煎饼拌凉面就大葱，能一直吃到开，开春的。

马立本现在的身份是酱园厂会计，属于厂里说话算数的角色，兼有跟红琴的男人，那位食堂掌勺大师傅平起平坐的资本。

妍，你哥小时候的照片还在俺家墙上挂着。

连着看了几处，除去酱缸还是酱坊。脑袋上空的阳光却越来越毒炽了。厂里几位女工端来刚洗的棉老梢，大家喊哩咔嚓地吃着。我正准备找个地方躲凉，耳边突然响起一个声音。

银狐领，菊花头，满月脸，一件长下摆的雪花呢大衣箍着水桶般的腰身。我定定地望着刚走过来的中年女人。早就认出是你啦。那女人说，自从你们回城，有十多年没见了，你还是小时候的模样，连神情都没变，还记得我绣的黑平绒鞋上是什么花？

我噎在那里。想起从前的那个红琴，一时不知该说什么。毕竟世事有了沧桑的变化，除去渔鼓坐唱，实在想不起更多的东西了。是啊，这么多年……你还唱戏吗？一想到选角的事，我仍心犹不甘。红琴蓦地瞪大了眼睛！上次剧团来人，碰巧我到外地进货了，你哥说话还算数吗？话音刚落，口袋里的手机突然唱起来。是很流行的那种曲子，金色的头发黑色的眼睛，你怎么知道我没见过你？红琴立马换了表情。哎呀，张书记来提货？成色自然得好点的，半

个月前就准备了……啊呵呵！红琴的笑声有点扎耳。除去"嘎"字，我想不出还能怎么形容。她的嗓音，自打唱郭凤莲后，便失去"柔耐"。多年前那张电视上的女人脸，原来就是红琴，只是我认不出罢了。

三升爷呢？好不容易等她说完，我略带迟疑地问，还在唱吧。

唱，红琴说，放着外孙子不带，整天跟几个老糊涂练耗子磨牙，毕竟不是亲生的……厂里参观的又多，得见天在酒桌上应酬，真是委屈孩子了，泥里滚草窝爬的。

又聊起几位乡邻，红琴说大榆眼下是八里庄的村长。除去扒粮揭瓦，拦截上访户，平时基本见不着人影。酱园厂每年都得朝他家进贡。根生汇演后去了林业站。栽黑莓碰上金融风暴，带累得几个村的老百姓赔光了家底子。有人放话要他脑袋搬家，吓得见天不敢出门喽。她的絮叨，和所有同龄的村妇一般无二。根本容不得别人插话。这中间，她甚至打听起天赐有没有对象。我说还没定呢。红琴突然兴奋起来，哼了几句"万里长空风雷荡"。声音嘎里透"沙"，酷似大珍的"云遮月"。我掩抑住自己的失望，转了话头问，姐夫还在部队吗？

红琴哦了一声，脸上流露出几分不易察觉的黯然。刚才拎大勺的那个矮子就是呵，食堂里外都是他打理的……又补充说，别看一把攥着两头不冒，已经有了两个儿子，黑驴坡抱养的丫头，叫小桂。她说了句我儿时熟知的八里庄话，形容男人身短个矮的意思。从失落到揶揄，再到眼下的所谓风光，不知她走了多远的路。苏北

渔鼓殇

农村的小媳妇,不管如何沉鱼落雁,粉面桃花,出嫁三年必熬成黄脸婆,这似乎已经成为铁律。好在红琴生儿子,又开工厂,在农村也算活出了模样。不知为什么,我竟暗暗为天赐庆幸起来。

分手时,红琴再次跟我提起报名的事,说她当年的渔鼓还在家里墙上挂着。我胡乱点点头,知道她不可能再登台了。

最后一次见到红琴,是在大型新编历史渔鼓戏《远行记》首排成功,行将在全县上演的时候。

时值旧历年底,全镇唯一一家电影院从早到晚被购票的观众围得水泄不通。搭着人墙抢票是那个年代河西镇最常见的景观。人们对外来文化的热度超过了穿衣吃饭的渴望。《加里森敢死队》《望乡》《桥》《瓦尔特保卫萨拉热窝》掀起一轮轮收视狂潮。你拿的是什么,歌曲集,什么歌曲集,萨尼娜;空气在颤抖,仿佛天空在燃烧,成为家喻户晓的戏谑语。男孩子以手臂模拟机关枪朝着每条街巷和路人搜射。女孩子疯狂迷上《海鹰》里的女军官,《林海雪原》里风情万种的小白鸽,《秘密图纸》里女警察的无沿帽。《望乡》上映的时候,万人空巷。天赐攥着电影票凌晨两点赶回八里庄。为了那几张电影票的去向,马立本跟大榆再次动起拳脚,差点闹出人命。

现在,大型新编渔鼓戏《远行记》即将上演,全县上下无人不晓。首场票头三天就告罄了。由于剧院同期还有其他电影上演,只有一个窗口出票,许多买票的依旧堵在那里,人梯搭得几丈高。碰

上几个恶作剧或闹事的，不时呼啦啦散开来，又万头攒动地涌上去。那天下班路过，我在人堆里发现一个熟悉的身影，系着绿方格的包头巾，在那里挤挨着，不时被人推搡出去，又像楔子似的拼命嵌到人墙缝里。

我走过去，拽了拽对方的衣角，就看到红琴，那张长着雀斑的满月脸。

跟红琴同来的还有大珍和小平。一样粗的水桶腰，雀斑脸，那口铁铲击锅式的乡音让人顿时生出时空交错的感觉。卖虾皮子碍着哪个了，杀千刀的城管非要收了秤砣！大珍没头没脑地抱怨道。来看有没有便宜票的，红琴在旁边解释说，天赐导的戏，听说从外地请的名角？

红琴有了很大变化，从衣着到头面都比从前寒碜许多。绿格子包头巾晒褪了色，一件直筒涤纶褂子上滚满毛絮，脚上的袜子颜色亦有些混搭。那双从前弹渔鼓的长甲，变得参差不齐，有的地方还豁了茬。此前听人说，河西镇的几家村办酱园厂受经济大气候影响，基本都倒了号，看来是真的了。我假装没留意，问她们怎么才想起买票，为何不去找天赐。

天赐比皇上还难见呐！小平抢着说，不是当年宣传队那会了，连红琴的面子都没用了。

妍，好几年没听渔鼓戏，帮弄几张票吧。天赐也忙……再说家里孩子坠着腿，我倒未必看的。红琴见小平说得有点露骨，赶紧岔开话题。我笑着说，三升爷不是见天唱嘛，你们哪里还用花钱买

渔鼓殇

票。红琴说，七十多岁的人，一张嘴就吓得人头魂飞到屋梁上，能听懂的有几个，再说现在的年轻人都不喜欢听老八股了。

是啊，集市上唱渔鼓的绝了迹，唯一一家旧书场改卖绳网百货了。眼下举凡新的就是好的，喇叭裤，双声道的录音机，比砖头还重的大哥大，连农村新嫁娘的陪嫁都是花红柳绿的塑料盆。我无法想象七十多岁的三升，除去坐在牛屋的角落里铿铿锵锵兀自成调，将前后不搭的渔鼓腔吼给牛听以外，肚子里的那些伴着他行走多年的家当，或许都等着入土为安了。

我很想带她们去找天赐，但能否弄到票是未知数。毕竟物是人非，天赐现今如日中天，红琴则非当年的女主角了。

十二

世界上的事情就是这样。当所有人认为船到码头的时候，它却往往诡异地掉转了方向，朝着不为人知的河汊驶去，抑或在暗礁上碰触搁浅。或许这就是命里的定数。花好月圆不是命运，水到渠成亦不是，唯有中间那个小小的沟汊才是。今天让我回忆起《远行记》的种种，唯实有些残忍。但时隔二十余年，当我重新听到那一声苍凉，艰涩，浑如天籁的渔鼓腔，当我将岁月的胶片再次闪回，定格，切入淡出，我绕不过《远行记》。

天赐在新编传统渔鼓戏《远行记》里，倾注了他所能付出的全部。如果说八里庄是他首次吃螃蟹，那么此后的若干年里，天赐更像一位麦加朝圣的信徒行进在昏暗的艺术隧道里，滚爬，摸索，洞幽烛微，无数失败叠加起看不到尽头的天光微露。作为长期游离于体制之外的行者，天赐这一路走得风雨雷电，华发早生，几近衣衫褴褛，一次次攀爬，坠落，让我不止一次看到海明威笔下那位只身远海，最终拖回一副巨大鱼骨架的老人，其对于我，对于我们这个家族的象征意义，早就远远超越了俗世的彼岸。

二十余年后的今天我依然在想，如果天赐知道他在即将化茧成蝶的瞬间却遇到火焰，他是否还会作如此漫漶的天涯漂泊，寻找原本并不存在的答案，是否还会那么执拗，决绝，义无反顾！

在新编渔鼓大戏《远行记》里，除去行云流水的唱腔设计以外，天赐最大的匠心，就是将渔鼓意象化。象征整个道具幻化成一只巨大的象征物，一个符号，一个图腾，悬挂于天幕之上。其余全部退而居其次，成为舟楫之物，用作所有集体伴舞的道具。剧中的男主角，那位远行的领航者，则将渔鼓作桨，率众在万顷波涛之上划行，穿梭，在大段唱腔中与风雨雷电作着虚拟的搏斗。而女主角手中的袖珍渔鼓，则变作手中的针，头上的簪，怀中的婴孩，成为一切一切的具象之物，这就带来出其不意的效果。

首场演出那天晚上，当大幕徐徐拉开，一只巨大的渔鼓模型出现在蔚蓝色的天幕上，底下所有的观众都发出一声惊叹！此后随着剧情的推进，时而高潮迭起，时而静水深流。天赐在营造戏曲冲突方面，历来是高手。这使得他游刃有余于起承转合之间，不落痕迹地烘托起《远行记》的风格。尤其是大量的民间平腔、悲腔、鱼

渔鼓殇

尾腔、琵琶腔、杂花腔曲牌的综合杂糅和运用,"三句一扣"式的叙事节奏,行腔委婉,众声唱合,辅之以渔鼓作花点伴奏,叙事与抒情间杂,使得女声明朗婉转,男声荡气回肠。那位叫梅凤殊的女子,果真是唱念做打样样精细,将与男主人公生离死别的戏剧冲突演绎得鲜活、逼真,看起来夺人魂魄。天赐设计的那些华彩段落,让她赢得台下一次又一次疾风骤雨似的掌声。

三升坐在前排正中,那是天赐特意留给他的,除大人物以外唯一一张贵宾赠票。我在老人身后坐着,陡然发现他的脑袋上热气腾腾,而且他的破毡帽严重挡住了后面观众的视线。我几次提醒他拿下来,却被老人气哼哼地挡开了。三升来得及,身上的棉布长袍还没卸下,他泥雕似的挺着腰杆,竟然奇迹般地没了咳嗽。我能理解老人的心情,渔鼓戏过去只是讨饭的生计,如今被徒弟搬上大戏院,他死也瞑目了。

首演获得空前的成功。

谢幕的时候,全场观众报以长达十几分钟的掌声。天赐中式大褂,长发飘飘,在台上牵着女主角的手频频向观众致谢。掌声依旧像二十年前那样,在他们到达的每个地方适时地响起。只是这次,是一个叫梅凤殊的女子。稍后,大人物们依次走上台去、握手,少女献花,合影。悬垂着巨大渔鼓模型的天幕再次升起,礼花像流星雨似的缓缓飘落。女主角凤冠霞帔,飘曳着长裙在台上向观众道着万福,看上去宛若仙女下凡。

我扶着三升爷站起来,巴掌都拍红了。老人激动得犯了喘,此

刻山崩地裂地咳嗽着。将身躯躬成一只弯度很大的虾米。我四下里张望着，在熙攘的人流里寻找着红琴。票是找天赐弄到的加座，位置在二楼拐角处。找了老半天，隐约看到有人在远处挥手。是大珍和小平。她们脑袋上艳红俗绿的方巾甚是扎眼。马立本打着V字，朝台上的演员滑稽地摇动着，不知怎么混进来的。奇怪的是，他们中间没有红琴。

　　散场的时候，三升被人架到台上跟领导合影，我脚不点地地随着人流朝外面涌去。在门口等了半天，才看到马立本拽着大珍小平朝这边挤过来。红琴呢？我劈头问。大珍跟小平异口同声地说，吵架了！我兀自吃了一惊。跟谁呢！是……良友。马立本跟上来说，没关系，两口子打架不记仇的。从他们的夹叙夹议中，我才知道红琴为看戏跟她老公良友打了一架。原来有搅屎棍把红琴多年前的闲言灌到良友耳朵里。那人驴性，十几年的夫妻动起拳脚，抵死拉不开。红琴耳朵旁边的头发都被良友薅下来。大珍小平怕误了开场，先走了。马立本陪良友抽了根烟，听说开演半小时不许进人，跟红琴递个眼色，也走了。在剪票口一直等到锣鼓家伙开敲，才挤过去剪票，看着缓缓拉上的大铁门，大家都有些感伤。

　　夜露正浓，散场后已是晚上十点钟。大珍小平怕走黑路，买了几支糖葫芦赶紧拽着马立本回家。我把他们送到铁栏门外面，一帮人正在话别，这时有人挤过来低声打招呼。竟然是红琴！大珍小平激动地冲过去揽住她，问啥时来的，怎么不进去看戏？红琴的腿挪动得有些吃力，说在石凳子上坐了大半夜，树上的大喇叭很响，都

渔鼓殇

听了……她裹着包头巾,两只手袖在衣筒子里,声音微微有些发颤。大家沉默着,一时不知该说什么。少顷,马立本突然将一口浓痰狠狠砸到地上,骂了句指向不明的脏话。大珍使劲拽了拽他的衣袖子,一行人簇拥着,急急忙忙地走了。

十三

我成年后曾经跟天赐有过无数次对话。印象深刻的话题之一,应该与《远行记》有关。从外界反馈的各路信息来看,《远行记》的成功是不容置疑的。作为县里当年的新编剧目,接下去将是一系列巡演,并且作为省里的精品剧目参加全国戏曲节。带着诸多的好消息,一个阳光灿烂的日子,我兴冲冲地跑去找天赐聊天。

剧团院子里依旧歌舞笙箫,红男绿女们进进出出的,带着演出结束后的闲适和慵懒。这里少的是规则和严谨,多的是躁动和神经质,刀枪剑戟,拳脚棍棒,十八般武艺随时有可能摆擂上演。有时不知从何处猛地冒出一两声渔鼓长腔,每每惊扰了初来乍到的人。剧目室那排宿舍阒无声息。我蹑着手脚走过去,看到天赐宿舍的门虚掩着,敲了几下,却没有动静。就推门走了进去。

屋子里烟雾缭绕,仿佛几天没开门窗。一张灯草席子半铺半罩地落在地上。由于连日阴雨,潮气正顺着墙皮剥落的屋角向上蔓延着。一根断线的灯绳在半空里悠荡着,上面系着纸卷作抓手。坐卧两用的沙发,靠背椅上,饭桌上堆满各类书籍。每摞都是逐天逐地

的高,让人担心稍有震动就坍塌下来。床上的人四仰八叉,睡成一个不规则的大字。我突然有种奇怪的感觉。至少,天赐这会应该头光面净,忙于赶赴各种规格不一的研讨会,报告会,或者觥筹交错的庆功宴啊,而不是以这副头面闭门不出,呼呼大睡!

天赐醒了。是被几只造反的老鼠弄醒的。当时我正握着扫帚跟它的子孙们捉迷藏,天赐一个鲤鱼打挺从床上蹿起来,手持拖鞋唰唰唰一通猛打,看上去动作熟练,绝非一日之功。混战结束后,天赐问什么时候到的。我惊魂未定地说,刚到。天赐说吃饭了吗?我看着搁在筷子上被老鼠啃剩的半块干馒头说吃了。心想天赐老说废话,平时他可没这么细心。就问第二场什么时候演?有些老乡亲,特别是红琴又托人要票呢。

天赐搔搔乱糟糟的头脑,突然间哈哈大笑!

数着残棋江月晓,一声长啸海门秋,饮余回首话归路,笑指白云天际头……一阕吟毕,天赐又信马由缰地拖了一声长腔。等他发完戏瘾,我赶紧说,红琴上次在剧场外坐了半夜,这回最好不要加座的。天赐不置可否地摇了摇头,从揉皱的烟盒里摸出仅剩的一支。在他点上的瞬间,我惊讶地发现茶几底下扔满了烟头。

天赐慢慢叙述着,语调平缓,滞重,像在说一个跟自己不相干的故事。但我听上去堪称惊心动魄。

嘉宾席上坐着两男一女,女孩露脐装,黑T恤,配紫绸布花裤子,头发很随意地编成麻花辫,好像是唱京戏的。长者被人称作郭

渔鼓殇

主任，他鼻隆口方，有不怒自威之感。两人都是为陪北京客人从省里赶过来的。中间的年轻人姓储，偏分头，驼绒夹克衫，嘴角挂着莫名的微笑，听人介绍在皇城根下的某国字号戏曲研究所里供职。

新编剧目论证会是县文化部门的主管鲁思农主持的。他程式化地寒暄一番，大意是《远行记》作为省里送全国戏曲节的参演剧目，还需要反复打磨，自己是抛砖的，要不请上头来的专家先说说？这时候有人说话了。是那位穿驼绒夹克的储博士。他甫一开口，几乎所有洗耳恭听的人都被震了。开场白引来的不是玉，而是砖头，抑或干脆是一堆楞角粗粝的石头。

头天晚上，年轻人喝了太多的酒。眼下，他神情倦怠，声音有些飘忽，游移不定。但与会者还是揣摸出来，他对新编剧目的大致态度。渔鼓尚属乡野俚曲，一曲坐唱足矣，根本没必要斥巨资搞所谓的新编剧目，最好任其自生自灭云云。他讲得很生涩，就像在一条不熟悉的村野小路上行走，跌跌撞撞，不时在水洼，或乱石沟前犹豫，有几次，甚至出现短暂的驻足或短路。就在所有人以为他草草收尾的时候，没想到对方呷了口茶，突然斜刺里冲上了高速公路，然后，以无比顺畅的语速谈起京剧无可比拟的优势，东西方戏剧理论之比较，布莱希特与梅兰芳之异同……很显然，这是他熟知的通途，博士生轻车熟路，撒豆成兵。排比句就像手雷似的一个接一个甩出来，直炸得满场硝烟，举座哗然。这时候，嘉宾席那位微胖的郭主任，随手拿起一根香烟放在鼻子上轻轻嗅着，服务员赶紧走过去，啪地摁开打火机。

陪同的几位领导面露尴尬，但依旧点头如鸡啄米。连说，所言极是，所言极是！女孩子嘴巴不停地嚅动着，似乎在嚼一只泡泡糖，对会场上的情景充耳不闻。

天赐的心倏地提起来！

新编剧目参加全国戏曲节，这是业界早有的共识。没想到半路杀出了程咬金，这是他始料不及的。他知道储博士兴之所至，还会在各种不同的场合擅发宏论，乃至听到更多的"所言极是"。他的身份，他的地位，他所处的庙堂，都决定了他有这样的权力。他哪里知道他的掉书袋，他的信口闲侃，对于偏居乡野濒临灭绝的渔鼓戏不啻兜头雪降。天赐下意识地瞥了眼鲁思农，那个可怜的人此刻额头上沁着汗，一副大祸将临的样子。天赐知道官员们接下来会做什么。他还想作最后的补救。于是，天赐用了二十分钟谈了《远行记》的框架、主旨与构思。多年后的今天，依然有人跟我说，妍，你哥当时把他们都镇了。河西夸奖人最顶尖的一个词，就是"镇"。这个字包含了表述者的内涵，底蕴，气场，胸有成竹，不露声色，四两拨千斤。更何况，面对握有生杀大权的一干人等。我很遗憾当时没有在场。但我能想象出天赐说话的样子。这就是天赐。这才是天赐。

这位专家，您的观点高屋建瓴，我完全赞同。但今天是传统地方曲种的专题论证会，我更希望您能就具体的东西交流一些看法，比如地方戏曲唱腔的革新设计，比如传统渔鼓文武场伴奏手法的改进等等，如何做到古为今用，亦古亦今，为更广泛的受众所理解？

渔鼓殇

在这方面我们的确还有许多不足,亟待专家帮助解惑。天赐微笑着,用这样一句话作了结束语。储博士生的眉毛,突然微妙地抖了一下。少顷,才想起将快要燃尽的香烟摁到烟缸里。好吧,也许您临时记不清了……今天,有位唱渔鼓戏的老人也到场了。

天赐说完,起身走到屋角去搀三升,老爷子,要不你简单说说?

鲁思衣面露愠色,用力敲起桌子。天赐,别瞎胡闹!请注意表达方式。

那位微胖的中年人,省里来的郭主任将两手朝下按了按,笑道,目前只是论证会,每个人都有说话的机会,慢慢聊,呵,大家慢慢聊。

三升排山倒海地咳嗽起来。他头上的毡帽,眼看就像开锅的笼屉似的雾气袅袅。看到徒弟过来搀自己,咳嗽得更厉害了,仿佛要将五脏六腑咳碎。怕是说不全呢……老人没头没脑地嘟囔道,文场乐器有渔鼓、简板、唢呐,曹国舅那年载……他声音越来越低,越来越哑,口涎不自觉地滴下来。

武场乐器有坐鼓、堂鼓、大锣、铙钹、手锣、云锣……我没说漏吧?少顷,屋子里的声音突然变了腔调,众人抬头看时,发现是面容敦厚的郭主任。只见他不慌不忙地数着,而且轻轻在桌子上敲着节拍。接下去,郭主任又说了很多。有关"大官腔""小官腔""寒腔""披挂服""过街段";有关"闪板"的句式特点,有关"三句一扣"中头、腹、尾三截式结构的组成,等等。听到他的发

言，天赐知道自己遇到了内行。他激动得几次想站起来插话，都被郭主任会心地笑笑，示意他坐下。然后对方话锋一转，肯定了编创人员的吃螃蟹精神，称赞演员的表演感人至深，让他几次流了泪。他甚至还提到伴奏，舞美，后台人员的辛劳，大意是该剧属于集体主义结晶等等。

郭主任说话很风趣，言语间有种看不见的轻松，这种轻松感染着大家，会场上的气氛渐渐活跃起来。

天赐的叙述时紧时缓，充满水下流急的味道。我甚至怀疑他在卖关子，我的心都快跳出来了。直到郭主任出场，我才长长地舒了一口气。天赐云开雾散，终于遇到救星了。

不，是一堵墙。天赐吐出一串烟圈，语意沉沉地说。

为什么？我惊讶地问，郭主任不是肯定了剧本吗？

表面上是这样，天赐说，他赞美一切，唯独对剧目的创新思维，唱腔改革、作品立意等等只字不提。我当时就感到脚下的地面在沉，因为我遇到真正的对手。这位高手引而不发，他不说你不好，但真正好在哪里他决不会说。以他的城府、学识和水准，他不可能不知道。而这样的业界语码，外行人是听不出来的，只有我们二人心知肚明，我当时有真正身临绝境的感觉。

天赐从未这样说过话。天赐在我心目中一直是胸有成竹，越到大场合越出彩的。

天赐说他听到郭主任在发言里点到他的名字。说在作者身上看

渔鼓殇

到二十年前的自己，说他处在这样的年龄，也会同样革新、标异，不计后果等等。然后郭主任在新与旧，破与立，传统与现代，求新与立异的辩证关系上作了一番放之四海而皆准的论证，同时间接地表达了跟博士生相同的观点，建议多搞点歌颂新形势的精短类曲目等等，然后从容地作了结语。

几只老鼠又探头探脑地从茶几底下钻出来。它们依然惦记着筷子上的馒头。天赐没有烟了，我拎起墙根几只热水瓶晃了晃，基本都空着。只好给他倒了半杯温吞水。看着茶叶渣子漫到杯沿上，想帮他端出去倒掉。天赐摆摆手说不用，然后重重地呷了一口，将残渣噗地冲屋角喷了出去。

后来呢？……陆续又有人发言。天赐说，所有人的态度都来了一百八十度大转弯。会议不再讨论剧本，而是被背后某只无形的手操控着，众口一词，几近声讨。虽然没有指名道姓，明眼人都知道在说谁。那些话在我眼前垒起一堵城墙，这堵墙藤缠萦绕，接榫合缝，逼仄得人眼神发花。我当时拼命寻找那位郭主任。但他不看我，而是半眯着眼睛，很闲适地倚在靠背上。

他为什么不跟你对视呢？我不解地问。

这个问题很复杂，天赐将残茶渣子再次噗地吐到地上。然后说，他不需要正面碰撞。很多时候，业界的有知比无知更可怕，当二者条块分割，盘根错节，便基本上坐稳江山了。这时候，任何所谓的凿壁或突围都是徒劳的。其实，我早就知道自己在拿鸡蛋碰石头，只不过心存侥幸罢。

紫金文库

真的是铁桶阵？我讷讷地说，毕竟当时立项是上面通过的，他们不能不在乎民间反响。

无力回天了，天赐说，相关论证会先后开过三次，不管初衷如何，眼下各方博弈已经握手言和。唉，铁定的戏曲节参演剧目啊……局里顶不住了，打算重新折腾，包括削减经费，人员压缩，板块调整，以及改变表演形式，让渔鼓坐唱重新回到舞台上。改来改去，又回到三十年前，喂呀呀，大寒人奋勇呀斗豺狼，斗豺狼咙哩个咙！

我能体会到天赐的那种孤立和绝望感。他天马行空，长期游离于现实之外，如何能参透体制内的重重玄机和游戏规则！真没想到是这样的结果啊，我如梦方醒。一切都不是空穴来风……天赐说，就算做一回堂吉·珂德吧。

你会把整改报告给他们送去吗？我问。

天赐苦笑笑说，是辞职报告。

直觉告诉我，天赐又要走了。这些年在我的印象里，他总是处在漫长的漂泊中，他从不愿把自己困在现实的笼子里，这正是我既羡慕又无法效仿的地方。

我蓦地想起三升爷，就问老人怎样了。

中风了，天赐面无表情地说，当时晕倒在会场上。

你准备去哪里呢？

天赐说，不知道，也许是浪迹天涯吧。

渔鼓殇

十四

听到红琴自杀的消息，距《远行记》上演已近二十年了。其时我随着传统渔鼓戏挖掘工程小组下去调研，迹遍苏北鲁南大大小小众多的乡村。申遗比想象中要艰巨得多，因为老渔鼓艺人大都辞世，"人亡曲散，人走艺亡"，传统渔鼓戏大都濒临绝境，在传承上则面临着更大的问题，即便不收分文，也很少有年轻人愿意学唱了。我们整天在田垣村庄，茶楼饭铺之间奔走着，希望能找到那些一息尚存的老人。

我再次去了八里庄。

那天，三升爷在会场上昏倒后，红琴派人将他拖回八里庄。养了半年病，从此落下半身不遂。死身子活嘴，吃喝撒拉都要人伺候。当时人们并不知道，老人的中风意味着什么。直到多年后申遗小组再次找到三升，希望从对方嘴巴里淘宝的时候，才知道回天乏术了。几个人站在那里比比画画，看着八十多岁的老人裹着开花被子，吃力地朝床边的墙壁蹭过去，屋角的尿盂发出经年不洗的骚臭味。眼下，三升依旧住在牛屋里，享受村里的五保户待遇，每年有几百元钱补助。逢年过节，由养女红琴的大儿派人取走，然后送些米面咸肉过来。

三升的脑梗堵塞了大部分血管，加上白内障，积年哮喘病，唯余一缕游气。红琴的意外离世，让他失掉对这个世界最后的念想。八十年代末，天赐再次选择南下。临行前去跟三升道别。一老一少相对无语。天赐带去一副猪尿泡，四瓶酒，三只酱鸭，并帮老人磨了足够两个月吃的秝黍粉。又从床底下将那只散架的竹筒子找出来，重新擦净，箍好，然后在四面漏风的牛屋里，听师傅唱了最后一曲……化得钱来沽美酒，自饮自筛。渔鼓响声频，非假非真。不求微利与鸿名。一任狂风吹野草，落尽清英……

天赐知道那是《韩湘子全传》第十回《唱道情韩湘动众》里的"浪淘沙"一节。三升半身不遂躺在床上，竟然还能唱下来。只是生赘聱牙，口齿不清，除去天赐外，怕是再无人懂了。听着听着，天赐突然放声大哭！师傅亦老泪纵横。嘴巴里不停地嘟囔着，耽误了，耽误了……稍后，几滴浊泪淌了下来。天赐看着，念着，心里头真是五味杂陈。其时，商品大潮已经席卷全国。他应朋友邀请南下，即将去一座被称作文化沙漠的城市帮人办行业报。八里庄曾经的音乐教父，后来的传统文化守望者兼苦行僧石天赐，在踏上南行列车时并不知道，二十世纪末的传统戏曲就像被浸满铜臭的时代列车甩下的一截旧车厢，无论车上的乘客如何呼天抢地，如何试图跟上节拍，都再也找不回昔日的位置了。

在八里庄的日子里。我始终揣着一个谜。

这就是红琴的死因究竟是什么。当年宣传队知道根底的人，女的多数远嫁他乡，男人都外出打工了。剩下个别年轻人，大多不明就里地摇摇头。有说是因为夫妻吵架，有说是厂里贷款还不上，自

渔鼓殇

杀以求解脱。还有人诡异地盯着我，问打听这个做甚。这令我更加疑虑重重。难道红琴之死真的跟天赐有关么？我摇了摇头，又否定了自己的想法。天赐远去南方多年，红琴在死前早已娶了儿媳妇。做奶奶的人，不可能再跟天赐有瓜葛。那红琴到底为何而死呢？他男人我倒见过，依旧住在八里庄。眼下在村头开了家电瓶车修理铺。有回进村的时候，我在车铺门前停了一会儿。那人只顾给车子补胎充汽。他看上去很苍老，按年龄推算，也该是奔六的人。如果再去揭他的疮疤，未免太残酷了。

一个偶然的机会，我碰到从东北打工回来的结巴马立本。回忆起当年宣传队的事，忍不住旧话重提。马立本一拍大腿，恨声道，五，五……那个杂种干的好事！我一愣怔，赶紧问他怎么回事。马立本喝得红头胀脑，借着酒劲比画说，都是那身绿皮招惹的，他哪，哪点比得上我来？我心跳得更快了，怎么越说越复杂，就问他到底发生了什么。

马立本突然大放悲声！说红琴死得太早了，红琴死在那人手里冤呐，自己跟她十几年的老感情，就是轮也轮不到那个杂种呀。我终于有点明白了。这么说，在天赐，马立本和红琴的老公之间，还出现过第四个男人！这个男人不是大榆，也不是八里庄我认识的任何一个人，那这人又是谁呢？

马立本说，八里庄开油坊的刘树香的儿子五营，几年前从部队复员回来。跟红琴的老公合伙开修车铺。那小子嘴巴甜，人鲜活。整天师娘师娘的喊，不知怎么两人就搞到一起。半夜翻墙头被红琴

139

的男人抓个正着。红琴抹不开面子,就喝农药死了。大家都觉得奇怪,按说鱼找鱼,虾找虾,乌龟找王八,看不出他俩有相投的地方,怎么就闹出这档子事。再说年龄相差二十多岁,那小子吃喝嫖赌样样来得,红琴也算经过男人,到底看上他哪样呢。

马立本说,你没见过五营啊,他下巴长得跟天赐的有点像。

"……三尺影横明月夜,数声响彻碧云秋",嘭嘭嘭,嘭嘭嘭!时隔三十五年,当我在一大堆挖掘资料里瞪大眼睛,竭力搜寻着河西镇八里庄的记忆残片,我不得不承认,那里的渔鼓及相关的一切终成绝唱了.。

渔鼓殇

三山巷

一

有一个叫木鱼咀镇的地方。冬天。几米宽的当街总是堆满厚厚的积雪，一辆旧式公交缓慢地开着，逶迤而过。街的右首是小镇唯一一家百货公司。两层高的楼，灰秃秃的伫立在浓重的尘埃里，楼上偶尔会有做广告的纸条幅从上面挂落下来。里面呢，不外是卖化肥农药或各类农用铁器的，间或有甜丝丝的糖酒气息，在店里若有若无的飘散着。售货员几十年如一日地板着面孔。因为路面冻得结实，中间总堆起很高的冰垛。这使骑自行车的人显得很小心，以免摔倒在地上。一路向北去，朝左拐弯的地方，镇政府传达室的旁边

永远张着一个窗口,是一家卖报的小亭子。有晚报,商报,参考消息,还有各类杂志,卖得最多的,自然是文学期刊了。也就那么几期,每抵有人路过,总要问一声,来了吗?那位穿着旧邮政服的老人会说,还没到呢,或者,刚被别人买走。这时迟买的人就会后悔上一阵子。再往左走,路的北半段是一处叫三山巷的地方。里面住着六七户人家,大院中间有一口压水井,一棵梧桐树。所有人家的门口,一脚宽的地方都用青砖铺着,以防下雨沤了脚。走进这家院子,就走进百样的人生了。

二十世纪八十年代初,三山巷是镇政府的机关宿舍。这里最早住过两任书记和镇长,一位管民政的科长,还有三户带点火亮的,谁能搬进这所院子,就意味着一种规格,一份荣耀。比如那位科长,有两个闺女,一个儿子。当时儿子在镇中上学,女儿们分别在财政,供销等高福利单位上班。一城艳羡,难免成为公众人物。街谈巷议,都是某某的大女儿跟谁好了,又跟谁散了,某某跟谁在瓜田里"看瓜"了,等等。"看瓜"在木鱼咀镇人的俚语中,最早是守瓜田的人被偷瓜的将脑袋摁到裤裆里,用绳子捆起来,大抵传递出对偷瓜者某种肆无忌惮,或任意羞辱的狂妄。后来,则衍化成有淫秽色彩的一个词,意为猥亵,见不得人,暗指男女在瓜地里有过分的举动。某某的女儿在地里被人"看瓜"了,这可是不大不小的新闻。在放个屁就能从街东飘到街西的木鱼咀镇,这样的轶闻总归让人多了些茶余饭后的谈资。

乡下的桂芹在县城复读班里借读。第一堂课是做外语卷子,桂

渔鼓殇

芹基础浅跟不上，看着满眼的狗尾巴圈子直愣神，正在眼晕的当口，女同桌碰了她一下，桂芹就看到卷子有意无意地从旁边斜过来，卷面上判断题、选择题居多，桂芹对应着括号里的 ABCD 勾勾叉叉，不显山不露水地抄着。铃声响起的时候，两个人同时将卷子做完了。桂芹抬起泅满汗渍的脑袋，朝对方感激地笑了一下。同桌跟她点了点头，但没有笑。然后两人一前一后拿着卷子到办公室找老师批改。外语老师是教研组长，南方人。个不高，说着一口带地方口音的普通话，这让桂芹听上去有些吃力。但他微笑着，将桂芹的卷子刷刷几下就批改完了。一百分！老师说，然后低头看书去了。对后面的人不要说问呢，眼皮都没撩一下。桂芹的脸腾地红了，心里真想有道地缝钻进去。她嗫嚅着嘴巴，本想说，老师……可咽口唾沫，最终将舌尖的话吞了回去。说什么呢，说自己抄别人的，说有张卷子还没改？两份一模一样的答案，这对桂芹显然是有难度的。于是适时地打住了。当她回过头去找同桌的时候，发现人已经走掉了。

回到宿舍里，看到女同桌在哭。同桌住桂芹的上铺，因为宿舍里老来人，特别是那些乡下来的家长，捎着被子，扛着铺草，坛坛罐罐，锅碗瓢勺，间或再拎点萝卜疙瘩臭豆腐啥的，挤挤挨挨的，坐在那里一聊就是半天，宿舍里的味道几天不散。女同桌昨天刚到，因为嫌底铺脏，就选了桂芹的上铺。这时候，桂芹看到从上面伸出一个头发蓬乱的脑袋，一抖一抖的，伴随着压抑不住的呜咽声，心里一阵愧疚。都是自己惹的祸，要是先改她的卷子就好了。

紫金文库

桂芹拽了拽对方的衣袖，但人家压根就没搭理她，继续抽抽噎噎地哭着。桂芹急了，顿时有了百口莫辩的感觉。于是就想起写一封信。信上写着：

大姐：实在对不起。那一百分本应该是你的。我不是有意的，我要是如实跟老师讲就好了。但现在怎么办呢？我心里也很难受。你以后不会不理我吧？我想来想去，怎么弥补这件事呢？要不，以后有时间，请你到我家吃地瓜和花生吧。

向你表示真心的歉意。

刘桂芹于当日

信写好了，桂芹没敢直接交给她。因为她发现女同桌趴在枕头上，终于停止了抽泣，而且似乎睡着了。她好看的手臂垂在下面，手里还捏着皱成一团的花边手绢。桂芹只好将信纸偷偷叠起来，并折成一个鹞子的形状，然后掖在上铺的枕头底下，这时候外面的出操铃急骤地滑过，旁边的宿舍里唏溜呼噜，全是朝外跑动的声音。桂芹头皮一阵发紧，也急忙跟着跑了出去。

课间操的音乐声响起来。声音很高亢，一阵急似一阵，在前奏曲过后，就慢慢变得舒缓了。太阳在天上明晃晃地挂着，桂芹一下一下跟着比画，看到前后左右的人影子都被日光投到地上，有长有短，觉得挺没意思的。扩胸运动做完后，开始做将手后甩的动作，

渔鼓殇

桂芹甩过几下，忽然将目光定格在第三排靠后的地方。女同桌，也在那里很有节奏的比画着，她们的目光刚碰到，又倏地移开了。桂芹的心砰砰乱跳起来。她甚至看到女同桌冲她笑了一下，不知真的呢，还是自己的错觉？桂芹揉揉被阳光耀花的眼睛，继续上举，下蹲，左右侧摆，腿下却渐渐用了力。最后一节，是对着天空打开双臂，桂芹将两手张着，久久地停伫在那里，天上有一朵朵的云在游弋，她甚至还看到两只拍着翅膀的蜻蜓，一前一后追着飞过，心里不免有了几分轻松。

音乐声这时候停了，女同桌走过来，主动跟她打个招呼。桂芹看着她，很高的个子，鸭蛋圆的脸，但鼻翼周围有几粒雀斑。她的嘴巴很小，一笑就抿到一起，显得更小。她就那样笑着，冲桂芹走过来，说，你好呀。桂芹有点受宠若惊，赶紧回应说，嗯，你好呢。两个人都笑了。桂芹笑得很朴实，对方笑得很真诚。我叫罗曼玉。她说，以后就喊我罗姐吧。桂芹连忙说，呵呵，好的，我叫刘桂芹呢。罗曼玉说，看到了。桂芹就不好意思地说，是信吗？罗曼玉笑了笑，没吭声。她穿着一件淡紫色的薄呢外套，直筒式的，边上有两只直插的口袋，很时尚的那种，两条小辫搭在肩上。桂芹看到她将手伸进口袋，再拿出来的时候，手里攥着一只鸭蛋。桂芹菜刚要说话，她突然将手指压在唇角上说，嘘！桂芹接过鸭蛋，心里充满了感激。罗曼玉说，我们走吧。然后两个人环着膀子，朝宿舍的方向走去，这中间她感到罗曼玉攥自己的手用了很大的力。做操的人流还没散尽，桂芹看到有人看着她们，嘀嘀咕咕的，好像在说

什么。她依旧挺胸抬头地走着,能跟城里女生交朋友,她感到很得意。

桂芹回宿舍后就跑去打水洗头了。茶水房的水龙头永远像滴小便似的,灌满一壶大约要几十分钟。桂芹排在两个男生一个女生后面,心急火燎却毫无办法。后来拎着一壶好不容易等来的水进了宿舍。看到罗曼玉躺在上铺看书,就随口问她看什么书?罗曼玉将书页翻过来,桂芹看到上面写着三个字,三家巷。就想好奇怪的名字。也没说话,将热水稀哩哗拉倒在盆里洗起来。桂芹的头发很长,平时编辫子的时候要费很多的力气。在乡下的时候,桂芹和女伴们夏天经常到后河里洗澡,她喜欢将辫子散乱地披在肩上,在水里游来游去的,看着长头发在水里飘浮着。现在,桂芹用巴掌大的洗脸盆盛着水,脑袋在里面晃来晃去的,仿佛连头发都没泡开。好不容易鼓捣完了,桂芹将长头发水漉漉地盘在头上,再看盆里的水,早已变得浑浊了。正要端出去倒掉,上面突然伸过一个脑袋,问,洗完了?桂芹听出是罗曼玉,忙说,洗完了。罗曼玉就伸出手来。这回手里是一封信,也叠成纸鸢的形状。桂芹赶紧接过来放在铺上。罗曼玉小声说,快收起来,不要让人看见了!

揣着好奇心倒完水回来,桂芹从书包里抽出那封信,是很讲究的花纹纸,散发着淡淡的香气。桂芹拆开纸鸢,看到上面写着漂亮的钢笔字:

桂芹小妹,我不会怪你的。卷子的事情不要想得太

多了。看到你纯朴的笑脸，让我感到生活还是美好的。那帮丑类，他们虽然在这个世界的各个角落里盯着我，但我决不会妥协的。你要好好学习，我们会有更多的时间在一起。相信我们会成为好朋友的。

罗曼玉即日

桂芹拿着信翻来覆去看了三遍，有些地方没看懂。特别是罗曼玉在信中用了丑类这个词，让她感到吃惊。她隐约感到这个城里女生心里有事。但人家不主动说，自己也不好问的。这样想着，就将信小心翼翼地重新叠好，放到书包最里边的夹层里。

转眼到了周末。城里的同学都回家了，住在附近乡下的，因为要回家取东西，也都纷纷步行或骑着自行车走了。桂芹的家在遥远的山里，来回一趟要赶上百里路。因为买不起车票，有时候只好跟同学拦截运石头的拖拉机，一路上辛苦得很，所以不能每周都走。罗曼玉说，别回去了，跟我走吧。桂芹就将换洗的衣服拾了一包搭在肩上，跟着罗曼玉出了学校的大门。

二

那是桂芹第一次到三山巷。虽然只是个普通的院子，但在桂匠来说已经是深宅大院似的神秘了。桂芹跟着罗曼玉左拐右拐，早已转了向，哪里辨得清东西南北。待走进去，才发现满眼都是回廊，住着六七户人家。罗家就住在院子中间，正对准梧桐树的那一家。桂芹跟着罗曼玉走进去，看到青砖铺地，一径铺到廊柱下。门廊上挂着精致的篾子元宝篮，里头装着糕点，另外还有熏肉，各式笋干，有一种形状很奇怪的干鱼，像团蒲扇似的挂在那里，在微风里悠荡着。罗曼玉将桂芹领到屋里，有位中年女人和善地对她笑笑，依旧低头忙碌着。桂芹连忙喊了声婶子，猜想这就是罗曼玉的妈妈了。罗曼玉说是我家的保姆，叫阿姨吧。桂芹暗想能用保姆的人家，看起来地位不低呢。就想以后有了工作，将母亲也接到这样的地方住多好。因怕闹了笑话，便不再吭声。坐在那里并拢着两只脚，很拘束的样子。

这家人也好奇怪，进进出出，各忙各的事情，都仿佛没看见她似的。其中有一位中年男人，大概是这家的户主，脑门上头发稀少，手里拿着琉璃球转来转去的，好像在思考问题。过了一会儿，罗曼玉走过来，将她领到左厢屋。屋子里坐着两个人，女的跟罗曼玉长得有点像，只是头发比她长些，额前是很整齐的刘海，后面却披散下来，显出几分妩媚。罗曼玉说，喊大姐呢。桂芹就猜旁边的那个男人，该是罗曼玉的大姐夫了。年轻人穿着深蓝呢的中山装，头上戴着鸭舌帽，走坐都笔直的样子。正在跟大姐探讨三十年代几位电影明星的演技。桂芹听到他们嘴巴里不时蹦出周璇、阮玲玉、中叔皇啥的，感到既新鲜又好奇。坐过一会儿，罗曼玉抱过一摞画报让桂芹看，说自己要去练琴。几分钟后从楼上传过一阵好听的风琴声。桂芹听来听去，只听出其中一首叫《拔根芦柴花》，是在乡

渔鼓殇

下读书的时候，音乐老师教唱过的。大姐跟那个男人很随意地用手剥着松子，吃着，聊着。然后抓了一把放在桂芹跟前的果盘里，问她从哪来的。桂芹说了一个地方。大姐说噢，突然有些沉默。鸭舌帽男人将剥好的松仁递给她，说小华，还没忘了老地方呢。

中午吃饭的时候，罗曼玉给桂芹装了很满的一大碗白米饭。而罗家人用的都是花边小碗。桂芹有点不好意思，但丰盛的饭菜很快让她忘记了难为情。在饭桌上，她见到真正的罗妈妈，精瘦，说话是很侉的当地口音，很尽职地招呼桂芹吃菜，但热情是有分寸的。罗曼玉的弟弟，那个在镇上中学的高个子男生，也坐在饭桌旁。他很阳光，身上有着罗家其他人所缺失的活力和热情，他们谈了一些学校的事，还共同探讨了数学问题。但男生很快就走了。饭后，桂芹在厨房帮着保姆收拾碗筷，忽然听到楼上传过一声怒吼。她不明白怎么回事，刚要出去看，被保姆一把拽住了。

别出去，保姆说，老爷子发火呢。

桂芹好奇地问，刚才吃饭时不好好地嘛，跟谁呢？

保姆张姨说，是二闺女，放着好好的工作不干，这不折腾出事来了！

桂芹吃了一惊。二闺女，指的就是罗曼玉吧，她不是正在上学吗？她蓦地想到那封信，太多的谜团和不解从心底涌上来。

张姨说，唉，都是好日子过腻了，两个闺女，没有一个让人省心的。

桂芹想出去看个究竟，又不敢，只好在厨房里闷着，隐隐听到

楼上传过一阵哭声，是捂着嘴巴的那种抽泣。桂芹很清楚地知道是罗曼玉的。她想去帮着劝解一下，可不知从何劝起。忍了半天，就问，怎么不省心啦？

保姆神秘地一笑。然后嘴巴里嘟囔说，乡下这种事见得多，谁知让二姑娘摊上呢。

桂芹吃了一惊。听保姆的语气，显然不是好事了。

过了半个多时辰，罗曼玉从楼上下来了，两只眼睛肿得核桃似的。她拎着书包冲着桂芹说，走，我们回学校吧。

桂芹心里有点后悔，觉得不该来罗家吃这顿饭。无形中看到人家不省心的一面，仿佛有意偷窥似的。就低着脑袋，将两只脚走得踢踢橐橐直响。罗曼玉看她闷闷的样子，忽然伸出手指在她鼻子上刮了一下，说鬼丫头，想什么心事！桂芹正走着路，蓦地被刮了鼻子，就冲过去追打罗曼玉，这一折腾，两个人都笑了。桂芹说，罗姐，看到你开心就好。罗曼玉说，为什么不呢？我偏要快快乐乐的，让那些不怀好意的人看呢。她舞动着手里的书包，仿佛宣讲似的大声说。桂芹心里的疑问又翻了上来。她想问罗曼玉怎么了，但不知如何开口，只好跟着憨笑起来。

走过一程，罗曼玉突然说，桂芹，明天上你家吃地瓜吧？桂芹愣愣地看着她，觉得她好像不是说着玩的，就说，怕你吃不惯呢。罗曼玉说哪的话，我姥姥家早年是乡下的，我当然知道地瓜不是结在树上的。她的话把桂芹逗乐了。想到明天有英语课，当下有点犹豫。罗曼玉说，不管他们，到时候我来教你。罗曼玉英文底子好，

平时课堂上根本不听,经常躲在宿舍里看小说。桂芹不知道罗曼玉这样的水平,还跑来上复读班作甚。这样想着,就放下心来。两个人就细节方面的事情作了商量,由罗曼玉打票,约定第二天早晨七点多钟启程。

三

沿着河堤朝西走,沿途的绿色越来越浓密。因为是麦收季节,两岸到处是黄熟的麦田,夹岸的大树遮天蔽日,远看上去黄绿相间,衬着中间流动的河水,真有一种天高地宽的感觉。下了公共汽车,桂芹陪着罗曼玉在河堤上走着。闻到熟悉的青草气息,内心的伤感不免影影绰绰,又翻上来。在乡间,她感到自己是自由的,有花草虫鱼跟她做伴,连呼吸都是顺畅的。可家里总是让她考学。母亲说,再不考,过几年得嫁人了,农村女人结婚生了孩子,整天摸锅头碰锅沿的,就什么都不是了。母亲的话,给她勾勒了一幅不甚美妙的图景,特别是那句"什么都不是了",让她不甚明了,却有着足够的震慑力。不过能让她选择复读的原因,主要还是在北方上大学的哥哥的一句话。在后河堤上,他们曾经有过争论。桂芹说,农村花红柳绿的,有什么不好?哥哥说,是很好,但这不是问题的关键。桂芹疑惑地望着他,听着他继续说,关键是,有些人本来不属于这里,他手一挥,果断地说,我们必须去城里!而去的方式只有一种,考学。桂芹看到他说"去城里"三个字的时候,目光里的

紫金文库

那种决绝让她不寒而栗。接下去，哥哥从社会发展的角度，论证了乡村文明的必然消亡，在这种情况下，任何所谓的坚守都是不明智的。听得桂芹懵里懵懂。但桂芹知道自己是非走不可的，并非什么坚守的问题，而是那些揣着怀当街奶孩子的农妇给她的某种暗示。她要想不这样，只有离开。就这么简单。

桂芹思绪万千地走着，蓦地甩了甩头，仿佛要将大脑里的东西赶开。等她回头去找同伴时，发现罗曼玉早被自己拉了一大截子，正拎着高跟鞋在后面一跛一拐地走着。桂芹连忙跑回去拉住她说，快到了，看把你累的。罗曼玉笑了笑，开心地说，挺好的，没想到风景这么美。正说话，突然哎哟一声歪在地上。桂芹连忙蹲下去扶她，发现罗曼玉被"棘溜子"扎着了。那是当地一种浑身带刺的野生植物种子，经常会在农民麦收的时候，散落在路面上。桂芹连忙帮她将棘溜子拔出来，叮嘱她再也不要光着脚走了。两个人下了河堤，就看到漫野的地瓜藤蔓，绿油油的堆满了土坡。旁边是一堆一堆的红皮地瓜。罗曼玉突然疑惑地说，我有一个问题不明白。桂芹说什么？罗曼玉郑重其事地说，地瓜为什么不是长在树上的？桂芹随口敷衍说是呀，之后内心突然有了一种复杂。农民祖辈生长在这里，怎么从未想过这个问题呢？

进到院子里，母亲正在灶屋做饭。大热的天，母亲头上顶着湿毛巾，穿着一件满是汗渍的海昌蓝布褂，正在灶屋里呼啦呼啦地拉着风箱。桂芹看到母亲将风箱长长的手柄拉出来，身体朝后倾着，然后吃力地向前伏冲着送回去。额头的汗像下雨似的淌着。灶屋里

渔鼓殇

成群的苍蝇上下翻飞,呼拉起了一片,又呼啦落下去。看到桂芹来了,母亲有点吃惊,问她怎么回来了,今天是星期天吗?然后发现桂芹身后的罗曼玉,母亲连忙停止了拉风箱,将几根柴火续到灶膛里,站起来扑打着头上的苍蝇。桂芹说,娘,这是我的同学,叫罗曼玉呢。母亲说,好好,这么热的天跑过来,可不容易,快到屋里凉快吧。然后拿起水瓢,朝水花翻滚的锅里浇了一圈说,你表哥来了。

桂芹推开堂屋的门,看到里面坐着一个年轻人,正在叽里呱啦打着快板。边打边高声唱道,有个老汉七十三,专吃那个秤砣和青砖。桂芹惊喜地喊了声,表哥!青年人转过头来,说嗯?呱啦板子就停住了。表哥穿着旧的黄军装,头上还戴着一顶军帽,是那个年代最时髦的男青年的装束。表哥说,小芹,你放假了?然后就将目光定格在罗曼玉身上。表哥看罗曼玉的眼光有点奇怪,好像很久以前就认识,却又没有把握似的。桂芹说,这是我的同学罗曼玉。表哥连忙点头说,认识,认识,罗科长看过我们演出呢。桂芹听着觉得奇怪,科长看过演出,表哥就认识罗曼玉?还有,那个什么……没等她想下去,表哥就接着说,小芹你不知道呀,曼玉的父亲,是我们县民政局的老科长。桂芹呵了一声,回头去看罗曼玉,忽然发现她皱起眉头,勉强对表哥说了声,你好。然后就走到一边站着了,仿佛不愿意人家知道她的身份。墙上用小镜框镶了许多照片,罗曼玉专注地,一张一张地看着,似乎并不想跟他搭讪。

表哥在镇柳琴剧团工作。三年的工夫,学会了十八般武艺。刚招去那会儿,每次到桂芹家玩,都要给他们兄妹几个表演"拿大

顶"。就是靠墙站着,将手撑在地上,然后两腿朝后一翻,搭到墙上,惊得桂芹目瞪口呆。此后兄妹几个不同程度地学会了"拿大顶"。但真正高举双脚,用手撑着在地面行走的,唯表哥一人。此后表哥每次来,都带来新的花样。因为不久以后,表哥会翻空心跟头了;再以后,表哥嘴巴里经常冒出大靠,水袖,凤冠霞帔等名词,让他们佩服得五体投地。现在,表哥手里握着呱啦板子,谈话的热情陡然高涨起来。小芹,你知道什么是"拉魂腔"吗?桂芹想表哥今天怎么了,"拉魂腔"不就是柳琴戏吗?表哥三年前就跟他们普及过这方面的知识了。但表哥浑然不觉,他翻翻找找,从包里奇迹般地摸出了一把柳叶琴。在拨拨愣愣的前奏曲之后,表哥突然山崩地裂地唱起来:"石榴花开红似火,梅翠娥家中蒸馍馍……"桂芹听出是表哥的拿手曲目,那首老掉牙的《喝面叶》又来了:"摘豆角拨开豆秧,露水珠儿湿透衣裳。豆角儿长得那么鲜又嫩,小蚂蚱扑拉拉飞出了豆秧。我在这边扑,它往那边藏,闹得翠娥心发慌……"表哥唱到忘我之处,闭着眼睛摇头晃脑,如入无人之境,"……左扑右扑我追也追不上,又恐怕碰折了豆角砸坏了秧。太阳高照热难挡,豆角儿摘了这么一满筐。手提竹篮我回家转,柳荫树歇一歇凉。"

桂芹怕罗曼玉不喜欢听柳琴,又不好拂了表哥的面子,耐着性子听完一段,看表哥还没有停下来的意思,就连忙说,表哥,你张嘴就是这个,就不能来点新鲜的吗?边说边偷眼去看罗曼玉,好在人家还没有走开的意思。罗曼玉从桌肚子里掏出一本剪鞋样子用

154

渔鼓殇

的画报，正有一搭没一搭地翻看着。表哥听见桂芹这么说，就停下了，中间拨拨愣愣的，似乎在调弦，调了一通，嘴里又冒出一串：高的庄稼是秫秫，矮的庄稼是芝麻；芝麻地里长小豆，小豆里面点西瓜……

桂芹就想表哥今天吃奶的劲都使上了，可那边仍没表现出感兴趣的样子，这令他多少有些失落。桂芹站在那里，两头着急，一怕罗曼玉不高兴，又怕表哥热情受挫，只好搭讪着，希望两人把话头接上。哪怕抬一次头，敷衍一句也好。但自始至终，只是表哥一个人的独角戏。正着急着，母亲从外面推门进来了。母亲端着热气腾腾的一箩筛贴玉米饼子，说快吃饭吧，乡下没什么好吃的，小芹，快到灶屋搬凳子来。桂芹看到母亲变戏法似的，在摆好饼子的同时，又将一碗辣椒蒸蛋放到桌子上。罗曼玉这时也跑过来，说哎，我跟你一起去搬。就拉着桂芹的手出去了。因为怕苍蝇钻进堂屋，桂芹赶紧把门带上。走出老远，依旧从门缝里飘出表哥不甘心的声音："生在帝王院，长在帝王家；吃的是玉米，喝的是香茶。"

吃饭的时候，母亲不停地给罗曼玉挟这拿那，其实也没有什么好挟的，无非是些煮地瓜炒花生诸如此类的。有一种尖角辣椒，咬上去满嘴喷火。罗曼玉不慎吃了半只，当即眼泪就下来了。母亲笑着让桂芹舀瓢凉水给罗曼玉漱口。表哥这会安静多了，他吃着饼子，讲了一些剧团里的趣闻，几次将大家逗得喷饭。罗曼玉也跟着笑笑，但依旧没跟表哥搭话，她好像很矜持。反倒桂芹变得空前活跃起来，几次将筷子碰落到地上。母亲就笑着骂丫头不沉着，要好好跟罗姐学呢。罗曼玉不好意思地红了脸,说挺好的,桂芹的性格不错呢。吃过饭,因为天热不能回去,母亲让桂芹带同学到西厢屋休息。桂芹知道西厢屋是放粮食的,除去几座粮食折子,一口水泥大缸,一张床,下脚空没有。好在不是晚上,蚊子还不至于肆虐。母亲显然收拾过了。农具很整齐地挂在墙上,粮食折子用布幔隔起来。床上放着芭蕉扇,铺着芦篾子席,地面也算干净,透着凉森森的感觉。罗曼玉看来真累了,跟桂芹说过几句话,刚躺下没多久,就很沉地睡了过去。

桂芹在床沿坐了一会儿,觉得有点口渴,就返身去堂屋里取水喝。母亲正跟表哥坐着聊天,看到闺女进来,让她坐下,说表哥有话说。桂芹觉得有点奇怪,就搬条凳子坐下了。

表哥表情很严肃,似乎在思忖着怎么开口。过了半天,才慢吞吞地说,小芹,你知道她是谁吗?

桂芹不解其意,就反问说,哪个谁呀?

表哥说,罗曼玉,罗科长的女儿。

桂芹好奇地说,怎么不知道?我们是同桌,还是好朋友呢。

表哥不置可否地笑一笑,然后说,交友要谨慎呢,你正在学习阶段……

桂芹就更奇怪了,这哪跟哪呀,怎么跟谈对象似的,人家是女生呢。

表哥似乎并没理会她的反应,而是顺着思路说,我并没说你跟她在一起就怎么样,但物以类聚,人以群分,总归要有选择的。

渔鼓殇

桂芹急了，怎么啦，搞得人家跟坏人似的，她是一位很优秀的同学，从人家身上我能学到不少东西呢！

表哥说，这正是我们担忧的地方，你跟她天天在一起，难免要受些影响。再说了，你哥不在家，有些事情我要点拨的。

桂芹呆住了。她蓦地想到那封信，脑子开始乱起来，口内喃喃自语道，怎么啦，到底发生了什么事？

表哥说，一个"看瓜"的女人，满镇的人都讲疯了……

表哥说到"看瓜"两个字的时候，所有的讥讽和鄙夷毫不掩饰地写在脸上。这两个字就像巨大的石头，呼地冲桂芹砸下来，让她猝不及防，被砸懵了。"看瓜"在乡下是最恶毒的骂人语言，一个女人被"看瓜"意味着什么，她简直不敢再往下想了。接下去，表哥讲了所有他了解的，姑且称作真相的东西。这里面有道听途说，有逻辑推理，有论证，有过程，有结果。表哥口才很好，每一个字都用得准确，每一句话都透着他的人生洞察和经验。所有这些都无可辩驳地证明了，他所说的一切都是真的，不可推翻的。

桂芹坐在那里，感到屁股被板凳硌得生疼，但更让她疼痛的是自己的内心。表哥的话不能说没有道理，但鱼有鱼路，虾有虾路，她们不过是上下铺，偶尔对对练习题，或课间的时候闲聊几句，仅此而已。即便罗曼玉明天绑到刑场上枪毙了，她也没对自己做过什么坏事呀？还有他们所说的那些……

即使是真的，可这跟我有什么关系呢？桂芹心里一急，冲口说道。

表哥一拍桌子，怎么没关系，你天天跟她混在一起，老师同学会怎么看你！

正在神思恍惚的当口，母亲开口了。小芹，你知道你的学费是怎么来的吗？都是借来的。我们是下放户，干农活跟不上人家，年年透支。去年你知道年终决算家里分了多少钱？二分。二分钱过年关呐！你不好好学习，出路在哪里……说到这里，母亲流了泪。……人家总归是科长的孩子，一天学不上也有工作，可你呢？不上学，在农村打猪草也不赶趟呢。

桂芹看着母亲枯树枝一般青筋暴突的手，内心感到惭愧无比。她站起身来，正准备说点什么，蓦地发现罗曼玉站在门口。所有的人都倏地一惊，然后就听到罗曼玉说，大婶，我这就回去了，谢谢你家的地瓜和花生。说完，捂着脸一转身，风也似的跑掉了。

母亲一急，瞬间将茶碗和板凳碰得稀溜哗啦，她跟在后面连声喊着，快停下，快追上去，晌午炒的花生还在锅里呢。

四

天渐渐凉起来，期末考试快到了。复读班的学习氛围越来越浓。一进教室，满屋子都是埋头刷刷写字，或翻动书页的声音，有点像蚕吃桑叶的动静。如果有谁不慎碰了凳子，总会被人像罪犯似的瞅上几眼。不用多，几眼就够了。那位学生立刻会像猫一般的拱着腰，在书堆里埋下头去。复读班是县教育局教研空室临时组建的

渔鼓殇

一个班级，学生大都是从乡村中学抽上来的前几名。因为农村考生多，吃苦成为一种普遍的美德。偶尔有个把城里学生，由于坚持不下去，纷纷找门路进了工厂，银行，或到供销社上班去了。

自从那次回家后，桂芹的上铺就空了。罗曼玉不再住校，上课也是有时来，有时候不来，这让桂芹反而担心起来。宿舍里住着十几个人，上铺空了，很快就有人搬上去，一切都像没发生过一样。最初的几天，桂芹发现同宿舍的女生会偷偷议论着什么，看见她进去，马上就打住了。从口型分辨上去，她很轻易地就猜出了那两个字。这让她感到恐惧。此后几日，桂芹似乎出现了强迫性思维。无论洗脸，打饭，上厕所，或者看书写字，她的脑子里总在盘旋着那两个字。"看瓜"，"看瓜"……不管怎么说，一个女生被"看瓜"了，这是一件多么不光彩的事情！在乡下，可能就意味着嫁不出去，或终生与耻辱为伴了。晚上躺在床上，她甚至跌进了梦魇，颠三倒四，全是罗曼玉被"看瓜"的细节。她的腿被摁在那里，罗曼玉在挣扎，尖叫，周围是无边的黑暗……惊醒后每每一身冷汗。在揪心的同时，她开始为罗曼玉担忧起来。做课间操的时候，桂芹比画着，总要下意识地朝第三排瞅上几眼。但那里一直空着，或被不熟悉的面孔填上了。桂芹就觉得自己犯了大错。不该带罗曼玉到乡下去。本来想让人家散心的，却让她的心思加重了。更要紧是，罗曼玉怎么看待这件事？

她真像人们说的那么不堪吗？

桂芹上课开始有点心不在焉，几次因为走神被老师点了名。教

研组长，那位白净脸的南方人，不止一次在课堂上说，有的同学，心思不在学习上，整天跟个别品行不端的女生学些骄娇二气，能解决什么问题？她（他）们能帮你上大学吗？桂芹坐在那里，感到周围的同学将目光刷地朝她投过来，恨不得钻到桌子肚里去。她开始恨那个南方人了。他依旧微笑着，但不停蠕动着的嘴巴背后，分明潜藏着那两个字，只要牙齿一碰，就会像吐瓜子壳似的吐出来。而这样做的结果，无异于在课堂上宣判了罗曼玉死刑，也连累接近她的人一起蒙羞。桂芹的心狂跳着，耳朵里静等着那两个字。好在老师话锋一转，又开始分析题目了。桂芹虚汗淋淋地坐在那里，就想老师为什么要讨厌罗曼玉呢，仅仅是因为她被"看瓜"吗？罗曼玉聪明，用功，待人也算谦和。而一直以来，每当老师嘴里出现她的名字，或同学们偶尔提到她，总是心照不宣地笑笑，言语之间充满了暧昧。尤其当桂芹在场的时候，她们会很快转移了话题，由窃窃私语改为高声朗读。随着有节奏的朗读声，那两个字总是顽固地从桂芹脑子里蹦出来，"看瓜"，"看瓜"，抑扬顿挫，在教室里不无邪恶地回荡着。

桂芹感到了一种煎熬。

中秋节前一天，罗曼玉突然来了。罗曼玉穿着一件碎花连衣裙，外面套着针织坎肩，背着一只硕大的书包，很扎眼地出现在校园里。她笃笃踩着高跟鞋在林荫道上走过，引得旁边的学生或老师不停地侧目。罗曼玉走过教研室，又走过教室，最后来到女生宿舍门口，看得出，她是专门来找刘桂芹的。

渔鼓殇

桂芹正裹着咸鱼煮豆子吃煎饼，罗曼玉从外面探过头说，可以进吗？桂芹一抬头，半口煎饼还在嘴巴里，目光先是惊喜，既而变得有些躲闪。我以为你失踪了呢。罗曼玉笑了笑，攥住桂芹的手说，让我看看，你瘦了没有。桂芹遮遮掩掩地说，还行吧。罗曼玉环顾了一下宿舍，不禁皱着眉头说，还是这么挤，太难闻了。桂芹知道是同屋蒋小苟桌子上的臭豆腐发出的味道，就难为情地说，没办法，这里能去得起食堂的不多。罗曼玉说，你这阵子饿青眼了吧？到我们家去吧。桂芹犹豫了一下，我下午还有课呢。罗曼玉不由分说，帮她收拾东西，明天过节了，谁还上课呀？桂芹说，要考试了。罗曼玉说，那也得吃饭呢，专程来喊你的。桂芹看宿舍里空荡荡的，只好无奈地跟着走了，心中暗骂自己没有拒绝。

那是桂芹第二次进三山巷。她不再转向了，心里却揣着百样的复杂。依然是旧的篾丝篮，不过篮子里换成油炸馓子，和纸包的月饼，包装盒上浸着油渍。那条蒲扇大鱼不见了。廊柱下堆着各类干鲜果，旁边的大木盆里游着一条黑鱼，一串串地吐着水泡。罗妈妈正坐在水盆旁边择豆角。看到她们进来，抱怨说，又跑哪了，也不在家里帮我收拾过节的东西。桂芹喊了声阿姨，说曼玉上学校了呢。罗妈妈警惕地说，去学校干啥子。罗曼玉说，找桂芹玩来着。就拽着桂芹上楼了。桂芹本想留下来打下手的，但罗曼玉硬拽她，只好跟着上去了。

罗曼玉的闺房，实则是三楼的一处阁楼。用木质墙壁间开，搞得很讲究。在她的房间里，桂芹看到许多以前从未见过的东西。家

具是紫红色的，铺着雕花巾的桌子，圆木凳，床头上挂着很大的一张单人照。是罗曼玉穿着裙子趴在草地上的姿势，腿边有一顶草帽，照片上，罗曼玉笑得很开心。桂芹看得出了神，只有三十年代的电影明星才有这样的风采呢。罗曼玉拿出装满奶糖的瓶子，从中挑出几块递给她。桂芹将糖含到嘴里化着，精神一点点变得松弛。罗曼玉又打开抽屉，取起一盘磁带塞到老式录音机里放起来。歌词是英文的，桂芹多数没听懂，却被那种神秘的旋律震慑了。有一种诡异的，让手臂的毛孔都渗汗的感觉。这是什么歌呀？她问。

《加州旅馆》，罗曼玉说，你没听过吗？学英文的，最好要多听原版的东西。说着，将抄得很工整的英文歌词递给她。

桂芹看着上面的英文，觉得有点吃力，就问中文的在哪里。罗曼玉笑一笑，拿过一份中英文对照的，桂芹看到上面写着：

在黑暗的沙漠公路上，冷风吹着我的头发，烤烟的暖暖香气弥漫在空中，在前方的远处我看到闪烁的灯光，我的头开始发沉，我的视线开始模糊……

歌词很长，桂芹心不在焉地扫视着，略过了中间的几段，越看越像在写罗曼玉。那种想逃逃不掉的感觉，桂芹隐约体会到她为什么让自己听这首歌了。接下来两个人不约而同坠入了沉默。只有音乐在耳边响着：

渔鼓殇

我必须找到通道，回到我原来的地方，放松点吧，看门人说，我们天生受诱惑，你随时可以结束，但是你却永远无法摆脱……

桂芹听着音乐，突然想起那位南方老师谈到罗曼玉时未置可否的一句话，这个女生很复杂。现在，她终于明白老师的意思了。而且她知道老师并不是在微笑，他的嘴巴总是习惯性地弯成一个弧度，这样难免给人一种错觉。罗曼玉的确跟别人不一样。在大多数学生只会唱人说山西好风光的时候，她已经听英文原版歌曲了。也许正因为如此，才注定她有更多的痛苦吧。想到这里，她又涌起太多的疑问。

终于盼到放完音乐，罗曼玉又接着放了几首，但桂芹不想听了，她想跟罗曼玉说说话。罗曼玉就将音乐拧小，作了背景音乐，然后看着桂芹，你想说什么？说吧。桂芹望着眼前的好朋友，欲言又止，不知从哪句话说起，憋了半天，嘴巴里才突然冒出一句，他们为什么说你"那样"呢？桂芹不敢说出那个词，仿佛那是一把刀子，一旦拔出来必将刺穿人的心脏，两个人的心都会被刺得鲜血淋漓。

罗曼玉仿佛早有准备似的，淡淡地问，他们是谁，老师吗？同学吗？

桂芹说，都有吧，我也不明白，其实你挺好的。

罗曼玉的神情蓦地变得黯然。

音乐这时候停止了，屋子里的空气显得压抑而沉闷。罗曼玉站

起身来，推开窗户，突然恨恨地说：我并没做什么，是他们，这个世界出了问题。桂芹无奈地看着她，直觉告诉她，罗曼玉说的是真话。可谁去听她解释呢。前几天她到邮电局取包裹，听到窗口旁边的几位老阿姨，用同样鄙夷的口气，谈起罗家那几个闺女。"看瓜"这个词，再次伴着唾沫星子从她们的嘴巴里重重地抛出来，险些把桂芹脚下的地面砸个坑。她也曾试图在一些场合为罗曼玉辩解，皆因怯于众人异样的目光而打了退堂鼓。

那个人，他真的有吗？桂芹思忖再三，终于问出长久以来最担心的问题。

罗曼玉过了几分钟，才慢慢地说，是的。

他是做什么的？在哪里？他为什么不站出来？

罗曼玉说，故事的过程和结局人们早就编好，没有谁会去关注真相。

桂芹听得目瞪口呆，这太残酷了！

罗曼玉没再吭声。只有上帝知道她此时在想些什么。

他是谁呢？桂芹将所有的疑问都集中在这句话上，她太想知道了。

一位在政府部门工作的南方人。

五

三十年后，那个叫薛梅聪的男人，在人们的记忆里早已变得扑

渔鼓殇

朔迷离。拨开记忆的重重雾障,叙述者似乎无法对那个男人倾注更多的笔墨。那个人的脸时而清晰,时而飘浮不定,白皙,落魄,有几分病恹恹的样子,听说十年前便死于肺病。但他注定要在这个故事里出现。不仅因为他是当事人之一,还因为罗曼玉,那个复读女生的前半生,基本上都是在这个男人的阴影里度过的。回望三十年前,让人百思不得其解的是,那桩本来子虚乌有的事件,为什么会在时间的长河里众口铄金,被人板上钉钉了呢?

薛梅聪是五十年代支援苏北的大学生,当年跟他一起来的,后来都通过各种门路调走了。薛梅聪没走,个中原因很复杂,其中之一是他不可救药地迷上了当地民谣。在人们看来,那些口口相传的民间小调,除了农村的闲妇懒汉用于瓜田篱下打情骂俏之外,几乎没有什么用处。但南方人薛梅聪是识货的,他透过那些仨文不值俩文的小俚曲,硬是窥见了我国传统文化的精妙之处。就这样,在木鱼咀镇不算短的几十年光阴里,薛梅聪终在田间奔走,与牛为伍,与落日和星星作伴,他对民间艺术的研究也随着一天天跟放牛老汉的厮混发扬光大起来,当然,皱纹和白发也一起看长。薛梅聪对民谣很较真,对生活却很敷衍,其中包括对婚姻的态度。由于当年沾了右派老子的光,早已心如枯井,从不曾有过非分的想法。四十多岁了还孑然一身,后来阴差阳错跟帮他做饭洗衣服的乡下保姆柳桂芝住到了一起。柳桂芝膀阔腰圆,一副不好惹的母夜叉模样,薛梅聪小巧玲珑,气质文弱,两个人在一起散步的时候,活脱脱就像一对母子。那妈还不是亲生的,必定是后妈无疑。薛梅聪讲话有点

"娘娘腔",老婆的声音则与打闷雷一般无二,每抵争吵起来,宛如声部不同的二重唱,男人自然是屡战屡败,回回落于下风。但世事就是这么蹊跷,日子还真一天天地过下来。

文史办副主任薛梅聪第一次邂逅罗曼玉,是在县有关部门召开的一次文化会议上。当时薛梅聪从乡下搜集民谣刚回来,背着大草帽,膀子上缠着毛巾,风尘仆仆地走进了会议室。这时候会场的讨论正在进行中,有的人慷慨激昂,抒发着对现行文化体制的不满,呼吁非改不可,不改只有死路一条。薛梅聪坐在那里,微微一笑。在他看来,与其痛贬沉疴,不如开出药方更有效。这些年来,人们说得太多了,大会小会,无不成了展示口才的平台。可随着散会那一声门响,所有的论证都随之散去。人们似乎更热衷于到会后的酒桌上挥洒剩余的激情,对于类似场合,薛梅聪一直保持着不即不离的态度。在他看来,与其跟这些人一起清谈,不如一竿子扎到田间去,做点实事呢。

薛梅聪从乡下赶回来,背了一大包子写在香烟壳子上的调研提纲,汇报时显然有失严肃性,就在这时,罗曼玉出现了。

罗曼玉当时借在镇政府当打字员。每逢开会的时候,间或帮着倒点茶水。主持会议的人看到薛主任稀溜哗啦从黄挎包里倒出一堆香烟壳子,就对罗曼玉说,小罗,你帮着薛主任把提纲打一下,多复印几份!罗曼玉拎着茶壶过来,看到一个头发花白的脑壳,正伏在桌子上到处翻找。就顺手拿起那堆东西,一不留神撒了两张。花白头在后头捏着嗓子喊,小心,跑到地上去了!满屋子人都笑了。

渔鼓殇

罗曼玉红着脸，狠狠地剜了那人一眼，心想这人讲话怎么女里女气的？然后拿着猴皮筋缠着的宝贝走了。由于记得凌乱，罗曼玉费了很大的劲才整理好，而且有一些生僻字，打字库里根本就没有。她只好照葫芦画瓢，将字描上了。一路走得急，怕耽误了人家的正事。等她推门进去的时候，发现薛主任正在汇报，提纲挈领，条分缕析，竟然跟她手中的提纲一模一样，而且更丰富，更详尽。他坐在那里，目光突然变得十分睿智，谈吐也异常自如，起承转合之间充满了智慧和幽默，讲到忘情处，甚至手舞足蹈，信口吟唱起来：金黄麦那个割下，秧啊来栽了，洗好那个衣服桑来采．洗衣那个哪怕啊黄昏那个后呀，采桑那个哪怕露水湿青苔。

　　罗曼玉将材料分发给大家，静静地望着薛梅聪，完全被他震住了。

　　散会的时候，她主动走过去说，对不起，薛主任……以后有材料还交给我吧，我或许能帮您做点什么。

　　薛梅聪出了会场，又恢复了常态。他头发凌乱，手里抱着那捆香烟壳子，连说呃，呃，不劳烦神你，还是我自己抄吧。

　　罗曼玉就笑了。她说，我平时工作不忙，闲着也是闲着呢。

　　薛梅聪这才停住脚步，很认真地打量着她。在那一瞬间，罗曼玉看到他的眼睛里闪过某种东西。就像湖水上空飘过的一片云，又倏地不见了。

　　薛梅聪很忙。再说他已经养成了手写的习惯。这些年只有在纸上笔走龙蛇的时候，才会有灵感。所以此后各忙各的，便再也没有联系了。

半年后，由镇文史办报到上级主管部门关于抢救和挖掘民间诗歌的方案批了下来。作为木鱼咀镇唯一的民间文化挖掘工程，薛主任成了当仁不让的担纲者。有了尚方宝剑，所有的关口皆一路绿灯。采风组成员是从各个单位临时抽调的，基本上都是粗通文墨，但工作又不忙的那类人。正巧罗曼玉在借用期，镇政府就自作主张，将她放到课题组作资料员。

采风组兵分几路下了乡。沿着当年薛主任探索的方向，按图索骥，重走长征路。所到之处，皆是人迹罕至的地方，一线天的峡谷，老鹰飞不过、兔子不拉屎的山巅，几十里望不到头的黄土坡。采访之人，除去瞎眼婆婆，跛脚老爹，就是放羊的娃子，阉牛的汉子，打铁的师傅，扛包抡锤的伙计，以引车卖浆贩夫走卒居多，鲜见有身份有档次之人。几个月下来，累得采风组人仰马翻，个个骂娘，有几个人干脆请长病假不来了。刚开始的时候，薛主任以为有了明确分工，大家很快就能完成任务，自己坐镇指挥就可以了。没承想到了交稿期限，由于他说话绵软无力，又缺少铁腕纪律，原定计划完成不到三分之一，当即急火攻心。他哪里知道这些年来，自己之所以披着星星，顶着月亮，视吃苦为家常便饭，皆因有兴趣和诸多责任在那里撑着。现如今风流水转，人人都讲现实了。采风组下去，吃没得吃，喝没得喝，整天揣着煎饼大葱爬沟卧坡，记录啥子"二十五，做豆腐；二十六，去割肉……大年三十熬一宿"，更觉得倍感煎熬，谁还能苦撑下去呢。没有办法，薛主任在被局长痛

渔鼓殇

批几次，勒令必须按期完成任务的情况下，只好亲自出马，再次扑到基层第一线。

在一个叫黑驴坡的村子里，采风组一住就是半个多月。薛主任又犯了拼命三郎的老毛病，为了寻找那些像草籽一般散落在乡间的受访者，十天里爬了三次山，下了四趟黄泥湖，还有两回在黑松林里摸了大半夜。原先是带着三个人去的，中途副组长郭晋生因为办公室有事，被临时抽了回去。另一个由于吃大蒜喝地沟水，蹿稀了。一夜数次，那天出发的时候，腿软得站不起来。可时间不等人呐，薛主任只好将人托付给村里一家开磨坊的。然后带着资料员罗曼玉下去了。当时正是夏天，一天几场雷雨，间或还有指甲大的冰雹，随时能将人砸在半路上。临出门的时候，房东找来找去，只拿出一领蓑衣，为难地对薛梅聪说，路上防着点，俺今天得去城里，不然……薛主任接过来，随手扔给罗曼玉说，没啥，我头皮硬着呢！就推着车子上路了。

路上还真下了雨。一开始是漫天的雷声，咬牙切齿地在天上打着，好像是龙王爷发怒了。罗曼玉有点害怕，就提醒薛主任是不是该回去。薛梅聪笑笑说，没关系，跟我在一起，保证你逢凶化吉呢！嘴巴里还不停地哼着"鼓打一更月露头"啥的。按计划，他们还要去寻访一位种瓜的老汉吉麻子。罗曼玉不好再说什么，只好将塑料布紧紧裹着挎包，怕资料淋湿了。她知道，那是薛主任的命。命没了，她的饭碗也就砸了。本来时间够用的，但鬼使神差了，在去找吉麻子的路上，他们在河边碰到一老一少两个打铁的。小的掌

着火钎子，老的抡大锤，呼呼生风之间火花四溅，在间或冒出的毒日头下忙得不亦乐乎。老汉忙到动情处，突然吱吱喝喝地从嘴巴里冒出了一串劳什子，薛梅聪听呆了，接下去跟老把式一唱一和，一聊就是几个钟头，反而耽搁了找吉麻子。等好不容易赶到瓜棚，吉麻子却回家取东西去了，只有他的小孙子跟一条大黄狗在场。小孙子警惕地盯着他们，或点头，或摇头，中间还咿咿呀呀跺着脚，看样子是个哑巴。那条草黄狗则汪汪地叫着，瞪着一双同样警惕的眼睛，左扑右拽，似乎随时准备冲上来。也难怪，薛梅聪推着裹成泥坨子的自行车，罗曼玉披着蓑衣拄着棍子，两人都打赤脚站在那里，看上去跟乞丐差不多。罗曼玉懂本地语，就蹲在那里比画着手势，问爷爷还来吗？啥时来？哑孙点过头，又摇摇头，一会儿将他们都绕糊涂了。

　　天这时渐渐暗下来。周围是一片没有边际的瓜田，瓜田的四周是抬眼望不到边的、黑漆漆的槐树林，一阵风过，萧萧瑟瑟，仿佛有千军万马埋伏在周围，委实让人恐惧。罗曼玉再次问薛主任是不是明天来？薛梅聪望着乌云翻滚的天际，牙一咬说，再等会儿。正说着，雨就下来了。那雨下得太突然了！扑面从天空砸下来，让人猝不及防。两个人在风雨中抱着脑袋东躲西藏，瞬间成了被雨淋湿的鸭子。哑孙跟大黄狗早已不知去向，显然是到窝棚里躲雨去了。薛梅聪连忙用手去推窝棚的门，却一死拽不开，原来里边锁上啦。而且随着他拉门的动作，大黄狗惨烈地吠叫着，一声接一声，跟天边的雷声比着高低。罗曼玉抖抖挲挲地裹着蓑衣，心里埋怨薛梅聪

渔鼓殇

不早点回去，看着他被雨浇透的狼狈相，心里又不落忍。正着急着，一眼瞥见瓜田的尽头还有个小窝棚，像一簇蘑菇似的孤零零地竖在那里，就拉起薛梅聪说快走，两人顶着大雨朝那边深一脚浅一脚地跑了过去。

窝棚很小，仅够两人存身的地方。两人刚蹲去进的时候，容不得多想，待坐下来才觉得彼此靠得太近了。近得连对方的呼吸都听得到。罗曼玉裹着蓑衣，身体不停地哆嗦，不知是冻的，还是因为恐惧所致。外面的雨却下得更凶了，瓢浇碗压，根本没有停歇的样子。夜幕却完全降临了。

那个吉麻子，真的那么重要吗？望着外面的电闪雷鸣，罗曼玉不无气恼地说。

是呀，薛梅聪充满歉意地笑笑，然后说，最后一章就是关于他的。他爷爷的祖辈就是民间戏班子的，他小时候学会的民谣有很多呢，由于不识字，很多东西快失传了。

就那些什么"四两油，过一夏，又搽头，又抹车……"的顺口溜？放牛娃子都会唱，值得跑这么远来折腾吗？

薛梅聪没说话，过了一会儿，却轻轻唱起来：稻上场，麦进仓，黄豆扛在肩膀上，菜籽换成油，还怕跌跟头……他的嗓子有点纤细，但音准却异常准确，每一个拐弯的地方，都非常清晰地传递出来。

罗曼玉似懂非懂，她对这些老土的东西很少感兴趣。但待在窝棚里也是寂寞难耐，就让薛主任再唱点别的。

薛梅聪又唱了：一呀一更黑哟月儿刚出山，小奴在房中心里打算盘，阵阵作了难；有心去抗战哟爹妈又阻拦，为个女人不如男子汉，越黑越自惭……

一口气唱了四五首，罗曼玉仔细分辨上去，有抗战的，有民俗的，但以唱男女道情的居多。有的词特别热辣，像什么"月儿渐渐高，挂在柳树梢，思想起小才郎，心中好烦恼"，听得她心里怦怦乱跳，就捂着耳朵说别唱了，别唱了，这些东西要让学校老师听了，非开你的批斗会不可！

薛梅聪又笑了，说你呀，要学的东西还很多呢！这才是真正的民间艺术，现在的乐坛，都让那些流行的东西惯坏了……

然后，薛梅聪不知动了哪根筋，突然滔滔不绝地讲起了流行于山东郯城、马头一带的《郯马五大调》。关于五大调的来源，从明清时代说起，又讲了五个曲牌；什么"五景""五盼""七多""七赞""八恨"等等。高山大河一泻千里，想收都收不住。罗曼玉一开始还勉强嗯呵着，越听越觉得佶屈聱牙，不一会儿脑子里就开起小差。过了一会儿，大约觉得无人应答，薛主任才像关了电门似的，蓦地打住不讲了。

两个人重新陷进了沉默，都不说话。时间仿佛掐着秒算的，因为外面的雨声，显得格外难熬了。

过了一会儿。薛梅聪突然长叹了一口气，然后说，后悔跟我出来吗？

罗曼玉听着外面凄厉的雨声，一时不知道该怎么回答。

渔鼓殇

薛梅聪说，真的对不起，我不知道会是这样……

罗曼玉还是没吭声，身体却因为寒冷抖得更厉害了。

薛梅聪说，你是冻的吧，来，我帮你焐焐手，这样也许暖和一些。

罗曼玉没吭声，身体却悄悄朝外挪动了一下。

薛梅聪似乎觉察到了。就说，你害怕对吗？我不会伤害你的。我虽然不是什么好人，可也不是坏人。

罗曼玉被他说的话逗乐了，就说，谁知道呢。心里稍稍有一些安定。

薛梅聪说，好人或坏人，看眼睛是能看出来的。

罗曼玉说，是吗……

薛梅聪说，是的，比如说你的眼睛，让人一眼看上去就是单纯、善良的女孩子。

罗曼玉有点不好意思，又动了一下身子，无意中碰到对方的膝盖。

薛梅聪一把抓住罗曼玉的手，说，这么凉。今天都怪我……

罗曼玉说，你是工作狂，谁不知道呢，摊上也是没办法。

薛梅聪似乎开玩笑地说，这话听上去怎么像对自家人说的。

罗曼玉的脸腾的一下烧起来，所幸有夜幕挡着。

外面的雨这时有点小了。淅淅沥沥的，但雷声依然在天边滚得很急。

薛梅聪朝窝棚外张望了一下，接着说，看来回不去了，今晚怎

么熬呢……我再给你讲个故事吧。

接下去，薛梅聪就讲了一个小木匠的故事。罗曼玉听得入了神，渐渐地，她听出薛梅聪是在讲自己。那个小木匠童年的时候喜欢用五彩积木盖各种各样的房子，有方形的，圆形的，菱形的……突然有一天，他辛辛苦苦搭起来的小木屋被粗暴的大脚踢翻了，几个穿军装戴袖标的人五花大绑地捆走了他的父亲，此后不久，他们家的老房子也被没收了。他从此失去了家，后来母亲在上访路上得了肺痨，最终也没等到落实政策的那一天……

薛梅聪讲的时候语气平淡，却有着惊悚的效果。罗曼玉坐在窝棚里，耳边只有风声、雨声，和一个中年男人略显嘶哑的声音。又因为周遭黑黢黢的，看不到男人的表情，那种天荒地老之间旷古的忧伤真是令人刻骨铭心。她下意识地抓住对方的手，不知道自己的指甲已经深深地抠了进去。后来呢？她急切地问，那个小木匠，他去哪了？

他一直忙着给人的灵魂盖房子。薛梅聪笑着说，这不，今天能有一个小窝棚避雨，比当年强多了……

罗曼玉想笑，心里却有一种说不出的酸楚。雨始终在下，月亮却在云堆后面探出半个脑袋。这真是一种奇怪的现象。但窝棚里的光线明显比刚才亮多了。

你知道吗，他们冲进来的时候，就差最后一块积木，我的房子就盖成了。薛梅聪笑着，眼睛里闪着孩子气的光。

那只解放鞋臭烘烘的，上面的胶皮开裂着，我至今都还记得它

渔鼓殇

散发出的味道呢！它差点就踢到我的鼻子尖上。

我小时候的脑袋很圆，听觉特别灵敏，但我怎么知道他们会踢我的房子呢？你能猜出我搭那间小屋，用了多少块积木吗？

薛梅聪很久没有这样讲话。这些年来，他在野地里行走，在山林中穿行，对着月亮和星星比对着人说话的时候还多。上帝突然安排了这样一个晚上，真让他有种说不出的感受。他不停地说着，有回忆，有发问，有时候在喃喃自语，声音低得近乎耳语，似乎完全掉进往事堆里了。罗曼玉眼睛一眨不眨地听着，听他说那些没头没脑的话，根本无法跟他对应。或许他不需要任何回应。因为这在他已经是莫大的享受了。眼前的这个女孩，纯得让他觉得自己有任何非分之想，都是罪恶。而同时，作为一个男人长久缺失的倾诉的渴望，以及某种本能的复苏，又让他感到压抑不住的恐惧。

他自说自唱地讲了很久，似乎有种虚脱的感觉，就说了句，曼玉，我口渴呢。

罗曼玉心里开始隐隐的揪痛。她并不知道她身上内在的，母性的东西正在被一点点地激发出来。她任自己的手被对方握着，想把少得可怜的温暖传递给他，多少年前的那个男孩。那个长着圆脑袋，在棍棒和皮鞋底下滚爬的男孩，当时一定惊恐万状吧。想到这里，她流泪了。她怕被人察觉，赶紧应了声，是吗？那我去摘个瓜来吃吧。说完刚要起身，却被对方一下拽了回去。别去，薛梅聪说，外面有狼！罗曼玉惊叫一声，心里却突突狂跳不止。在哪里？她惊魂未定地问。

175

在这里呢，薛梅聪蓦地变得粗暴起来，他一把揽住罗曼玉说，我就是！

他们的距离如此之近，近得让她无法呼吸，生怕将热气呼到对方的脸上。多少天来她一直在仰视他，在无数次会议上，只要他一张嘴，所有的人都成了陪衬。现在，他的那双富有洞察感的眼睛，曾经让她无数次折服的，口才如此之好的嘴巴就在她的鼻翼下，她还需要做什么呢。正思忖着，薛梅聪的唇已经碰到她的。她的第一感觉，是很凉。薛梅聪并没有进一步的举动，只是碰了碰她的嘴唇，然后怕碎似的，小心翼翼地说，就这样，挺好。

罗曼玉刚要说句什么，天边蓦地划过一道诡异的闪电，之后是摇曳的，地动山摇的狂风和巨大的雷声。那风突如其来，在事先没有任何征兆的情况下呼呼地刮起来，以至于当两个人在惊惧中回过神来的时候，才发现窝棚的门被奇迹般地推开了！闪电再次降临，不是一两道，而是成千上万道，就像无数刀子似的从天空投掷下来，瞬间罩住了这对窝棚里的男人和女人。与此同时，他们看到了十几条半挽着裤管的腿，腿缝中间的哑孙，大黄狗和吉麻子惊恐万状的脸。

六

文史办薛主任带着女资料员钻瓜棚被巡夜民兵抓获的消息，一夜之间传遍了木鱼咀镇。传言就像看不见的蛛丝，在路人彼此对视

的目光中，在每条街巷的砖缝里，在人们茶余饭后的唇齿之间织来穿去，很快结起一张张透明的，半透明的网，这些网平素是看不见的，而一旦用心观察，你就会发现铺天盖地，存在于每一棵树，每一片草叶，或每一户邻里的门廊，阳台，甚至厕所之间。路人在行走的时候，不经意间就会碰到它，一丝丝，一缕缕，不露声色地缠在你的头发，胳膊或腿肚子上，让你人避之不及。"看瓜"事件成了那个阶段木鱼咀镇的流行语，甚至一度成为人们交流的"猫语"。认识的，不认识的，南来的，北往的，新面孔，老面孔，原本形同陌路之人，在茶楼酒肆面酣耳热之际，一旦提起"看瓜"二字，便立刻心照不宣，彼此拍拍肩膀哈哈大笑。

薛副主任从派出所被领出来以后，所在单位以最快的速度将事件以材料形式上报。上级部门亦以同样的速度做了回复，过程很明了，证据确凿，性质有超出一般的严重。本来是双开的，鉴于该同志属于多年来支援苏北的南下干部，其他一切免去，只考虑保留公职，降为一般人员。至于女打字员呢，本来就是借用的，也不存在开除问题，在进行了例行公事式的批评教育后，让其回家了。

但事件的余波远没有结束。首先是薛副主任从专用办公室搬出来了。在一间五六个人的大办公室，前文史办副主任薛梅聪只能坐在靠门口的地方。那里原本是临时工坐的，临时工由于老婆生孩子，回家伺候月子去了。很自然地，由薛梅聪补了缺。让他最难受的还不是这个，而是在民谣抢救工程上，他失去了话语权。原先一切由他分管，即使不拍板，至少在研讨的时候，主持人总要请他说

一说。现在好了，他连进会议室的机会都没有，顶多拎着大茶壶进去，在给每一个与会者溜一圈茶的时候，才能对着那一堆几尺厚的资料偷偷瞥上几眼。那里面，有多少精华是他用半生的香烟壳子码出来的呢？每抵此时，他的心就像刀割一般疼痛。当然，也曾有人提出，继续让老薛做一些边边角角的工作。但在那样的年代，有谁敢用一个品行恶劣的人呢。更何况，在所有的罪孽中，他犯的是最不可饶恕的"人"的错误。一个人可以说两句错话，弄错几笔账目，搜罗点小钱，至少说明你这个"人"还站着。而一旦犯了作风方面的错误，在世人眼里，就只能被打入十八层地狱了。

此后是众多认识，不认识的人悉数登场。揣着各种各样的目的，抱着各种各样的好奇心，或关心，或同情，或指责，或奋袖出臂，捶胸顿足，或破口大骂，诸如什么红颜祸水、女人误国啥的。弄得薛梅聪的脸一阵红，一阵白，弄不明白何以冒出这么多人关心他。有的大老远跑过来，似乎就是为了专程到办公室走一圈，搭讪几句，咳嗽两声，然后背着手心满意足地离去。大家聊天聊地聊鸡猫狗兔世界大势，就是不问老薛那天怎么回事，究竟属于冤假错案还是阴差阳错，总之跟一女的在瓜棚里，被巡夜民兵抓了。上帝，这简直太奇妙了！七十年代末正当木鱼咀镇人感到饭桌上变化单一，枯燥的生活极度枯燥的时候，大家的味觉、嗅觉，想象力终于被挑逗起来。各种形式的烹饪版本在街巷里，在会议室里随着空气游走着。

出事后，薛梅聪基本被闲置了。没人敢找他做事，也没人把

渔鼓殇

哪怕最微小的事情交给他。这就要了薛梅聪的命。到后来,薛梅聪感到那不再是一张办公桌,而是一张展台。他坐在那里,就是为了让所有的人来参观的。这个被观者还必须有耐心,脸皮厚。因为无须多言,他坐在那里,就有现身说法的味道。薛梅聪一气之下去了锅炉房。那里正好缺一名铲煤工。在左一锨,右一锨朝炉膛里抛煤块的时候,薛梅聪这才觉得三十年河东,三十年河西,相比较而言,锅炉工真算天底下最幸福的职业呢。

这时候,作为被长久忽略的另一个女人,柳桂芝也不适时机地出现了。

柳桂芝最初对该事件的反应,人们是在薛梅聪的身上揣摸到的。薛副主任原本就是一个不修边幅的人,加之长期在基层搞文史,几乎是四季两套衣,晴雨一张皮。跟柳桂芝合二为一后,才算过上了正常人的生活。那种正常就是薛梅聪由一个面相文弱的南下干部终于被改造为正宗的当地土著了。小褂成了粗布的,背心变成红色的,当然,多数的时候是根本就不穿背心,回力鞋换成了千层底,嘴巴里亦经常喷出为大众认可的葱蒜味道。从头面到身心,皆成为柳佳枝的"俺家那口子"。"俺家那口子"出事了。而且不出则已,一出就是最为当地人津津乐道的"看瓜"事件,这还了得。柳桂芝没有多少文化,忙完了锅碗瓢勺到邻居家中串门,听到那家人绕来绕去,猛地从嘴里吐出一个"蚂蚱",怎么,听说你家老薛把人"看瓜"了?柳桂芝就像一个响雷打在头上,半天没回过神来。文件已经下来了,我猜你家老薛是被冤枉的……就他那副身架,能

招呼谁哟，会不会被别人"看瓜"呢！邻居明着是同情，实则加枪带棒地奚落了一番。柳桂芝像喝醉酒似的，晕晕乎乎地回到家里，洗衣服忘了晾晒，做菜记不得搁盐，连出门都忘记上锁了。怪不得"俺家那口子"这段时间老是没精打采的，回家倒头就睡呢。几个月下来，在伺候男人的头面和饮食上，柳桂枝变得越来越敷衍，在一次摸到自认为确凿的口实以后，女人鬼使神差地奔了镇政府。

柳桂枝很少到这里来，皆因单位太多，牌子上的字有的认识，有的不认识，横竖看着眼晕。摸过好几个门，终于摸到文史办，张口不再说"俺家那口子"，而是吞吞吐吐地问薛主任在哪。办公室的人一看女人面相凶猛，知道是薛主任家属无疑，就朝锅炉房呶呶嘴巴，知道有好戏看了。

很久以后木鱼咀镇人仍然记得锅炉房的那一幕。说不上惊心动魄，但绝对可以记入那个年代机关大院的外传或野史。当人们几分钟后赶过去的时候，发现原文史办副主任薛梅聪正在被那个后妈似的婆娘骑在臀下暴打。至于前奏是如何开始，过程是如何递进，并最终演化为暴力冲突的，就无人知晓了。人们在周围看着，这中间有人曾试图冲上去拉一把，但那个婆娘委实太凶悍了！拳头像鼓点般起起落落，打得臀下的人没有一分还手的余地。众人开始觉得好玩儿，后来实在看不过眼，就喊来了领导。领导一出现，柳桂芝就变乖了。何止乖呢，还将"俺家那口子"从地上拉起来，帮他拍拍身上的尘土。然后冲大家笑笑说，两口子闹着玩来。薛梅聪面如死灰，像寻蚂蚁似的从墙旮旯里摸到眼镜，用半条腿支在鼻梁上，也冲着大家笑一笑,说了声,斯文扫地,斯文扫地!有人就知道南方人可能真要出事了。何止斯文扫地,简直是颜面尽失了。

  薛梅聪没有再上班。因为这件事不久后他病了,断断续续的几年,后来衍化成跟他母亲当年同样的肺痨。每天躺在床上,吃喝由老婆服侍。并从此请了长病假。木鱼咀镇人失去了最初的新鲜劲,渐渐地,那种痛打落水狗的心态也逐步淡化了,办公室开始陆续有人跑去看老主任,偶尔碰上夫妻俩又在厮杀,回来后议起此事,不免摇摇头说,完了,这人一辈子毁在两个女人身上。

七

  模拟考试的分数下来了。桂芹其他科目考得还可以,但外语考砸了,只得了五十九分。桂芹攥着外语卷子,看着满眼的红叉叉,不敢抬头看那个南方口音的老师。她眼下的成绩由前十名掉到中上,这让老师大失所望。桂芹坐在那里,看着老师一题一题地分析着考卷,间或朝她这边扫一眼,嘴角又是不置可否的笑,让她恨不得跑到角落里藏着。只有她知道是怎么回事。罗曼玉顶不住压力退学了,因为承受不住同学们看怪物似的眼光,那目光就像一把把菜刀,冷飕飕的,在她的前后左右飞舞着,随时准备扎下来,将她剥光衣服扔到案板上。临走的时候,罗曼玉来跟桂芹告别。头上包着方巾,裹得只露出两只眼睛。她紧张地四下里望望,问桂芹老师找她麻烦没有?桂芹摇了摇头,问罗曼玉下一步打算怎么办?她说自

己也不清楚，眼下就是一片缺齿的树叶子，随风飘到哪算哪吧。最后留下一个在掉满树叶的林荫道上孤独远去的背影。

自此以后，桂芹一坐在课堂上，盯着那个南方老师似笑非笑的嘴巴，脑袋就跑到爪哇岛去了。南方人，她恨恨地想，为什么总是南方人呢？平心而论，南方人跟本地人是有区别的。南方人说话会用新鲜的名词，一层层地套下去，从不给人言语前后不搭的感觉；南方人很少讲粗话，即使骂人，也只是说，骗你是小狗子；而不像北方人咬牙切齿的，俺要撒谎天打五雷劈，把眼珠子拽出来当泡踩！让人毛骨悚然。那么，跟罗曼玉"看瓜"的那个南方人，也是这样吗？桂芹心里倏地一跳，陡然升起某种罪恶感。可不知为什么，只要那个老师一上课，她的脑子就开始信马由缰。她观察着老师的一举一动，包括他的穿着，眉宇，他的一颦一笑，甚至他擦黑板的动作，吐痰用纸包起来，都让她感到无比新鲜……再后来，她又偷偷研究起他的五官。老师长得真不错啊，鼻正口方，额头光洁，有一定的雕塑感；还有，老师的头发，每天都梳得整整齐齐的，唯一那次有点乱，是因为头天晚上……听说他在供销社工作的妻子来了。看起来，罗曼玉迷上南方人，还是有些道理的。桂芹的脑子乱糟糟的，每天都在过电影，其结果就是考试成绩直线下滑，一直到了无法收拾的地步。

你下课后到我那里去一趟吧！外语老师讲完卷子，扔下一句话，头也不回地走了。

几分钟后，桂芹才站起来，艰难地朝老师家里走去。她知道等

渔鼓殇

待自己的是什么。

已经是盛夏了。教研室门前那一排白杨树长得枝叶婆娑，一阵风吹过去，总是发出沙沙的响声，有几只知了在枝干上一个劲地鸣叫着。树荫底下坐着几位挑着铺草的家长和学生，

那些一边交谈一边啃煎饼的学生，手里还拿着书……桂芹心里一阵发慌，加快脚步朝前面跑去。

老师正在给他几个月大的孩子喂牛奶。桂芹眼看着奶从那孩子的嘴巴里溢出来，老师手忙脚乱的，赶紧拿纱布给他擦拭。桂芹走过去帮他打理着，不明白四十多岁的老师，怎么还会有这么小的孩子。

你来了，老师说，能来就好。他头也不抬地说，孩子他妈上班去了，你看我这狼狈的！

桂芹听到这句话，觉得老师并不那么讨厌了。

屋角堆着坛坛罐罐，床上，柜子上垛满了春夏秋冬的衣物和拆掉便永远套不起来的被单和棉胎，地上的凳子长短不一，几乎没有重样的。只有窗前的那张办公桌还算齐整，但也被书籍、作业本堆得满满的。看起来老师并不如她想象的南方人那样会料理生活。

你应该知道目前的状态是很危险的，如果再滑下去，想考大学就难了。老师并没介意桂芹的表情，他擦完孩子的嘴巴，又在帮他换尿布，也许是垫得太久的缘故，孩子的屁股上布满红疹子。

桂芹不敢吭声，汗却从鼻尖上渗渗地冒出来。她将粉盒递过去，看着老师一下一下扑着，孩子吃过奶，很活跃地玩着棒棒鼓。

能告诉我为什么吗？老师终于抬起头来，目光专注地盯着她看，习惯性的弧度又回到他的唇角上。

桂芹汗如雨点下，惶急之中用两手不停地擦着。说什么？关于老师的，同学的，关于罗曼玉的，关于对南方人的各种胡思乱想，将这些说出来有意义吗？大家会怎么看，老师会不会更失望？

那个女生的退学对你真的有影响吗？老师闲下来，盯着桂芹的脸研究了半天，突然单刀直入地问出上面那句话，老师真是火眼金睛啊。

桂芹快要哭了。桂芹说，我也不知道……为什么，真的，我真的不知道为什么。

老师说，每一个人都应该珍惜学习的机会，尤其是农村考生。

关于罗曼玉，老师接着说，社会可能有一些不公，但重要的还是自己缺少把持……只能叫自作自受吧。

桂芹的眼睛睛蓦然亮起来，她第一次听到老师主动谈起罗曼玉，而且好像并没完全否定她，这跟他以前对她的态度不一样。在桂芹的印象中，外语老师跟那些嘲笑罗曼玉的人是一个阵营的。现在，他只言片语的流露让她知道其实问题并没有那么简单。她很专注地盯着老师，希望能从他的嘴巴里听到更多关于罗曼玉的东西，这也许这有助于解开她的心结。

老师顿了一下，又停住不说了。因为孩子唧天哇地的哭闹起来，大约是拉了屎尿在裤兜子里，两条小腿胡乱倒腾着，不一会儿就搞得老师满头大汗。桂芹这才想起同学说过老师是离婚的，新妻

渔鼓殇

子比他小许多,很多该做的家务都不做,只好由他自己带了。桂芹正要过去帮他侍弄,老师转过身去,用不耐烦的口气说,跟你说这些有什么用?你能懂吗?一个被看……的女孩子,唉!到什么年龄说什么话,你眼下只需要一口井精神,再也不要自寻烦恼,到时后悔都来不及呢,回去看书吧!

桂芹紧张得手脚冰凉,仿佛自己犯下弥天大错,原先那一肚子委屈和不解也跑得无影无踪。特别是老师省略号背后的那个字,呼之欲出,所幸被叹息声堵了回去,而且她注意到老师用的是"女孩子",而非"女人",这样勉强斯文一些。否则,她跟老师彼此间都会尴尬的。她一边点头一边朝外退着,不留神脑袋在门框上磕了一下,亦没敢言声,转过门槛飞也似的跑掉了。

路上静悄悄的,只有知了还在树杈上不知疲倦地,长一声短一声地鸣叫着。荫凉底下依然停留着三五个家长或学生。家长们从柳条编的篮子或蛇皮袋子里掏出换洗衣物,还有为数不多的零用钱,一遍遍地嘱咐着,仿佛孩子的一生都寄托在上面。

上课铃响过以后,课代表来收卷子了。课代表叫普江努。也是从乡下过来的考生,一头经年不剪的头发,满脸的劲疙瘩,经常有死皮从那些疙瘩上不经意地褪落下来。属于面相憨直,内心狂热的那种人。桂芹刚到班级的时候,根本没注意他。可此后不久,她在打饭中偶然发现,只要自己出现的地方,这人总像空气似的,萦绕在她的前后左右。排队的时候,隔着三五个人在那里挤,桂芹无意间一回头,就会看到他盯着自己的后背,正在忙不迭地调整着脸上

的表情；抑或下晚自习回去的路上，那人抢先在林荫道的一块石头上蹲着，看到她走过去，很响地清一下喉咙。但他从不跟她搭话，甚至两人无意中碰面，也会挺胸抬头地走过去，装作没看见的样子。而他的手臂，却分明在擦身而过的时候，别有用心地碰一下她的书包。这就让桂芹心惊不已，不知道这个男生要干什么。学校的院子中间有一口井，住校的女生常过去打水，有一次桂芹正吃力地朝外拽着，正巧普江努过来了，这回该正面搭话了吧，偏偏装作没看见，从井台旁边绕过去，搞得桂芹在心里大骂，并从此对该人印象恶劣。

现在，这人跑过来收卷子了。他一张一张地收着，在每个同学跟前停留不过三五秒，最后一总归拢到桂芹的桌子旁边整理着。众目睽睽之下高声问道，刘桂芹，你考多少分呢？周围朗读的声音蓦地停下来，都在看他俩说话。桂芹的脸就红了，不知道普江努是什么用意。他明明知道这回考砸了，这不是当众让自己出丑嘛。普江努见大家都在看他，益发得意起来，锲而不舍地追问道，喂，桂芹，我问你这次考多少分呢！

桂芹忍住没发火，而是将卷子掷在桌子上，小声说，你自己看呗！

普江努将卷子拿起来，一道一道认真地看着，从头到尾看完，然后哈哈大笑。

这是你那位女同桌帮着辅导的吧？普江努不无得意地说，能考三十分就不错啦！

渔鼓殇

桂芹的心跳得快要从嗓子眼里蹦出来，普江努当着这么多人提到她的同桌，让她心惊胆战。她盼着同学们朗读的声音快点高起来，好将这人枭鸟般的笑声压下去。但事与愿违，周围一点动静都没有了。

普江努看到大家的目光都聚到自己身上，更加神气活现了。

还复习呢，普江努说，早该滚蛋啦，否则一个颗老鼠屎坏了满锅汤！

桂芹的脸有当即大红，不知他最后一句话是说罗曼玉呢还是在指自己？她祈祷着，盼着这个讨厌的家伙赶紧走开。特别是不要说出那两个字，否则她真的崩溃了。但怕什么来什么，普江努所有的话好像都是引子，是前奏，是在为那句话烘云托月的。他手里颠着卷子，高声对大家说：一个"看瓜"的女人，走就走了吧！只要没人惦着就行啦！

桂芹手一扬，将卷子呼啦一下全推到地上，卷子纷纷扬扬，飘了满教室。有几张刚好贴在捧着教材走进教室的老师身上。桂芹不能不抬手了，同一句话，在不同的人嘴巴里蹦出来有着不同的效果，但它的杀伤力却是百发百中，直抵她内心最痛楚的地方，不管表哥，老师，还是眼前这个人，背后的无数人，他们为什么都跟罗曼玉过不去。为什么，究竟为什么？同学们呆住了，鸡啄米似的写字声也停下来，似乎都在等着看笑话。

那天在课堂上，普江努遭到老师的严厉批评，在批评的间隙，桂芹也被顺捎着点了名。普江努一脸的委屈，百般辩解着，说自己

没做错什么，并当场跟老师顶撞起来。气得老师抓起他的课本扔到窗外。你走吧，老师说，不要再来上课了，就当没你这个学生！桂芹低着脑袋坐在那里，知道自己以后的日子更难熬了。大家可怕地沉默着，似乎都在为普江努打抱不平，同时用一种复杂的目光看着桂芹。这样做的结果，其实等于让更多的人知道，她成绩的下滑，是由那个退学女生造成的。罗曼玉走了，作为受她直接影响的牺牲品，更进一步地说，是替代品，不安定因素，应该一起被清理掉，班级才能恢复正常，怎么能将板子打在普江努一个人身上呢。

八

放假的时候，哥哥回来了。桂芹从学校回家拿东西，跟着母亲忙里忙外，扫院子，给缸换水，将鸡鸭轰到笼里圈着，像看到救星一般的高兴。哥哥刚上大学那会，每次放假回来，桂芹都要缠着他讲外面的世界。哪怕是微小的细节都不放过。她至今仍记得第一次听录音机的情景。哥哥不知从哪拎来一只带两个喇叭的老式录音机，先是突噜噜按了录音键，让桂芹讲话，然后突噜噜按了放音键。桂芹就听到自己的声音嗡嗡响着，从里面传出来，桂芹捂着耳朵一声尖叫，兴奋得全身直哆嗦。然后再录，再放，那天晚上全家乐成了一锅粥，声音快要将屋顶掀翻啦。里面有妈妈大声地咳嗽，姐姐里外走动的声音，妹妹的欢笑声，倒水声和板凳拽动的声音，以及不知谁故意搞怪的动静。哥哥不光带来芙苓夹饼，还带来了台

渔鼓殇

湾校园歌曲。走在乡间的小路上,暮归的老牛是我同伴,蓝天佩朵夕阳在胸膛……那歌声悠闲,舒缓,跟当时扯着嗓子喊叫的样板戏完全不同。八十年代初,很多东西已经不是铁板一块了。在学校里,桂芹知道有人在唱太阳是一把金梭,月亮是一把银梭。所有这些,都成为桂芹走出去的又一重动力。

吃过早饭,哥哥带她一起到稻田里去扒稻根。四季的庄稼是要随时打理的。平时这些繁重的劳动都在母亲身上,作为在镇里上复读班的桂芹,是不知道的。扒稻根,就是将稻田根部的杂草拔掉,这本来是件简单的活计,但由于水田里蚂蟥特别多,桂芹光着脚一踩进去,就会连连惊叫着跳出来,她太怕那些软咕隆咚的家伙了。哥哥毕竟是男人,他站在水田里,很有章法地操作着,每一行,每一垅都用铁爪钩仔细的疏理过,然后将沾着泥巴的杂草从稻田里甩出来,不一会儿,就扔得满田埂都是。桂芹跟在后面拾掇着,因为揣着事,心里老是闷闷的,忽然就听到哥哥在那边唱起来,月照征途风送爽,跨过了山和水……桂芹说哥你不累吗,还唱得动呀。哥哥说,这叫苦中作乐,要不蚂蟥叮得人直恶心。桂芹再看哥哥腿肚子上,果然像钉子似的挂了许多。桂芹连忙喊他上来,用铁钩子帮着朝下钩,忙活半天,那些家伙哪里肯下来?哥哥狠狠几巴掌,蚂蟥才软软地掉在地上。再看被叮过的腿,早已经血糊溜拉,惨不忍睹了。看着地上的蚂蟥,他饶有意味地说,生活往往就是这样,人在不知道的时候,就付出了血的代价。

桂芹看着哥哥,觉得这句话好像有所指,心里有点发毛,问他

是不是到复读班去了。

哥哥说没有,只是随口说说的。接着问桂芹最近学习怎么样,有什么新的想法吗?

坐在稻田旁边的土埂上,桂芹跟哥哥谈了很多。最后拿出了那封信。

那是一个长久以来缠在她内心的死结。她无法打开它。既便从当事人那里,也无法得到更多的解释。她有太多的苦恼和不解,需要从哥哥,这个从大学里带来新思想,新文明的人那里找到答案。

哥哥看过信,皱着眉头,半天没说话。

桂芹的心又提起来,这阵子,她的成绩总是起起落落的,没有人理解她的苦恼是怎么回事。更多的时候,她也知道自己是在自寻烦恼,可为什么总走不出来呢?学校里所有的人,罗曼玉,还有那个不曾谋面的南方职员,这个世界究竟谁错了。她抱着最后一丝希望,试图从哥哥那里拿到芝麻开门的秘籍。

哥哥将信看了一遍,又看了一遍,然后说,这封信你还给别人看过吗?

桂芹摇摇头说,没有,一直放在书包夹缝里的。

哥哥沉着脸说,不要再给任何人看了。

桂芹的心就堵得更重了,怎么回事,我又做错了什么吗?

哥哥将信小心地折叠起来说,放在我那里吧,将来也许用得上。

这是桂芹从哥哥那里听到的未置可否的一句话。将……什么时候,做什么用呢?

渔鼓殇

哥哥说，不知道，也许是写文章的时候吧。

一个被"看瓜"的女人，也许她是无辜的。哥哥在说到那两个字时，语气很轻，并且明显有些含糊地带过去，但依旧不妨碍桂芹听清了它，她感到心上又被无形地戳了一下，而这次，是来自最信赖的人。

就像茶花女中的玛格丽特之于阿尔芒；娜娜之于伪善的巴黎上流社会；包法利夫人之于整个十九世纪的法国，安娜卡列尼娜……哥哥不假思索地举出一大堆名字。

这些例子也许不太合适……但在当下的中国，哥哥很冷静地对桂芹说，人们要在观念上普遍理解、包容并客观地看待这些东西，至少还得五十年以后！

那天他们谈了很多，但都不是具体的哪件事情，而更多是一种方向上的探讨。哥哥说表哥的话是对的，老师说的也没有错，事件中的男主角和女主角，包括所有与此相关的人都有各自的道理。但这依旧不能说明任何问题，要想弄明白这些事，可能要等地球消亡了以后，现有物种统统灭绝，抑或某种新的文明出现以后……

看着桂芹绝望的眼神，哥哥谨慎地说，好好做你自己的事吧，世界太复杂了，你没有必要为此付出代价。

麦子黄熟了。铺天盖地的麦浪在太阳底下翻卷着，滚动出一波波青黄相间的涟漪。三十年前的麦子长得特别茂硕，所以一旦走进去，就很难看到彼此的影子了。只有影影绰绰地听到远处的动静，

间或有一两只雀子从空中扑扑棱棱地飞过去。那时候的天空亦是纤尘不染的,衬着夕阳,格外有几分凄厉的美。从复读班走出去,就看到围墙周围大片的麦子地,同学们吃过晚饭后都喜欢拿着书到田埂上坐着,聊天,或者背书。

在黄熟的麦子地里,桂芹有一天突然放声痛哭。

那时候太阳已经快落山了。吃过晚饭,室友蒋小苟约桂芹到郊外去散步。蒋小苟也是从乡下来的,已经复读三年,结果成绩一年比一年差。蒋小苟已经二十八岁了。二十八岁的姑娘,在农村早该是几个孩子的母亲。但蒋小苟还是瞒报了岁数,懒在复读班不回去。家不回去,书也读不进去,招惹得媒人整天朝宿舍跑,打发走一个,又来一个,有一次在大会上被校长点名批评,声称再有情况马上送其回家。最近听说家里给她找好了婆家,对方在煤矿工作,麦收后就要回去嫁人了。蒋小苟有天晚上在蚊帐里读着信,忍不住咯咯笑起来,因为是半夜,笑声有点瘆人,同时也把其他睡觉的女生吓了一跳。没有人知道这桩惊天的秘密。现在,蒋小苟知道自己要走了,终于解脱了,总归要找人说出来,权作一种心理负荷的转移吧。想来想去,蒋小苟约了桂芹。和同宿舍其他女孩比起来,桂芹有点傻,但心地善良。而且前不久桂芹因为罗曼玉事件在班级倍受歧视。这使蒋小苟认为,桂芹才是合适的谈话对象。因为自己虽然也受歧视,却马上要走了,而桂芹还得在这里熬下去,这使她比桂芹有了更多的心理优势,于是在一次吃过晚饭后,蒋小苟就把桂芹约出来。

渔鼓殇

在路上蒋小芍东一榔头西一棒子，侃的全是废话。桂芹机械地回应着。有时是一个字，有时是两个字。蒋小芍根本不在乎，她只要有人当听众就可以了。她们后来走到麦田的地埂上坐下来，就在蒋小芍认为可以张嘴倾吐秘密的时候，桂芹突然放声痛哭！桂芹哭得太惨烈了。呼天抢地，捶胸顿足，仿佛有一千只手在抓挠着，要将她的肠子、肝和心肺掏出来。蒋小芍开始以为自己说了什么错话，导致桂芹如此，后来才发现错了。桂芹的哭与她无关，桂芹太需要大哭一场了！但这么长时间以来，桂芹连哭的机会都没有。没有人跟她说话，因为罗曼玉，她成了所有女生的对立面，又因为成绩下滑，她在班级成为被老师屡屡拿来说事的不可救药者。桂芹真不知道自己错在哪里了。究竟因为那只鸭蛋，还是那封该死的信？难道罗曼玉被"看瓜"是她的错？难道跟一个被"看瓜"的女生在一起，就成了她的同类？特别是哥哥回校以后，桂芹很长时间打不起精神，整个人有一种失去方向的感觉。那天明明去食堂打饭的，可不知怎么去了厕所，或者将饭菜端走亦不知道付饭菜票，几次被打饭师傅叱骂，要不就捧着书本，在电线杆子和树丛间晃悠，看似背书，实则只是茫然失措地胡乱走走。

蒋小芍见劝不住，只好自己也陪着掉了几滴眼泪。直到桂芹哭够了，才慢慢地说，其实也没什么，你太看表面了。

桂芹擤完鼻涕一愣，说什么？

蒋小芍说，也不是所有的人都跟你过不去，你看，我不是坐在这里吗？

桂芹说，当时只想交个城里朋友，哪想到会是这样呢。

蒋小苟说，本来就不是一类人，所以罗曼玉出事，更多人看笑话呢！

桂芹有点佩服蒋小苟了，觉得她说到点子上。她想起试图为女同桌辩解的时候，很多人那种疑虑的目光，更多的还是不屑。

这时候天色已经黑下来，散步的同学和老师陆陆续续都回去了。一轮不甚清晰的弯月从天边升起来，月光下的麦田在风中沙沙作响，显得更加静谧和神秘。两个人又拉里拉杂地说了许多，基本上是各说各的。蒋小苟声讨了很多女同学的不是，并就罗曼玉事件表达了自己真实的看法，在她的叙述中，罗曼玉既是一个无辜者，又是一个率性真情的，敢于和这个世界对抗的女子。同时，她认为桂芹是对的，她能在这种时候跟女同桌站在一起，没有一起去破鼓万人擂，本身就是一种勇敢者的行为，她真的很羡慕她们。

蒋小苟的话让桂芹既惶惑，又感动，她从没听过任何人在正面肯定过罗曼玉，哪怕是一句话，一个表情。而眼下最深度的理解竟然来自一个复读了三年的乡下女生。即便这些话是蒋小苟有口无心说出来的，在那一瞬间，她觉得也值了，她可以引对方为同道了。

桂芹有些激动地攥着蒋小苟的手，沉默了一会儿，然后说，我听到你昨晚在蚊帐里笑了，有什么开心事？蒋小苟说，开心呢，我要嫁人了。桂芹有些吃惊，只听说蒋小苟是班里女生中最大的，再呆下去已经不合适了，没想到她真要嫁人，就问那人是谁。蒋小苟笑嘻嘻地说，都很好，就是一个眼不好。桂芹问怎么不好了。蒋小

渔鼓殇

芍说那人是采煤工，有一次打眼放炮，被石子蹦坏了眼，因为是吃工资的，家里也就不挑了。

桂芹感到牙缝中间一阵凉意。

蒋小芍接下去说了很多，都是柴米油盐一类的家常话。看起来她三年的复读光阴真的到头了。桂芹这时脑子一阵阵的发疼，可能由于刚才哭得太凶吧，想起还有七张卷子没做，就说得赶紧回去了。分手的时候，蒋小芍拉住她，有点鬼鬼祟祟地说，别把我嫁人的消息说出去哦，你要是不想读，也干脆找个人嫁了吧，我看那个普江努对你不错呢。桂芹愣了一下，哪个说的，我最讨厌他了。蒋小芍说，哪的话呢，普江努人不错的，他家是开油坊的，那天他专门找过我。桂芹警惕地问，找你做什么？蒋小芍说，那家伙挺逗的，绕来绕去就谈到你，真是人大心也大了。桂芹感到自己的心在一点点地朝下沉，不清楚蒋小芍随口说说呢，还是受人之托？真那样就太可怕了。普江努人虽怪，但平素跟蒋小芍挺接近的，同学之间也偶有议论。她蓦地感到意兴索然，更想回去了。

蒋小芍浑然不觉，继续笑着说，你没看到他老在你的前后转嘛，这个别人看不出来，我还看不出来？那天他当众跟你争吵，其实故意想引起大家的注意，你跟罗曼玉处这么久，怎么还不开窍呢？

桂芹突然觉得悲凉至极！一晚上积起来的好感被她刚才那几句话打得粉碎。她怎么也没想到，蒋小芍会这样扯出罗曼玉，看起来她们虽然各揣心事，但在对待罗曼玉的事情上，蒋小芍的看法跟大家还是一致的，都认她的眼下的状况是交友不慎造成的。她猛地摔

开蒋小芍的手,独自气冲冲地朝麦地外面走去。

喂,喂,我说你怎么啦,我们不是聊得好好的吗?

蒋小芍在后面莫名其妙地喊了半天,桂芹也没回应,只顾磕磕绊绊地朝外走着,一个"看瓜"的……值得你那么生气吗?蒋小芍见桂芹翻了脸,委实不知道搭错了哪根筋,就气急败坏地在后面喊着。

桂芹拼命用手堵着耳朵,发疯似的跑着,越跑越快,全然不顾麦芒刺痛了自己的膀子和手脚,瞬间将大片的麦浪甩在了身后。

桂芹没有去教室,而是径自回了宿舍。已经快到十一点半了,虽然隔壁陆续有了一些动静,可上晚自习的同学还没有回来。临近最后一次模拟考试,同学们全部投入白热化的迎战状态。晚上熄灯铃响过很久,依然有人躲在蚊帐里、被窝里以及一切看得见字的地方,或秉烛夜游,或用手电筒、煤油灯继续夜战,有的人无论吃饭上厕所口中都念念有词。熬夜就像流行病,在班级、宿舍以及每个同学之间传播着。不管你能否看进去,学进去,只要熬过通宵,考好为天道酬勤,考不好也是天意了。

桂芹躺在床上,想象着同学们在教室里用功,心里有一种深深的负疚感。她想到母亲,此刻也许在家里烙煎饼吧。每次烙煎饼,母亲都将鏊子支在院子里,周边堆着山一样的麦秸垛,随着母亲腾起一张张圆圆的煎饼,麦秸垛渐渐矮了下去,直到天亮,麦秸垛完全消失了,小山包一般的煎饼垛却立起来。母亲跟成团的蚊子不停地搏斗着,头上被汗洇湿的布帕子,被烟熏得红又肿的眼睛,

渔鼓殇

总是凸着青筋的，像松树皮一般皱裂的两手……桂芹的心像针扎似的疼痛起来。她翻过身，拿起枕头旁边的复习资料，开始艰难地读起来。可不知为什么，那些字老是在跳，在游动，就像一行行的蚯蚓，不断的爬行着，桂芹以为看花了眼，她揉了揉眼睛，发现还是老样子，桂芹就知道不能看了。她放下课本，也没盖被子，不知什么时候迷迷糊糊睡了过去。

睡梦里，桂芹看见自己真的变成一条蚯蚓，在一片没有边际的花生地里穿行着，头顶上是星星，铜锣似的月亮，身边是湿润的露水和风。桂芹灵活地在地上拱动着，一会儿隐入地下，一会儿回到地面上，在穿行了几千里路之后，眼前豁然开朗，一片金黄色的宫殿巍然矗立在那里，万道霞光在天幕上刷刷闪烁着，天哪，原来是罗马城到了！桂芹一激动，忽地从地上站了起来。在这一刹那，她听到宿舍里有动静，那声音很奇怪，好像是成群的蚂蚁排着队噬咬墙壁的声音，一开始微弱，然后越来越大，越来越浩荡，声音亦变得惊天动地起来，然后哗啦一声巨响，有什么东西被碰翻了。桂芹从床上呼地爬起来，晃眼看到一个黑影子蹿了出去！桂芹虚汗淋淋，心跳得快要窒息。她以为是幻觉，可眼前分明有一堆东西从上铺掉下来，就堆在眼前的地面上。门外的月光却一如既往地清冽着，与此同时，她听到一阵急速远去的脚步声。桂芹想追出去，可腿却在关键时刻转了筋，她无奈地坐在那里，用力捶打着腿肚子上瞬间聚起的疙瘩，用尽平生的力气吐出两个字：有人！

这时候陆续有同学回了宿舍。桂芹惊魂未定地向她们诉说着刚

才的事情，但大家好像都不怎么相信，过了一会儿，才害怕起来，纷纷拉开箱包检查自己丢了东西没有。只有蒋小芍坐在蚊帐里，打坐似的假寐着，一言不发。这时有个学理科的女生恶狠狠地说，闹鬼啦，自从罗曼玉走后，这屋子就没消停过，看来不能住了！旁边有人应和道，真是的，学习这么紧张，不到教室里看书，躲在宿舍作怪呢！隔壁有人也过来了，桂芹，你好好回忆一下，得罪过谁了？桂芹仔细想了想，也没想起跟谁交过恶。一直折腾到天亮，蒋小芍自告奋勇地陪着桂芹到保卫处反映情况，一路上反复说，桂芹，要不你再想想看，那人个子高不高？跟你平时见过的谁像呢？桂芹说没有呵，我只听到一阵脚步声，然后就什么都没了。蒋小芍松了口气，就陪桂芹去了保卫处。两个人在保卫处也讲不出更多的细节，蒋小芍一会儿说是幻觉，一会儿说是做噩梦，把桂芹绕糊涂了，也把保卫处的人绕糊涂了。就简单地做了笔录，说等调查清楚再说，就打发她俩回去了。

　　天已经完全大亮了。蒋小芍家里来人接她，其中一个中年男人，穿着中山装，果然是独眼龙。蒋小芍热情地将花糖散给大家，然后和宿舍的女生一一道别，最后还跟桂芹拥抱了一下。只有桂芹知道那个男人是谁，但她不能说。蒋小芍走了，她的秘密只留给桂芹一个人。桂芹就想应该去送送她，就跟着蒋小芍一行走了出去。等她重新回来，突然发现宿舍门口聚了很多人，旁边树荫底下停着一辆警车。桂芹急急忙忙挤过去，蓦地看到普江努也在人堆里，离她隔着两三个人的地方，也踮着脚尖朝里张望。怎么回事？发生什么

渔鼓殇

事了？旁边有人心急火燎地问，学生不断朝这边涌着。听说有人被"看瓜"了！普江努在一边说，连公安局都出动了。他的喉咙里似乎有口痰没清理，脸上却透出莫名的兴奋。桂芹一愣怔，赶紧挤到门口，一眼瞥见辅导员坐在那里，旁边站着两个穿警服的；大家看她的眼神都有些不对。辅导员短发，干瘦，是原教务主任的老婆。平时极少到宿舍来，只有跟校领导检查的时候，才偶尔过来一下。今天神情严肃地出现在宿舍里，自然有点不同寻常。桂芹跟辅导员打过招呼，然后收拾书包准备去上早自习。这时辅导员开口了。

刘桂芹，你等一下！公安局的同志在这里，你说说昨天晚上是怎么回事？

桂芹想了想，除了那串脚步，还真说不出怎么回事。就对辅导员说，也没什么事，不过好像有人进来过。

公安人员问，什么人？身高多少，长得什么模样？在这停了多久，他来找谁的，你都知道吗？其中一个人在桌子上飞快地记录着。

桂芹被她问得张嘴结舌，汗又不自觉地冒出来。她一出汗，就显出很慌乱的样子。

我什么都不知道。桂芹说，蒋小芍说了，也许是幻觉呢！

辅导员火了，仅凭一个幻觉，你们俩跑到保卫处胡说八道什么？我们这里是模范宿舍，这么一闹腾，全让你们搞砸了！

公安人员说，你不要着急，慢慢回忆一下。

桂芹又使劲想了想，还是什么都没想起来，就又摇了摇头。

　　辅导员说，现在的学生，真是人小鬼大呢，刘桂芹，我看你是不是该另作打算了？既然读不进去，干脆回去学点家务和农活吧。

　　接下来是那两个公安人员不厌其烦的声音，时间，地点，人物，有哪些细节……随着他们反复的启发，循循善诱，桂芹的想象力终于被激活了，在经过一番天马行空的想象之后，她开始出现呓语状态，诸如会不会……呢，我觉得……某某有点像，也许睡得太沉了，等等不连贯的词句。公安人员飞速地记录着，半个小时后，嗒的一下合上笔录。

　　周围的一切声音突然消失了，只有辅导员的声音，在耳边痛心疾首地回响着，树欲静而风不止啊，小小一个罗曼玉就搞得满城风雨……校园里怎么会是一片净土，有些苗头不掐掉，这瓜还有得看呢！

　　桂芹的脑子轰然一炸，就像失控的电扇似的喊哩喀嚓，眼看着就要从年久失修的框子里飞了出去。公安局是在怀疑自己吗？还有辅导员，同宿舍看她的眼神……天呐！明天，明天课堂上又有新闻了，那串脚步到底是谁，他真是来"看瓜"的？对了，自己当时睡着了。在睡梦中是不是也被人家"看"过了？他究竟来看蒋小芍的还是看她的？那个谁……看来跳进黄河也洗不清了。罗曼玉说过，过程跟结局都是编好的，人们并不在乎真相。想到这里，桂芹感到恐惧就像一张巨大的网，铺天盖地地朝她罩下来，那张网看上去是透明的，让她骨头缝里寒意森林，却一无藏身的地方。她想冲出去，可蛛网缠得越来越紧，越来越密实，随后一只黑蜘蛛朝她张牙

舞爪地扑了下来,桂芹口吐白沫,一头栽倒在地上。

刘桂芹被学校送回家的时候,母亲正躺在病床上。母亲在下田劳作的时候绊倒在树根上,摔断了腿。一行人进门时,母亲正吃力地歪在床沿上给桂芹补衣裳。那是一条带斜杠的裤子,三块补丁圆圆的,正好凑成一朵梅花。陪同桂芹的老师没多说什么,只说桂芹这阶段身体不好,需要回家疗养。当时离高考还有一个月,这时候被学校送回来,事情显然有些蹊跷。但母亲还是硬撑着爬起来,给城里来的老师煮了鸡蛋糖水。

晚上,桂芹躺在自家的床上很快睡着了。她睡得很香,很沉。桂芹很久没有这样睡眠了。她像一个受了惊吓的孩子,如今回到家里,就彻底松弛下来。月光这时透过窗棂,将光晕从外面打进来,照在熟睡的桂芹脸上,也照在站在女儿床边的老人身上。桂芹睡得正香,感觉天空飘起了细雨,一滴,两滴,然后细细密密,织成一张雨帘,无声地罩了下来。桂芹被雨淋醒了,睁开眼睛,发现母亲正站在床前流泪。母亲像一株老树似的立在那里,伸出枯瘦的手抚摸着女儿。脸上的眼泪像雨一样哗哗落着,无声地流着。母亲什么话都没有说。母亲相信自己的女儿。就像女儿相信母亲的爱一样。桂芹伸出手来,哽咽地喊了声娘,然后母女俩抱头痛哭。

九

一个月后桂芹如期参加了高考。她顶着高烧,连续考了三天。

只有桂芹知道，自己能做完所有的卷子，凭借的完全是一种生命的本能。她必须走出去，而且走得越远越好。在填志愿的时候，她从地图上找到这个国家最北端的一个边陲小镇，填上了当地的一所交通学校。那所学校处在发达的东北交通大动脉上，离桂芹的家有几千里路。

临行前一天，桂芹最后一次去了三山巷。三山巷里已经换了人间，眼下住着一户教师，一户个体中巴业主，一户在机关食堂抡大勺的，另外还有两户刚从乡下搬过来的。院子不像原先那样精致了，到处堆满煤球、垃圾或废弃物，弥漫着百姓人家平实的气息。桂芹走进去的时候，看到井台上依旧长着厚厚的苔藓，梧桐树似乎比从前高了许多。她站在门口，不知道罗曼玉家搬走没有，就喊了几声。各家都在忙碌着，没有任何回应。这时有辆三轮车吱吱嘎嘎地从里面推出来，车上垛满大大小小的包裹和箱笼。喂，让一让，让一让！车夫嘴巴里吆喝着，手中不停地摇着车把上的铃铛。桂芹疑惑地问，这是哪家的？车夫说，姓罗，搬到大院去了。

桂芹沿着脚下的青砖一径走过去，最先看到的，是门廊底下那只篾子篮，不过扔在地上，里面装着各式春夏秋冬的旧鞋子。屋子里空荡荡的，没有人声。桂芹揣着疑问，顺着楼梯一蹬一蹬地爬上去，上了阁楼。推门进去，看到一个包着头，穿着旧式蓝大褂的人，正在屋角东翻西找，大约在收拾最后的东西。桂芹试着喊了一声。罗曼玉就转过身来，这是两人半年多后的第一次见面。虽然彼此揣着很多话，仿佛一句也不用说了。罗曼玉比以前胖了些，穿着也不再讲究。听说桂芹考上了,她很高兴,当下也不收拾了,拉着桂芹上街去买东西。桂芹推让了半天,见罗曼玉很坚决,只好跟着去了。

进了百货公司,罗曼玉拽着桂芹楼上楼下转悠,给桂芹买了枕头,枕套,席子,花红面盆,热水瓶,还有其他许多生活日用的小八件。桂芹拎着网篮,心里又激动,又感伤,最后怕罗曼玉破费太多,就坚决不要了,实则再买也拿不动了。最后,罗曼玉把桂芹拽到文具柜,请女售货员帮她挑了两个笔记本,一支钢笔,还有两本粉红色的信笺。记得给我写信哦,罗曼玉笑着说,只是笑得有点生涩。桂芹拿着那些东西,使劲地点了点头。因为急着回家,罗曼玉用自行车驮着桂芹,一直把她送到车站。一路上,两个人都没说话。桂芹在后边坐着,觉得车轱辘的气好像不足,蹬起来吱吱呀呀,在砂石路上吃力地走着。进了车站,罗曼玉让桂芹在外面等着,很自然地走到窗口打票。坐在车上,桂芹看到她的影子越来越小,越来越远,等车拐过街口的旧邮报亭,就什么都看不见了。

下车后离家还有一段路。桂芹大包小裹,顶着毒太阳在槐树夹岸的小路上走着,累得腿酸筋麻,一路上脑子里不停地过电影,全是一年来在学校的点点滴滴。好不容易赶到家里,看到一屋子人都在等她。表哥也来了,正坐在桌子旁跟父亲,还有几个叔、舅喝酒,大家说笑着,屋子里一派嬉笑哗生。表嫂从屋里迎出来,帮桂芹取下肩上的东西,一样样翻捡着,不时发出赞叹声。母亲在一旁

不解地问，小芹，你哪来钱买这么多东西？桂芹用毛巾擦着脸说，是同学帮买的。母亲说，哪个同学，可不要欠人家这么大的情。桂芹说，是曼玉呢，我上午去她家了。表嫂正拿着枕套品评着，听见桂芹的话，突然变了脸说，我以为哪个呢，别沾了手。桂芹心里很不是滋味，也不好跟她争辩，就默默收起东西走到屋里。发现同样的物品都准备好了。有红花佩绿叶的棉被，鲤鱼跳龙门的脸盆，一对枕头尤为扎眼，是手工绣的喜鹊衔梅。母亲走进来站了一会儿，然后说，这对枕头是表嫂给你专门绣的，花了三天三夜的工夫；其他东西家里也备齐了，还不去谢谢表嫂。

桂芹望着喜鹊衔梅，不知为什么，心里有种说不出的难受。但又不能表露，只好机械地笑着，跑去找表嫂说话。表嫂脸上的表情立马活泛起来，她带着极大的热情，为桂芹讲解了刺绣的技巧，并承诺放假回来，保证教她新的花样。说到后来，她又诡异地朝厨房外面望了望，然后就交友进行了点拨。桂芹频频点头，表示记下了。表哥喝得高兴，又山崩地裂地唱起他的"拉魂腔"来：太阳一出漫天霞，照着南湖好庄稼，清早起打罢秫叶一亩二，赶着毛驴转回家……那声音劈劈拉拉地拖腔一如既往地虬劲，只是透着股子说不出的苍凉。

桂芹最终带走了表嫂绣的那对枕套，以及家里事先备好的被褥。在收拾东西的时候，她乘大家不注意，还是在行力箱的夹层里，放上罗曼玉为她买的那本粉红色的信笺。

渔鼓殇

城外的庄稼割了一季又一季，城里的人换了一茬又一茬。

转眼三十年过去了。许多旧的东西，比如那座具有象征意义的老百货公司，旧的邮报亭等，都在雨打风吹中变得了无痕迹。桂芹在列车上迹遍大半个中国，每天在车轮的滚动之间送走夜晚，又迎来一个个朝日初升的早晨。像所有的中国人一样，她毕业后结婚，生孩子，过起柴米油盐的老套路日子。随着时间的推移，诸多往事像风一样溜走了。包括有些曾经以为刻骨铭心的东西。这些年里，她时断时续地跟罗曼玉联系过几次，由于生活，工作相距太远，最终还是失去了彼此的维系。其间听说她结了婚，有过一个孩子，然后又离婚了。再到后来，听说她出国了，去的是遥远的一个澳洲小国。有一回在列车上，刘桂芹突然想起，从前去三山巷的时候，她曾跟罗曼玉要过一张照片，罗曼玉不给，两个人差点红了脸。此后很长一段时间，桂芹一直不能释怀。现在她终于明白了。那件事，就像烙在罗曼玉额头上看不见的红字，一副永远卸不掉的十字架，沉重地附着在她的灵魂和躯体上，只要她在这个国度生存，不管走到哪里，不管她是否白发苍苍，人们有一天看到她的照片，也许还会用手指点着，漫不经意地说，看，这就是那个被"看瓜"的女人。由此看来，她不管做出何种选择，都是可以理解的。唯愿在那片被浩瀚大洋包围着的地方，她能够像所有的人一样，自由、顺畅地呼吸。

牧鹅记

村里来了鹅贩子，挑着两只箩筛，在村西那条黄土路上慢慢走着。系着红布条的扁担在他肩上一抻一抻，由着扁箩上下晃悠。鹅贩子带着尖顶斗篷，下面塞块紫碎花的汗巾，不时撩起来擦擦汗，然后吹着口哨朝这边走来。那声音宛若空气里的飞絮，一缕一缕时长时短，不断在人耳边溜过。太阳这时懒懒地在天上挂着，随时准备咚地一下钻到河里，半边河水仿佛都被染透了。鹅贩子飘然而至，就像乘着天边那抹夕阳来的。鹅贩子说，贩鹅来贩鹅来。就把担子停在村口的老槐树下，然后用手去揭箩筛的布帘子。布帘子蒙得很神秘，鹅贩子一捻，它就飞到旁边的辗盘上。村里人知道鹅贩子又玩把戏了。只见他又开五根指头，伸到箩筛里摸了半晌，却不见拿出来。眼睛先是在多皱的脸上半眯着，像喝醉了酒，然后一

渔鼓殇

点点张开，张开，随后猛一睁，人们就不约而同地看到他手里宝贝了。那两团毛茸茸的小东西。一只卡在他的食指和中指之间，另一只卡在他的无名指和小指中间。鹅贩子甩搭几个来回，才将五指一撒，小家伙就满地跑动起来。

这是两只金黄的鹅雏。大抵破壳没有几天，极娇乖的样子。它们的嘴长而扁，嫩黄色，上有两个出气孔。蹼却像两只精巧的团扇，在地上不停地拍打着。呱，呱呱，呱呱呱。它们说。然后不断地把脑袋从绒球状的身体里伸出来，朝人们讨好似地叫唤着。孩子们眼里倏地放出光来。他们蹲在箩筛边上，不断拿柳枝儿去驱赶地上的小鹅。嘘，嘘，走呀。鹅雏就乖乖地从柳叶底下钻过去，后边那只想了想，突然拿嘴巴去叼三宝的裤角子，吓得三宝连忙朝人家身后躲。快来买呀，上好的筛头鹅，今年送一对明年生一窝，不要白不要喽！吆到这里，鹅贩子意味深长地朝周围瞥了一眼。旁边的顽童立刻拍手喝起彩来。他们都知道送指的是什么，那其实是叫一种叫赊的过程。往年每到麦子黄熟的时候，这个戴着尖斗篷的人就要出现在村里。他吹着口哨遛搭一遭后，就会有三分之二的篱笆院子留下咕咕嘎嘎的鸣叫声。现在，这个人不动声色地坐在磨盘上，等着想赊的人自愿上钩。

素荷正在村头和小姐妹们玩抛石子的游戏。素荷玩得很熟练。素荷的熟练在于能将五颗石子同时抛起，然后用翘着兰花指的手背接住。再抛再接。鹅卵石就在她手里上上下下，作着让人眼花缭乱的翻飞，这使同村的芝、寒、芙只有张着嘴巴看的份儿。但素荷并

不快乐。素荷今年整九岁。九岁的素荷觉得自己应该坐在学堂里跟老师念床前明月光，疑是地上霜。而不是蹲在村口和小姐妹玩土坷垃。但妈妈说，大顺去打工，二顺去上学，素荷在家切猪草。声音像唱歌一般的流畅和不容分辩。说完就拎着水罐赶到田里锄花生去了。家里喂着一口猪、三只兔和四只鸭，每天要吃要喝要长肉，一顿供不上就开控诉会。这使素荷整天忙得像打眼罩的驴子，只知道晕天杠地转圈儿。素荷扎着翘翘辫，棒槌似地撅在脑袋上。素荷的脾气其实和翘辫一样倔。她每天在村头打猪草，看到村东的大翠背起书包走过去，又看到村西的二兰也背着书包走过去。心里就慌慌的有些堵。可妈妈说大翠家办染坊，二兰家开酱铺，人家和你不一样。所以素荷还得打猪草。但素荷打着打着就没劲了。因为太阳落山的时候，大翠唱着歌来了，二兰也唱着歌来了。她们说了许多素荷听不懂的话。然后眨眨眼，说上学好呀上学还能穿新衣服。素荷不想穿新衣，可素荷眼馋一样好东西，就是她们肩上挎的书包。那是用花布做的，镶着宽宽的荷叶边。素荷做梦都想背着这样的花布包到学堂里去。现在素荷听到那边说贩鹅来贩鹅来，素荷心里一亮，就知道自己该怎么做了。

　　素荷急火火地上了路。素荷没奔鹅贩子，而是一阵风似的旋向村西头。素荷穿过老槐林，又过玉米滩，转眼来到村西的花生地里。素荷看到满世界的绿，铺天盖地的绿，从脚底下一径伸到天尽头去了。素荷先是发现柳树杈上挂着麦穗子草帽，在风里晃来晃去，又看到地上盛水的大肚子罐，上面有两只蜜蜂嗡嗡叫着绕圈

渔鼓殇

儿。就用手搭在嘴巴上尖尖细细地喊，妈哎——那声音拉得很长，颤悠悠的，带着娇嗔和懒洋洋的味道。素荷一路急走，现在额头上全是汗，素荷知道母亲准会心疼地骂，死妮子，怎么晒得像个红头蚱蟒。完了就到地里摘瓜给她吃。那花皮瓜又甜又脆，咬一口能酥半截舌头。但素荷不想吃香瓜，素荷有比这更重要的事。素荷看到太阳的半个耳朵挂在山尖上，也许再过一会儿就呱嗒掉下去了。想到这素荷又尖尖细细地喊了一声，妈哎。母亲果然从那边走过来。素荷说来了来了。母亲说什么来了？素荷说快快，要不又走了。母亲没言声，却不紧不慢地拿出蓝花碗，从罐子里倒出半碗绿豆汤。素荷说，是鹅贩子。母亲问，赊的？素荷说赊的。母亲说去年那三只还没给钱，就死了两个。素荷说那我要书包。母亲说别跟我念经经。素荷说那我要赊鹅。母亲说白撂的。素荷说反正两样要一样。母亲叹口气说，追命鬼哟，长大了给你买书包，养不住就把你抵去吧。素荷拍手道，行，行，妈妈说话要算数。就跟母亲紧着朝村口赶去。

太阳已经落山了。鹅贩子懒懒的担起两只箩筛，影影绰绰看到远处过来一大一小，就又喊上了。贩鹅来贩鹅来，上好的筛头鹅。素荷跑上去拽住系着红布条的扁担说，我要赊鹅。那汉子说早不来晚不来，单等人家挑剩才来。变戏法似的一转悠，地上又出现三只小绒球。素荷定定地看，有两只走得欢势，其中一只满地打鼓，脚板抬得吃力。鹅贩子说这只就送了。母亲感激地说，老叔，改天来家喝茶。素荷看到小东西晕头转向地转了两圈，又照旧敲起鼓来，不禁多了份担心。却听到鹅贩子说不啦，家里那炕快出壳了，还得连夜套骡子送到镇上。说完两只箩筛一挑，就吹着口哨去了。

素荷现在很幸福。素荷有三只鹅了。素荷小心翼翼地捧着它们。就像捧着三块热火炭。素荷想得先给它们做个窝才行。素荷找出柳条编的元宝筐，太大，鹅在里面筛来筛去的站不住脚。素荷又找出蒲苇织的毛窝鞋，太小，只能放两只，结果另一只在外面哼哼唧唧的，说你偏心，你偏心。慌得素荷只好扔了毛窝鞋。最后素荷选中了秸秆瓮。那是母亲放贴饼子用的。素荷扯下蓝花布罩子，三个小家伙就欢天喜地团在一起，点点头说呱呱，谢谢。素荷这才安心地躺下了。夜这时深得很沉，母亲还在院子里支着鏊子烙煎饼。素荷看到母亲把麦秸塞到鏊子底下点着，然后用嘴去吹，唿拉一下，有条火龙从里面飞出来燎了母亲的发梢子。母亲撩起衣襟擦眼睛，擦着擦着，眼圈就变得红红的。素荷躺不住了，便跑到灶间去抱柴火。素荷说，妈，你都烙了三摞啦。母亲说，一摞给大顺打工吃，一摞给二顺交学费。还有一摞。素荷抢着说，给我和你。母亲说明天给你张婆拎过去。素荷问，张婆有媳妇，怎么还要我们给她烙煎饼？母亲说别多嘴，快睡去吧。依旧低了头往鏊子上撩糊子。一圈，两圈。圆圆的雾汽就腾起来了。素荷抬头看看月亮，发现它已经在天边升得很高，细细的，钩在篱笆障子上。素荷就长长地打个呵欠。素荷现在有心事了。她又到灶间看了看那三只小鹅，发现它们软软地堆在一起，颈子缠着颈子，睡得昏昏沉沉的。就笑着骂了句懒东西。说完朝枕头上一歪，也入梦了。两条小辫弯弯的，像

渔鼓殇

两个问号。

天边刚开始放亮，素荷就慌慌地爬起来。她把笼子打开，看到里面三只黄黄的嘴巴都张着，像钳子似的东一叨，西一叨。素荷伸出小指头让它们啄，痒痒的。素荷说馋痨锅子，这就带你们去见天。便拿起竹篮子，要把它们装进去。素荷发现大人在捉鹅或鸭子的时候，总喜欢拎着脖子，攥得死死的，让它们可怜地嘎嘎大叫。素荷知道它们在说哎呀，憋死我啦快松手。可大人们依然兴致勃勃地拎着，相互间打着招呼。你吃啦？吃过啦。全然不顾那些憋得岔了气的可怜虫们。现在素荷把小鹅倒在地上，说快过来，我可不想难为你们。三个小东西一着地，就满地撒了欢。鼓手还噗一下，拉了一泡稀屎。他们说着暗语，彼此招呼着拱到桌子底下，怎么吆都不出来。素荷从桌子东头转到西头，又从西头转到东头，把装盐的坛子也碰翻了，好不容易抓住鼓手的屁股，却软咕隆咚的不敢狠捏。就听那家伙说，不舒服不舒服。一用劲又滑脱了。没办法，素荷只好用竹竿满屋子乱捅，最后一一揪住它们的脖子，也攥得死死的，捂进篮子里。

素荷要去牧鹅了。这是素荷人生中的大事情。这件事和素荷有关，和大翠二兰有关，还和另外一个人有关。素荷不说没有任何人知道。素荷不光想要书包，素荷还想知道更多的东西。但素荷不清楚后一个想法对不对。素荷知道自己才九岁，说出来也许会让人家用指头刮着脸笑话的。一想到这里素荷的脸就红了。素荷记起那

紫金文库

个夏天，路边的紫槐花刚开过，有人就到村里来招学生了。那人穿着一双黑色的长筒雨靴，鼻梁上架着眼镜，两个镜片一闪一闪地站在村口和人们说话。村里的人不管男女老少，管戴眼镜的都叫四眼狗。大翠娘就说，四眼狗来啦，今年不知又要拐走几个丫头小子。素荷不知道四眼狗是什么样，就和小姐妹们一起跑到村头去看。听到那人说：张三，你的脑子很聪明，如果不读书，就无用武之地了。王五你也不笨，为什么就不能充分利用呢？古人云，万般皆下品……素荷张大了嘴巴，听到声音从那人嘴巴里像唱歌一般流出来，简直要惊呆了。她从来没有听过这么好听的声音。像玻璃球弹到棉花垛上，软软的让人觉得舒服。说完话，那人就转过脸来。

现在，素荷完全看清他长得什么样子了。眼皮薄薄的，头发却偏分着。素荷从三宝嘴里知道他不叫四眼狗，而是叫林各义。这个名字更让素荷觉得与众不同。人家不叫大顺二顺狗剩臭蛋或者三山尿壶家道什么的。而是叫林，各，义。一般的人只配姓张王赵钱一类很俗的姓。而这个人却姓林，就像民和讲的红楼梦里的林黛玉，或者中央的林某某。那可都是些生活在天上的人物。而眼下这个人竟然也姓林。素荷的心就开始怦怦跳起来。脱口说道，我要上学。素荷不知道是因为这人才要上学，还是因为想上学才上学。总之素荷觉得自己是非上学不可了。可母亲坐在槐树底下的磨盘上，把她揽到怀里，对林各义说，丫头还小，得帮我烧两年火再说。素荷从母亲怀里朝外一挣，声音响亮地说，我都八岁半啦我要上学。然后素荷就看到林各义用一种奇怪的目光盯着她。过了几分钟，又用好

渔鼓殇

听的声音对母亲说，就上了吧。我来带。母亲额头就冒了细汗，一迭声地说谢谢先生，不过家里离不开帮手。就拽拽素荷的小辫，说猪还没喂，快家去。素荷只好快快地往回走，眼眶却止不住地湿了。素荷知道家里年年欠账，供不起学费才是真的。她慢腾腾地走着，听到母亲在后面喊她。懒得应。素荷不知道母亲又跟林各义说了些什么。总之上学是没指望了。

太阳这时一点点升起来。素荷躺在草滩上，像刚吃过一只山楂，牙根直泛酸。四周静悄悄的，虫子和青蛙似乎还在酣睡。露水不经意打湿了她的裤角子。素荷很喜欢小鹅吃青草时的样子。黄黄的嘴巴朝草叶上一啄一啄，碰到咬不断的草根就用嘴横下来一剪。脖子很快撑得胀鼓鼓的泛着青紫色。素荷不明白鹅的胃为什么长在脖子上，这使她觉得既好玩又担心。生怕它吃得太饱会胀死。风从河面上吹过来，把身边的苇叶刮得沙沙响。素荷坐在河滩上，眼里悄悄地汪起泪水。

村头那条羊肠路，素荷打猪草时走过无数次了，每次都要伤心一回。素荷知道顺着路往前走，穿过张倌的栗子园，再绕过一片老坟地，就能看到尖顶的红瓦房。房子被几棵老杨树包裹着，不时传过琅琅的读书声：火红的太阳，从东方升起，天亮了，鸟儿飞起来了。素荷听出里面有大翠和二兰的声音，大翠的声音发沙，二兰的声音发侉，她们都不如素荷的嗓子清脆。素荷又听到林各义用好听的声音说：有一个人从东面走过来了，他挟着雨伞，目光炯炯地望着前方……素荷很想知道那个挟雨伞的人是谁，可她没有听下去。

因为日头已近正午，她的篮子里还半空着，只有两三根车前草和一把猫耳朵。但素荷不死心，她后来和小姐妹玩石子的时候，就追着问大翠和二兰子。她俩交换了一下眼神，然后眨眨眼睛说，你去问林各义吧。素荷听出声调里不怀好意，就觉得不能再问下去了。所以直到今天素荷也不知道那个挟着雨伞的人是谁，他为什么要在太阳升起的时候挟着雨伞。想来想去就钻了牛角尖。素荷一想心事，眉头就锁得紧紧的，两条弯溜溜的小辫更像问号。大翠和二兰都觉得好玩，又齐声唱道，你去找林各义吧。一溜怪笑着跑开了。

　　转眼到了秋天。素荷现在赶着三只鹅，像赶着一队雄赳赳的士兵。柳枝子吆鹅显然已不能解决问题了，必须用一根悬着铃铛的竹竿。为了方便管理，她给它们分别取了名字。小白，皮恩，鼓手。小白极爱清洁，经常用嘴巴一根一根地洗羽毛。鼓手当然早就不再打鼓了。皮恩的名字有点怪，素荷觉得它长着黑黑的眼圈，很像河北岸那个叫恩的守林人。既顽皮又刁蛮。就叫了皮恩。素荷每天训练着小白皮恩和鼓手，在村里很让一些小伙伴们眼热。他们也有鹅，但他们的鹅一律很脏。只是用木棍轰来赶去的，往大草滩上一放了事，很少有像素荷这样牧鹅的。素荷说小白，小白就停下洗羽毛的嘴巴，深情地望着主人。素荷说，皮恩和鼓手过来。那两位一个张着秀目，一个偶尔打着鼓点，却都极听话地赶到素荷身旁。现在，素荷赶着它们又回村了。

　　素荷要用玉米秸子给鹅搭个窝棚。她在三天前就把地方定下来。在碾盘附近，靠近邻居张婆的花树边上。张婆是寡妇，男人据

渔鼓殇

说是打鬼子时死的。一颗流弹飞过来，张婆的男人就噗地栽倒在地上。男人倒下的同时张婆就生养了，取名补尔。补尔不长进，三年后从部队复员回家，只带回一只灶间用的风箱。然后把老娘的屋子紧着收拾一下，就忙起婚姻大事了。忙完大事戏也就开了台，天天被媳妇用磨棍追着满院子跑。张婆气不过，终于熬出一身病来。现在素荷吆着鹅一进门，听见那边又干上了。张婆说我不走要走你走。媳妇说我走补尔不愿哩。你问补尔。补尔说你不走她不走合着都不走来。一家人在那里不厌其烦地练着绕口令。素荷见得多了，也就不觉得奇怪，便挪到磨盘东边挖起窝棚沟子。雨季快到了，鹅现在一天比一天大，素荷可不想让鹅们住在露天里。张婆这时又在西院放声唱起歌来。歌声里有一种噪音，那是补尔的媳妇在用诅咒作伴奏。

接下来的日子，素荷每天做的一件事，就是跑到村里的磅秤上给鹅量体重。小白快四斤了，皮恩三斤半，只有鼓手轻些，二斤五两。素荷感到惊奇，为什么吃一样的草却长出三样体重来。只是每过一只，她心里的希望就升起一分。林各义每年到村里来一趟，素荷很想让他下次来的时候收她。到时候素荷就知道那个挟雨伞的人是谁了。林各义戴着眼镜，会用那种好听的水音跟她说话，像那年槐花开的时候一模一样。一想到这里素荷的心又扑扑猛跳起来。这使她对那三只鹅备加呵护。鼓手长得太慢，吃草的时候总是心不在焉，素荷就跑到菜园子里掐茄叶给它吃，搞得小白和皮恩愤愤不平。素荷不清楚是不是因此种下的仇恨。因为她赶着它们到河滩上洗澡的时候，发现皮恩总是欺负鼓手。那时河水流得并不急，鼓手远远地躲着皮恩，在一旁小心地用嘴啄着羽毛。它啄一根，把嘴插到水里湿一下，啄一根，湿一下，很快就把脖子和翅膀洗得干干净净。皮恩却不老实，总是老人似地在河边踱着步子，要不就扑棱扑棱翅膀，嘎地大叫一声，吓得同伴直哆嗦。

现在，这家伙又瞄上了鼓手。它先是绕着鼓手转了几圈，脑袋一点一点地，好像在说你好呀，咱俩交个朋友吧。鼓手把嘴巴埋进翅膀里，半眯着眼睛爱答不理。皮恩见一计不成，竟突然做出攻击性的举动来。素荷发现的时候，皮恩已经把鼓手逼到河里，洋洋得意地坐到它身上，钳住鼓手的脖子一下一下地朝水里猛摁，一时间搞得水花四溅。素荷看得呆住了。她不明白皮恩怎么敢这样大胆，当即抄起竹竿子，想对准皮恩高高的脑袋敲过去。皮恩却像舵手一般，驾着鼓手飘远了。随风远远送过它们快乐的叫声，似乎在说，谢谢，谢谢，我们在玩游戏。

素荷坐到河滩上，用小石子无聊地打着水漂，她发现不知道从什么时候起，三只鹅的大翎都发齐了，像短刀似的翻在脊背上。一簇簇的疙瘩也从头顶上冒了出来。真是些见风长的东西啊。这使素荷重新感到有了希望。那个拿着雨伞的人，我一定会知道他是谁的。素荷喃喃地说，鹅儿鹅儿你快长吧，等你长大我就能上学了。鹅在那边好像是听懂了她的话，脖子一长一短地伸着，心领神会地对她说，放心，放心。

渔鼓殇

秋风起了，槐树叶子又扑簌簌地掉下来，静静地铺满了一地。素荷每次赶着鹅群放牧的时候，心里都有种暖暖的感觉。秋天是一片沧海。野兔子和老鼠满世界乱窜，打洞，做窝。要不就是把农人的豆子成堆的运回来埋着。白霜一挂，叶子就吃不住劲了，绿色渐渐转成灰褐色，接着变得萧疏起来。

那天太阳在屋脊上明晃晃地挂着，素荷从床上爬起来，觉得院子里静静的有点异样。她跑到灶间，看到玉米筛子翻扣在地下，几只鸡雏正在一颗颗地啄着米粒。素荷来到屋外，张婆的月季花正悄悄地开放着，张着嘴巴满院子吐着清香。素荷说皮恩？没有应声。素荷又喊，鼓手和小白！还是没有回应。素荷走到篱笆墙外头，满眼的绿色，依旧伸到天的尽头，几朵喇叭花从墙头上伸下来，长长的触须朝前探着。素荷不知道发生了什么。但是鹅不见了。素荷掂着竹竿，想起挟雨伞的人又想起大翠和二兰，觉得全都成了泡影。她一路走一路寻，在村头的打麦场上碰到三宝的爹。三宝爹正像个老女人似的朝路人诉说着，我的鹅呀，十六只鹅，全完啦。素荷一慌，就挤了过去。三宝爹的两只手还在空中挥舞着，像是抓住一只鹅的翅膀。完了！它们肯定飞走了，我小时候听老娘的老娘讲过，地上的鹅原是天上的鹅变的。因为犯了天条才被王母娘娘罚下界，但仙气未泄，只要有一只能带，月亮升起的时候鹅就起群啦！素荷的脸当时就黄了。她知道三宝爹不是胡说八道。眼下是如何才能找到它们的踪迹，她可不想看那老头子敲着烟锅摆龙门阵。素荷忽然想起，头天晚上皮恩有点不对劲。她往窝棚里赶它时候，那家伙头一扬，就从里面拱出来嘎嘎大叫，仿佛有什么心事似的。鼓手和小白也嘀嘀咕咕地应和着，神情鬼魅。现在，鹅飞走了。就像三宝爹说的，是回到天上去了。素荷觉得它们起飞的样子一定很美丽。如果自己不是凡体，也许要和它一起飞走的。可现在不但不能飞，连书包也买不成，更别提听林各义说话了。

　　素荷越想越觉得难受，眼泪就淌下来。她来到小河边，连鹅的影子都没有，只有苇子点头哈腰地对她说，听说了，听说了，我们很同情你。素荷又来到村西头的洼地里，辫子草帽还在那里舞来舞去，只是大肚子罐上换了一对蝴蝶，正咬着尾巴追逐。素荷不想惊动母亲，素荷就顺着绿色走了下去，一路找一路寻，绕到村西那片槐树林里。一到槐树林素荷的呼吸就有些短了。槐林无边无沿的，处在几个村子都管不着的地方。秋天有雾的时候，连着几天都不散，经常会有过路人辨不清方向，最后迷失在里头。

　　现在，素荷闯到槐树林子里，恍恍惚惚觉得自己好像要飘起来。素荷这样一想，感觉真的飘起来了。素荷在林子里飘呀飘呀，身子轻得像一团云。接下去素荷就看到让她一辈子都忘不掉的情景。鼓手，小白，皮恩，还有许许多多的鹅，它们都坐在那里休息。远远看上去就像一片雪地。它们显然是经过长途飞行才来到这里的。现在很累了，正在讨论下一步的行动。素荷远远地躲在树后看着，她发现鼓手恹恹的，半边翅膀耷拉着，好像受了伤。而皮恩正昂着脑袋，警惕地观察着周围的动静。素荷拼命捂住自己的嘴巴，免得心从嗓子眼里蹦出来。她想走过去，又怕再次把鹅惊起了

渔鼓殇

群。可素荷看到鼓手的翅膀收上去，就耷下来，收上去又耷下来。眼看就要歪倒了。这时，素荷就做出了让她思忖一生的决定。她蹑手蹑脚地走了过去。出乎她意料的是，鹅并没有起群。也许是因为意见不一致，结果在太阳出来前失掉最后一次飞翔的机会罢。总之它们现在完全是一群肉体凡胎了。

素荷轻轻抱起鼓手。发现它的腿已经断了，眼睛里溢满了凄惶。素荷小心翼翼地捧着它，像捧着自己的妹妹。她知道三宝爹很快就会寻过来的。老汉会用木棍、劈柴或手头能够找到的任何东西教训这帮不听话的东西。她不愿再看，她只想快点带鼓手回家。素荷把碎花小褂脱下来，只穿着一只兜肚，把鼓手裹住，然后一步步地走出林子。小白和皮恩像做错了事的孩子，羞愧地跟在她的身后，慢慢地朝村里走去。在村头的小河边，素荷把鼓手放下来，然后用豆叶蘸着水给它擦洗伤口。鼓手伤得特别重，脚蹼肿得像个发面馍馍。素荷擦一下，它呻吟一声。好像在说疼死啦，轻点啊。声音低得只有素荷能够听到。素荷不敢再擦了，就又用小褂把它裹住，然后像发疯一样朝村医务室跑去。皮恩和小白也像发疯一样在后面狂奔着，向小主人苦苦哀求道，我们错啦，我们错啦，别扔下我们。素荷一边跑，一边觉得鼓手的身体在渐渐发沉，发硬。心也跳得慢了。脚下更像生了风。好不容易跑到村医务室门口，就觉得鼓手的脖子一耷拉。素荷知道发生了什么。可素荷不愿相信这是真的。她说玉香姐，玉香姐，快来帮我看看。那个叫玉香的便拎着手指头粗的针管子走过来，拨拨鼓手的眼皮，懒洋洋地说，丫头，大

热天抱着个死鹅叫唤什么。

素荷这才发现自己的嗓音完全失去了正常。

母亲到镇上拉柴去了。母亲拉柴是为了修房子。为了这个庞大的修屋计划，母亲动用了积攒半年的积蓄。母亲是在房梁的罐子里把它们取出来的。素荷看到那是一只蓝印花的细瓷罐。母亲小心翼翼地把它取下来打开。里面整整齐齐地叠放着许多纸币。有一元、两元和五元的。最多的还是硬币。素荷不知道罐子里竟然能装下那么多的硬币，就听哗啦一下，滚了大半个床头。素荷帮母亲数啊数啊，最后终于点清是七十元九角。母亲说，丫，咱家早该修屋了。母亲又说了许多关于春夏秋冬的话。可素荷一句也没记住。素荷知道母亲到镇上还要办一件事情，这件事才和她真正有联系。那就是卖鹅。一想到这里素荷心就酸了。自从鼓手死后，小白和皮恩一直郁郁的，吃食都显得没精打采。她不知道怎样才能使情况变得好一些。母亲说该卖啦，鹅贩子马上就来了。素荷知道母亲的意思，但素荷的心思母亲未必知晓。林各义也快来了。听大翠和二兰说，联中要办复式班，需要到各村去补招学生。一想到林各义，素荷的心跳就有点加速。她走到院子里，看到小白和皮恩把嘴巴插到翅膀里打着盹，不时发出轻微的梦呓声。素荷在鹅栏旁边站了半天，又踮着脚尖走进屋里。明天一早，母亲就要动身到镇上去，那时两只鹅都必须绑好一块捎上。素荷听说镇里有家收购站，是专管收猪收鹅的。素荷每次经过那里都要加快步子，因为她不敢看那些动物们绝

渔鼓殇

望的眼神。现在小白和皮恩也要去了。它们会被运往哪里，谁也说不清楚。素荷有一回去镇上，看到街头的玻璃橱子里摆着红通通的烤鸭或烧鹅，就不禁想到它们活着时候的样子。素荷觉着脑子越来越乱。她不知道母亲明天动身的时候，谁会来帮着绑鹅。

素荷还没想好，天就亮了。她隐隐听到屋外传来皮恩的叫声。但和平时有点不太一样，素荷打个激灵，记起今天是卖鹅的日子。就急忙爬起来走到院子里。鹅已经绑好了。是补尔帮的忙。素荷看到他弓着脊背一道道地朝皮恩腿上勒绳子，每台一下皮恩都要惨叫一声，小白在旁边吓得直哆嗦。素荷看得目瞪口呆。她不知道母亲为什么要找这样一个人来帮忙。这个叫老婆追得满院子跑的人，现在正冲着皮恩和小白使劲。住嘴！补尔得意地喝道，一会儿就叫你刺刀见红。说完啪的一下，用手猛击皮恩的脑袋。素荷看到皮恩下意识地闪了一下，就钳住了补尔的手指头。补尔再打，皮恩再钳，反反复复展开了人鹅大战。最后补尔骂骂咧咧地捏着伤手将鹅脚捆了个结实。素荷多想把它们放下来，像平时牧鹅那样把它们吆到镇上啊。但母亲说不行，镇上离村里太远，来回要一天的工夫。就这样，母亲拉着平车一路出了村口，渐渐地远去了。临走时素荷看到皮恩和小白绝望地盯着她，嘎嘎地叫着，好像在说，主人，再见啦，谢谢你喂了我们这么长时间。素荷不敢看它们的眼睛。她觉得自己太自私了。当母亲和板车拐过村前的黄土岇子，再看不见影子的时候，素荷觉得自己的心忽地一下提到嗓子眼。她知道必须用足够的耐心等母亲回来。素荷相信母亲一定会兑现说过的话。她现在

和大翠和二兰是一样的。天亮了，太阳升起来了，有一个人从东方走过来……林各义会给她解释那人是谁。大翠和二兰说你去问林各义吧。素荷觉得这句话对极了。为什么不能去问林各义，她现在是要上学堂的人。

那天太阳走得特别慢。一早晨从屋脊上升起来，就停在那里长时间一动不动，好像被一根看不见的钉子钉住了。素荷过一会儿从屋里跑出来看看天，过一会儿又跑出来看看太阳。半天才发现挪了一小指。素荷实在等不下去了，只好跑到大街上闲逛。走来走去，就看到一位老人坐在井边的石磴子上。原来是补尔的老娘张婆。素荷开始不认为她是张婆，后来才认出她就是张婆。张婆的脸完全失了色，像一尊石雕似的塑在那里，把素荷吓了一跳。素荷说张婆呀，坐在这里干什么。张婆没有反应。素荷又说张婆呀，天不早了，回家吃饭去。张婆还是不应。素荷觉得问题有些严重了，就打着手势说我去叫补尔？张婆突然笑了。张婆一笑就把素荷更吓了一跳。因为张婆的笑像浮在皮外的，嘴巴没有咧开，不知道她的笑声是从哪里发出来的。素荷再问，张婆又不吭了。素荷只好闷闷地走开。太阳这时已经升得很高，素荷觉得肚子有些饿了。母亲早晨留的贴饼子还揣在口袋里。素荷不想吃。素荷想起河边苇子荡里有好多蜻蜓，现在正好去捉它们。那可是件耐心的活儿，需要守上半天的时间，到时候也许不用等母亲就会回来的。接下去素荷就来到卢苇荡里。果然看到许多蜻蜓在那里一上一下地翻飞着。不过素荷很失望，因为她发现都是些黄褐色的，很普通的那种。就有点

渔鼓殇

泄气了。她折下一根苇子胡乱摔打着,看到飞不高的几只蜻蜓纷纷毙命,可素荷懒得去捡它们。她要去找一只红蜻蜓。她知道那个机灵的东西还停在浅水边的某一棵芦苇上。素荷已经和它交过几次手了,眼下她有足够的时间和它对峙下去。

太阳终于掉进河里了。不知过了多久,素荷急急忙忙地朝村里奔去。那只狡猾的红蜻蜓耗去她几个小时的时间,但她最终一无所获。目前她需要知道另一个结果。素荷相信母亲决不会让她失望的。她走进院子,发现板车停在那里,可上面没有柴。素荷心里突地一跳,就奔到屋子里,屋子里也没有柴。素荷看到地上放着一只小竹筐,里面搁着五只桃子。是那种红的歪嘴桃,一个摞着一个堆在小筐里。素荷拿起一只想了想,心里没底又放下了。接下去,她就看到桌子上那串纸包,素荷数了数,一共七包,用细麻绳系着。素荷走过去拎起来,不重,却散发着一股说不清的味儿。素荷心里又一沉,不知道发生了什么,但她知道不会是好事情。母亲不在家里。一切都无从知晓。这时她突然听到隔壁有人呼天抢地地唱起歌来。是补尔的媳妇。素荷不知道她在唱什么,就奔到院子里。隔着篱笆墙看到许多人正朝补尔家涌过来。有拎着壶的有提着碗的。素荷知道补尔家出事了。这件事和补尔与补尔的媳妇有关。素荷突然想到桌子上那串纸包,她现在知道那是药。因为有一次她被柳枝戳了嘴巴,就是用那种纸包里的药面子治好的。素荷觉得现在最要紧的是找到母亲,也许所有的疑问只有母亲才能解开。接下去,素荷就看到自己的母亲,正在灶间帮补尔家张罗着什么。素荷想挤去,

紫金文库

但是人太多，好像每个人都在挡着她的道，每个人都嫌她碍手绊脚的。素荷打翻了一个人的碗，踩掉了另一个人的鞋后跟，碰洒了接着又把抱柴火的碰撒了一地。最后，素荷终于来到母亲跟前了。素荷说妈。母亲正撩起衣襟擦眼睛，看到素荷挤过来，突然不耐烦地说，快回家去，没看大人正忙活着吗？素荷说妈，那鹅。母亲定了定神，这才缓和了口气说，卖了。只是没有想到你张婆殁得这么快，连汤药都没来得及用上。

现在事情终于有了结果。但更多的事情却没有结果了。素荷慢慢站起身来，看到村西那条路在眼前渐渐模糊起来。路两边的白杨树依然很高，叶子的颜色却在一点点变深。太阳升起来了，鸟儿飞起来了。大翠和二兰又该放学回来了。她们看见素荷，也许还会相互递个眼色，然后哈哈大笑说，你去问林各义吧。素荷埋鼓手的时候，心里就惴惴的。鼓手的翅膀耷拉着，身体硬的像快石头。它飞过吗？也许从开头就注定了自己要白忙一场。张婆分明是笑着的。一个笑着的人就这样没了。素荷拿起那根长长的竹竿，又来到河边上。她不知道皮恩和小白现在怎么样了。鹅贩子肯定还会再来。鹅贩子挑着两只箩筛，说贩鹅来贩鹅来，辗子上就忽拉围满了人。素荷想明年还要赊一对。现在的问题是，怎么才能想办法说服母亲。

渔鼓殇

墙上的庄稼

一

老吴盘桓最多的地方,是楼下的月光广场。实则是在寸土寸金的楼区中间圈出一块巴掌大的绿地。平时跳舞的,练把式的,带孩子遛弯的老年人很多。老吴转乏了,坐在竹藤椅上发了会呆,不经意朝旁边的垃圾筒看了两眼。这一瞅吃惊不小。城里人真是富得流油啊!什么东西都敢扔。有脏兮兮的布娃娃,成盒的没拆封的糕点,被虫子钻眼的小半袋绿豆,裂缝的圆滚滚的西瓜,各类叫不出名堂的干菇,笋;发哈的虾皮子,走油的火腿,糊锅的米饭,霉得红毛龟,绿毛龟……有一次,垃圾堆上竟然趴了只断腿的王八,可

能是主人嫌品相不好，扔了。没多久，又出现了两件半新不旧的夹袄。旁边歪着一张三人沙发，紫条绒的。老吴围着沙发转了几圈，看到有半条腿坏了，其他无可褒贬。还有那件衣服，哪怕有指甲大点破洞，也让他心安些。趁着左右没人，老吴扯起来看了，天爷！一个没有。当时心情很复杂，想把沙发扛到家里，又怕媳妇摔脸子。儿子家里有沙发，真牛皮的，湖蓝色，媳妇断然不会要的。夹袄倒是拿了，藏藏掖掖地放到阁楼上，准备开春的时候拿出来穿。

那只浅褐色带花纹的广口坛子，脖颈处长着两只搭耳，上半截刻着古怪的汉字，下边是很多农夫赶着牛在田里耕作，老吴能清晰地看到一个人甩起的鞭子，时隐时现的，耳边的吆牛号子就响起来。坛子扔在马路边上的一棵槐树底下，被阳光一照，树影子碎银般地印在上面，益发显得神秘了。老吴是在去超市的路上看到它的。围着坛子转了三匝，没看出破绽。心想不会是哪位买主忘在路边的吧？守了半天，没有人过来。就大着胆子搬起来，细细地看了几回，终于在坛口发现一处不显眼的裂纹。那道纹，应该是暗纹，出窑的时候就有的。这么好的家什，等秋天腌萝卜干的时候，准用得上。老吴没再犹豫，朝手心上啐了口唾沫，吃力地将坛子扛到肩上。

坛子捡回去，先是撂在门外放鞋架子的地方，看到媳妇苗翠平没吱声，老吴觉得事情成了几分。几天后，又挪到洗手间的角落里。媳妇进进出出，描眉画眼，似乎压根没在意。又过去一周，老吴鼓起勇气，倒了大半瓶子洗洁精，用筷子夹着钢丝球在坛子上下

渔鼓殇

左右逛了个遍，然后搬到阳台上，堂而皇之地扣在那里晾着。

没过半个时辰，就听到卧室里传出争吵声。

"还拣上瘾了，传出去让人脸朝哪搁。"是苗翠平的声音。

"拣啥了，你说拣什么了，你亲眼看着的？"是儿子的声音。

"老头老太都知道啊，市长秘书的父亲是捡破烂的，满小区就瞒着当儿子的呢。"

里屋没动静了。老吴无力地坐下来。真是怕什么来什么，合着满世界的败家子都有理，我没偷没抢，拣个坛子招惹谁了……罢了，明天回乡下去。也不说话，绕到阁楼上去拿东西，找来找去，两件夹袄没了踪影，末了发现躺在门后的垃圾筐里。

老吴的腿有些打晃，赶紧扶着旁边的竹藤椅坐下来。

二

老吴病了。迷迷瞪瞪的，好像得了健忘症。前几天小孙子吴英杰回家度周末，苗翠平让老爷子用电瓶车带着去楼下买绿豆糕。一路上，爷孙俩絮絮叨叨地说着话，到了农贸市场，老吴将车腿支好，发现孙子不见了。从家门口到农贸市场的小超市有半里多路，老吴脑袋嗡地大了。这才恍然想起，一路上都是在自说自话，小孙子压根就没回应过。老吴顺着原路往回找，圆圆白白的太阳挂在天上，哪找去？僵着手脚摸回家里，一行老泪满把抹着，说："完了，孙子被坏人拐跑了，不活了。"直撅撅地躺到床上，再也没爬起来。

　　媳妇撂下炒菜的铲子朝楼下奔，音像店，网吧，肯德基，珍珠奶茶吧，几个常去的地方都找遍了，最后总算在马路拐弯遛旱冰的地方，看到有个小家伙屁股扭扭的，像鸭子似的撅着，正模仿人家滑旱冰呢。苗翠平一把将孩子抱起来，哭一会儿笑一会儿，像发了癔症，弄得路上的行人纷纷将脑袋扭过来，朝这边看。

　　晚上，夫妻俩躺在床上，苗翠平奇迹般地没发作，而是柔声细气地跟男人道了原委。话不轻不重，却透着分量。"人可是你吴家弄丢的，丑话说前头，再出这样的事，你把市长大人搬来也没辙了。"

　　到了周末，吴建国破天荒没加班。早饭后到楼下将车子发动起来，说要带老爷子去一个地方。差点弄丢了小孙子，老吴脸上一直抹不开。又不愿跟儿子媳妇认错，整天在床上躺着，被苗翠平端汤掇水的伺候着，开头几天还硬撑着面子，后来气泄了，觉得通身不得劲，暗想再这样躺下去，保不准真的成了废人。便顺坡下驴，答应了。

　　车子一路开着，满眼都是高速公路。由于车速太快，老吴扒着车窗朝外看，始终辨不清子丑丁卯。就这样颠了一个多小时，儿子说："到了。"然后绕过一个很大的弯，车子停下了。

　　老吴那次真的开了眼界。第一次知道地瓜是长在树上的。西红柿都变得指甲大，爬得满蓬子都是。丝瓜比井绳还粗，滴溜搭拉，挂在脑袋上方。还有西葫芦，歪脖子瓜，夏天的葡萄，冬天的干枝梅，热带的美人蕉，一年四季，热带寒温带，南方北方的瓜果

渔鼓殇

菜蔬全挤到一起了。老吴走着，看着，眼见得大门套着小门，就像掉到迷宫里。后来在拐角的地方发现一间草苫的泥巴屋，墙上挂着蒜辫，辣椒串，玉米棒子，旁边有一爿老石磨。老吴打了个喷嚏，顿时觉得周身通畅啊！想抬头看云彩，这才发现了西洋景，原来自己正站在一个摸不着边际的塑料大棚里，棚子边上，有一只巨型的铁叶子扇转着，震得人耳朵嗡嗡响。儿子跟村长坐在那里喝茶，正聊着，一行人突然有些憋闷，原来铁叶子扇停了。管接待的人说："一天光电费五千多块，得悠着点。"老吴吃了一惊，喉咙就有一条蚯蚓在爬，拼命忍住没咳嗽。再看那些西瓜、茄子，挂在树枝上的各式果子，就觉得不像是真的。

回程的路上，车子的后备箱里杂七杂八，摞了一大堆陶瓷花盆。还有几捆根部裹着泥的树根子，泥巴外面都包着塑料布，看上去蛮娇贵的。

"爹，你这回有事做了，"吴建国笑嘻嘻地说，"保证你起早贪黑的忙不过来。"

三

半个月后，阁楼上的花园呈现出不小的规模。盆子有塑料的，陶瓷的，还有原始瓦罐式的；形状有长的，扁的，上尖下圆的，有螺蛳式的，豆虫式的；大的如水桶，小的赛鸡蛋壳，颜色亦是黄红蓝白绿青蓝紫。再看那些树根子的名堂，更是南北大杂烩，有木蝴

蝶、玉蝴蝶；玳瑁花、枳壳花、酸橙花；柠檬草、香茅草；有巴西木、高丽参……仅观叶乔木一类，就有乌樟、芳樟……完全是从那座苏北生态园舶来的微缩版。

接下来的日子，老吴像打鸡血一般，黎明即起，夜阑不睡。每块山土都碾碎，又用晒过的水细细地喷过了，然后由盆到桶，将那些长短高矮不一的树根子一一倒腾到盆子里。最后看到一只扁圆形的陶盆还空着，又将从老家带来的花生摁了几颗进去。然后按庄稼把式的那套路数，早晚精心打理，没事的时候，就直勾勾地坐在那里瞅着，仿佛瞬间盆里能长出金子来。自从经营了花棚，饭也不下楼吃了，每顿都让媳妇端到阁楼上。苗翠平眼不见，心不烦。人老了，难免有些让人看着不爽的毛病，比如吃饭吧唧嘴，嘴角总是挂着饭粒子。有一次，翠平亲眼看着老吴鼻涕落到粥碗里。知道还不能说，一说就撂筷子。现在好了，老祖宗一头钻到花棚里修仙，倒是让人省了不少心思。

忙过一段时间，只有稀稀落落的几块铁木蹿了芽，大部分树根子都没长叶，有的甚至出现了黑斑，或者干枯的迹象。翠平跟着发急，就去狗市请教了几位土花农，都摇摇头，说没见过那些洋玩意，不敢侍弄。眼见得树根子死掉一批，又死了一批，老吴的哮喘病也累犯了，让媳妇给儿子打电话，赶紧请生态园管技术的人过来看看。恰好吴建国陪领导去云南考察，虽说答应了，电话一撂又忘脑后了。

老吴翻来覆去掰得脑壳生疼，觉得问题出在花肥上。肥料是

渔鼓殇

儿子从苏北生态园带回家的，都装在小袋子里。儿子说袋子上有图案，保证不会搞错的。偏偏忘了那些图案都是开花的，结果的，跟从生态园弄来的一堆树根子对不上号。儿子出差在外，问了媳妇几句，每次都被噎得回不过神。老吴只好鬼鬼祟祟的，扯着小袋子冲太阳瞅老半天，然后凭感觉将花肥一股脑抖到盆子里。每天手不离鸭嘴喷壶，只盼着快点长出叶，开出花来。眼下可倒好，叶没长，根子先烂了。后来，又疑心是花棚里缺氧。老吴眼前闪过生态园的大铁叶子扇，趁儿媳妇不在的时候，偷偷将飘窗闪了道缝，想透透风。几分钟不到，苗翠平跑上来砰砰关上了，说附近化工厂排废气，阁楼挨着孙子的书房呢。老吴虽有不悦，也是无计可施。只好在一次吃饭的时候，舍下脸跟媳妇说："琢磨着得买台电扇了。"苗翠平像看怪物似的，盯着公公半天。

"谁还用那玩意儿，有空调呢。"

"花都憋死了，得换口气。"老吴说。

"人没憋死就行了，"媳妇说，"等建国出差回来，请生态园的技术员看看，就得了。"

老吴说："这人能等，花能等嘛，一天死好几棵哩。"

媳妇摔门上班去了。儿子在课堂上玩游戏，被班主任将掌中宝收走了，得赶紧找人要回来，一家子的柴米油盐都得操心，哪顾得上花啊草的。自从阁楼盖了花棚，弄得连晾衣服都没地方，要不是换工作的念想，早就跟老东西掰上了。

又过了几日，苗翠平进出都抽着鼻子，老觉得家里有股子可

紫金文库

疑的味道，这气息时隐时现，似有似无，不停地搅扰着她的嗅觉神经。苗翠平仔细察看了厨房，卧室，会客室，都没找到源头。跟老公公盘问了几句，老吴眯着眼睛假寐，爱答不理的。苗翠平就犯了疑心病。张着鼻子里外转悠，一路寻到阁楼上，最后，在洗菜池旁边的一只塑料桶里找到了答案。天呐！原来黄漾漾的盛着半桶屎尿，看上去蒸了不短的时间了。苗翠平将桶盖掀起来，差点被顶了一个跟头。

"爸，你是不是病了？"老吴不搭理，坐在藤椅上打盹。"爸，问你呐，有病跟你儿子说，别熬出别的毛病呢。"老吴眼睛睁开了。"咒哪个？"翠平说，"你肠胃不顺，夜里多起几趟，人家帮你倒就是了，存在桶里做甚？""沤肥的，"老吴慢悠悠地说，"说了你也不懂……洋粪不顶事儿，建国几时回来？"

"至少得半个月吧，"苗翠平说，"有话跟我说，这东西不能搁这儿，外面是化工厂，家里再整一桶屎尿熏着，还让不让人活了？"

老吴终于咆哮起来："拉屎放屁都管着，人老了，保不准弄根钉子挂墙上？眼珠子没长对窝咯，个不孝……"

媳妇没接话。而是拿起一把扫帚，四下里清理着，凡是半死不活的树根子，都拔的拔，扔的扔，一时间大盆摞小盆，弄得到处稀哩夯啷。然后跑到卧室拨通了老公的电话，哭诉中夹着有他没我有我没他之类的过火话，气得吴建国差点摔了话筒。夫妻俩发生了自老吴来后最激烈的一次争吵。苗翠平一口咬定，老东西心理变态了，要不送回乡下散散心，恐怕真得憋出大毛病。

232

对面沉默了。半天，传过一句："一切等我回去再说。"

四

杂粮小店是在秋天开张的。门脸不大，处在河滨花园小区入口的地方。左首是假山，喷泉，农信社，右首是干洗店，电脑维修部，发廊。老吴的杂粮店，就挤在诸多招牌光鲜的店铺中间，不显山不露水，只在玻璃门上交叉贴了两根卡通玉米棒子，外带一张告示。上面列着各类小杂粮的品种，价格诸如此类。旁边还有一张据说专给大人物看病的老专家的招贴画。老专家穿着白大褂，手里举着一包小杂粮，笑眯眯地冲着顾客说："《黄帝内经》云，'五谷为养，五果为助，五畜为益，五菜为充。'"

开业那天，吴建国专门请了人放了一挂鞭炮。

老吴跟媳妇闹纠纷后，吴建国为了和稀泥，只好将鳏居的老父暂时送回乡下。家里消停了，隐患却埋下了。回去不到半年，老吴犯了三回病，差点把老命送了。家乡距L城往返几百里路，吴建国带着老父查病，住院，大部分时间都耗在路上，直忙得叫苦不迭。孝子的名声倒是落下了，事业上却多云转阴。在吴建国第五次硬着头皮请假的时候，顶头上司微笑着说："小吴，国事家事天下事，都得操心啊。"吴建国鸡啄米似的点着头，心里直发毛。老父亲出院后再也没回乡下，可眼看病恹恹的，一天老似一天，儿子又觉得自己犯了罪。洋树根子没法摆弄了，适逢滨河小区有门面房转让，吴建国便动了心思，用很低的价格盘下来。

粮店只有八平米。靠西山墙摆放着一排放小杂粮的木笼格，很精巧，据说是南方木匠的手艺。最底下一排木柜子，是平放的，镶着玻璃盖，里面装着芸豆、蚕豆、豌豆、黄黑豆等。然后呈坡度一层层朝山墙摞上去，格子也越来越小，分别放着糙米、薏仁、鸡血糯、玉秫黍、荞麦、大碴子等等。再往上是各类干果，有核桃、大枣、银杏果，几乎接到天花板。墙上象征性地挂了些蒜瓣子、玉米串。日历牌的旁边挂着一把二胡，看上去很是老旧，该是有些年载了。

开杂粮店是老家二柴出的意。二柴也姓吴，按辈分排，跟吴建国是堂兄弟，算是远房的亲戚。老吴离开吴家庄后，半亩地就转给堂侄二柴了。凭着脑子活泛，二柴先是种西瓜，后来栽黑莓，都是光赔不赚。近年来由于城里人改换胃口，小杂粮成了各大酒店的抢手货，二柴的生意才算有了起色。每年四季农时忙过，二柴就捎着蛇皮袋子来了，笑嘻嘻地去沙发上盘腿坐下，便开始献宝。果然有红的，有白的，赤橙黄绿，摆得满茶几都是。抓一把筱麦送到鼻子底下，庄稼地里的清香都还在呢。

"邪门了，城里人就爱吃这个，"趁着老吴开心，二柴说，"大爹，你也是闲得慌，不如开个杂粮小店，进货我包了。"

老吴还没开腔，吴建国突然茅塞顿开。当下将朋友新送的茶拿出来，给二柴满满泡了一杯。

渔鼓殇

店铺才开张那阵子,老吴有点不太适应,城里人说话好绕弯,加上顾客挑三拣四,不懂装懂的样子,让他看着多少有些窝心。老吴不会摁计算器,每回算账,就掐着手指头在那里鬼咕哝,弄得人家很不耐烦。后来儿子跑到旧货市场,淘宝似的转悠了几天,终于淘到一把旧算盘。这关勉强算是过了。老吴进入状态后,干脆将铺盖搬了来,吃住都在小店里。苗翠平的一张脸也放了晴,见天熬点鸡汤端来,小孙子吴英杰偶尔跟在屁股后头,拿把桃木剑在店铺里东抡西砍的,平添了几分热闹。

没顾客的时候,老吴孤零零的一个人,时常坐在那里打盹。

老吴这辈子,是一年四季的庄稼织起来的。花红叶绿,在他眼里都会唱歌啊。喊喊喊,唰唰唰,簌簌簌。真的,庄稼下籽的时候,是一番景色,田野一马平川,每道沟垄都齐斩斩的,一径伸到天尽头,太阳有时长,有时圆,映得远处的河流像银缎子一般,弯弯曲曲,紫光闪烁;再到后来,庄稼发芽了,长叶了,开花了,到秋天,结出一堆堆的果子……落雨的日子,刮风的日子,阴晴圆缺,个个不同。可在这里,小杂粮永远静静地躺在柜子里,不说话,仿佛一落生就哑巴似的。老吴侍弄大半生的庄稼,觉得牛屎饼子闻着都是香的。城里景致再好,跟自己又有什么关系呢?就说那些草,好端端的,非要剪得方不方,圆不圆的。割草机轰轰隆隆,开到哪儿,末了就剩下一堆残花败柳,虽说规整了,却也造作得很。

终于有一天,老吴将墙上的二胡取了下来。

五

二胡是堂侄往城里送小杂粮的时候，顺手从乡下捎过来的。好久没擦松香了，又断了两根弦。偶尔用弓子弹几下，声音比哭还难听，恰好与老吴的心绪合了拍。

至于二胡的来历，说起来有点复杂。此物是早年老吴的一位忘年交送的。那人叫柳云卿，在乡镇文化站当美工，经常会去村里的墙上刷几行字，诸如与天斗，与地斗其乐无穷啥的，或者到乡村小学教人画黑板报。但老柳最好的手艺，还不是这个，是拉二胡。每抵太阳落山的时候，老柳便坐到文化站门前的石凳上拉曲子。老柳平时脸灰着，衣服灰秃秃的，一拉曲子，人就还阳了。那弓子拽过来，拽过去；有时急，有时缓，有时像一个人在呜呜咽咽地哭，透着道不尽的愁绪。老柳拉得忘我，老吴蹲在几搂粗的槐树底下，听得入神。趁柳云卿回屋拿杯子，下意识地凑过去，将那家伙拿起来摸了摸。吱嘎，吱嘎嘎。柳云卿在旁边站着，问他是不是想学。

老吴咧咧嘴说："稀罕，拉得真好听。"

柳美工八十年代回城了，带着在乡下娶的老婆。老吴那天去帮着搬行李，一个大破纸箱子，全是书。临了拿着从墙上取下的那把二胡，戳戳捣捣的，看箱子里实在搁不下，就手给了他。"没别的用处，"柳云卿说，"没事时拉拉，解闷。"老吴这才知道，人家原

渔鼓殇

来是省里下放的教授，专门研究二胡的。后悔从前只是听热闹，对柳美工的话没多入心。从此将那玩意当成了宝贝，拉不拉都背着，偶尔在看庄稼的时候拽几下，吓吓麻雀。后来就挂到梁头上了。

真正拉成调子，是老伴去世后的头几年。老吴寂寞得发疯，便将二胡取下来，解开了油毡纸，又到乡镇集市托人觅了松香和马尾鬃。第一声调子拽出来的时候，老吴的眼泪就掉下来，知道柳美工的话是真的。那些年，二胡几乎成了他半个女人。睡着，醒着，脑子里都是咿呀交错的曲子，渐渐地，声音勉强拽圆了。拉着拉着，竟然依赖上了，田间地头，四季农时，都要拉上一曲半曲的，而且老吴发现，听着曲子长大的庄稼，长芽，出苗，就是比别人家的快，乌油油的，很快就是遮天盖地的绿；树上的桃子，山楂，李子都比人家结得好。

"这可不是胡咧咧的，没听说饲养场的猪啊鸡的听了音乐，长膘下蛋都比别的地方成色足嘛。"这是老吴的理论。

村里人却另有解释："老吴头魔障了，想女人想的。"

又过去好多年，由于哮喘病时好好歹，老吴拉不动了，二胡只好又回到梁头上。

刚拉的时候，滨河小区的住户被杂粮店飘出的曲子吓了一跳。天爷，这是哪个朝代的出土文物，吱吱呀呀，叽叽嘎嘎，一句听不出名堂的调子能拉上半天，连着听了几个月，才拉第二句。还是辨不清哪朝哪代的，哪个年载的调子。更让人头疼的是，这种听觉上

的折磨，毫无规律可循。有时天还没亮，就响起来，有时是在半夜，或是大夏天，人家要午睡，偏偏那声音就起来了。又像哭，又像笑，又像是猫头鹰在叫唤，弄得人心烦意乱的。

终于有天半夜，有人从六楼顶上推开窗户，大吼一声："号丧啊，谁家死人了，拉这样的曲子。"接下来，便跑到物业告状去了，说是有人扰民。物业将电话打到吴建国那里。吴建国要为国家大事操心，哪有时间理会社区那点芝麻粒子，淡淡一笑，将电话搁下了。扯了几天皮，事情不了了之。声音依旧在周边每个人的脑袋上飘着，不过半年后，人们总算听出点端倪。

"二泉映月，"隔壁开麻将室的老孙冒了一句，"瞎子阿炳拉的，这乡下来的老家伙还真能鼓捣。"

老孙的婆娘跟着接话，说人家市长秘书的父亲大人，保不准从前是剧团看大门的，一辈子艺术情结没处安放，临老了，圆梦了……与人方便与己方便，就由他去吧。

六

杂粮小店的生意不温不火地支撑着。临近中秋的时候，突然断供了。原因是乡下的堂侄二柴，很久不过来了。再到后来，老吴从儿子建国那里，断断续续地听到一些消息。说是老家那边几百亩地被开发商买走了，老吴转给侄子的半亩地，恰好也被圈在里头。

有天夜里，老吴被狗刨门似的声音弄醒了。老吴不知道是哪

渔鼓殇

个，以为是野猫或狗在外面掐架。小区里的住户很少有这样半夜弄门的，有儿子在上面罩着，哪个敢造次。等披衣开了门，才发现一个脑袋裹得像葫芦头的人从外面挤进来。后来认出是老家的堂侄二柴。老吴问怎么了。"天爷，"二柴说，"幸亏我跑得快……"

老吴让二柴坐下来慢慢说。

二柴说刚从堂哥那边过来，地卖了半年多，开发商给的拆迁款村民一直没拿到，眼下翻斗车开进去了，一季庄稼还没割完呢，全辗在泥里。村人想分几拨去省里，路上被不知从哪过来的一伙人冲散了。"满世界的……扔砖头咯，嘿嘿，"二柴抱着脑袋，蹲到地上呜咽起来，"……那些小杂粮，哎嘿，"二柴将木笼格的玻璃盖揭开，又关上。"豆子没了，谷子没了，稻子辗了，玉米秸子都掰了，大车轰轰隆隆，哪个敢挡着……"老吴没接话，一口痰哽在喉咙里，把脸憋得乌青。二柴赶紧过去托住他的后背："大爹，没……事的，跟建国都聊了，要派人……"捶着，搓弄着，二柴的语气越来越含混，最后歪在地上睡了过去。

老吴想跟儿子谈谈。儿子大了，像从前那样的父子对话少了。但儿子是孝子，有些话还是能听进去的。不管怎么说，地是庄稼人的命根子，没了地，吴家庄就没了。乡邻能住哪，保不准也像自己一样，跑到城里开杂粮店？第二天，老吴起个绝早，将店铺关了，然后朝儿子家走去。自从开了粮店，老吴很久没过去了。光找那栋楼就费了半天的工夫，等爬上二十一层，儿子媳妇都上班去了。老吴转来转去，在金鱼缸旁边找到了电话簿，掏出老花镜翻了几

239

遍,才拿起话筒慢慢戳起来。拨了五六回,那边总算有人接了,问是哪个。

"你爹呵,"老吴说,"二柴被揍了,你得找人做主……"话没说完,儿子在那边不耐烦地说:"听说了,凡事情得有个过程,一步步来嘛,你不在杂粮店待着,操这份闲心做什么。"

老吴肚子里的庄稼经,一个字也没倒出来,因为儿子的声音,很陌生。"爹,回去看店吧,货不够,我派人到批发市场进,二柴那边,你就别指望了。"老吴还想说点什么,话筒里的嘟嘟声响起来。儿子的确忙,忙国家大事啊。儿子说得对,凡事得一步步来。

老吴像喝醉酒似地上了阁楼,发现树根子都不见了,一根不知哪个年月的丝瓜藤子,正沿着铁丝爬着,将枯干的须子探到水池边上,像是要喝水。老吴站着,看着,一行清泪慢慢落下来。

此后一个多月,二柴始终没有消息,不知村里跟开发商交涉得怎样了。那半亩地横竖是不能再种杂粮了,但店还得开下去。墙上的木笼格大部分见了底,老吴跟儿子说了几回,每回都说很快派人送来。但事情一直拖着,最后老吴决定,亲自去批发市场。

农贸市场离河浜小区不算远,老吴骑着自行车,绕过两个红绿灯路口就到了,中间经过一大片广场。旁边是一栋栋新起的高楼。刚来那阵子,这里还是一片荒地啊,中间夹着鱼塘,半年不到就盖这么多新楼了。吴家庄该不也是这样子吧。一想到二柴的葫芦头,老吴不禁心烦起来,想等抽了空,赶紧回家看看。听说眼下村庄都

渔鼓殇

在向乡镇归拢了,不管怎么说,吴家庄是自己的窝呢,祖祖辈辈都住在那里,要是真的没了,恐怕以后想入土都难了。

绕过菜市、鸡鸭鱼肉市,老吴费了好大的劲,才找到卖杂粮的门市。还没走进去,就在门口看到一张贴着的价格表,上面列着:明绿豆:12至16元;白芝麻:22至24.8元;黑豆:18至20.5元……蚕豆还算便宜,4到4.4元。后面标着一长串子产地,诸如江苏、黑龙江、山西、陕西啥的。

老吴掐着指头算了算,自己卖的红小豆,最多也就是每公斤三块四,豇豆二块五。而且那是自家种的,用二柴的话说,施的都是有机肥。便问店家咋这么贵,女老板看他不像大买主,没好气地说:"卖烧饼哪,五毛钱填肚子,这些杂粮要南货北运,北货南运,加上熏蒸、调库,这费那费,七姑八姨各路神仙的香火费都得打里头,不然赚什么。"老吴攥着蛇皮袋子,心里有种莫名的失落。敢情小杂粮不是小杂粮了,成皇上娘娘的供品了,世道变化得快啊。

那天回家的路上,老吴车后座的蛇皮袋子半瘪着。店家说不零售,都给市里的大饭馆送去了。老吴只好批了几份诸如荞麦、燕麦等小杂粮,每公斤价格都没超过三块钱;又进了些糜子、薏仁和小扁豆。在他看来,那些摆到酒店里的杂粮,已经不是真正的杂粮了。听二柴说,都是用琉磺,还有尿素熏过的,不知道城里人吃着啥味道。

途中,老吴停下车子,抓了一把薏米仁在手里攥着,又送到太阳底下看了老半天,然后摇了摇头。

七

老吴又开始拉二胡了，咿咿呀呀，吱吱嘎嘎，碰上个别不熟悉的音阶，就像锯木头那样反复拉几个来回，才能勉强拖拽过去。有时候一到两句调子，能拉上半晌午。隔壁烟酒小店的老板娘，害牙疼似的咧咧嘴巴，撂一句："老东西又发癔症了。"

老吴却不觉，只顾眯着眼睛，在那里慢悠悠地拉着，不甚流畅的调子，从杂粮店里钻出来，在小区周边的上空飘着。像扯断了线的风筝，浮浮游游，最后倏地扎到云端不见了。

"红小豆涨价没，多少钱一斤？"

正忙着跟庄稼说话，一声询问，把老吴的思路打断了。他不情愿地睁开眼睛，看到一位趿着拖鞋，刘海裹着几只塑料圆筒的小媳妇，抱着狐狸狗走进来。小媳妇很洋派，眼梢翘翘的，眉毛文得像两根细铅丝，唇上涂着赤豆红，裹着半长的紫花绸睡衣，绿绣花的拖鞋，好像刚结婚不久。正惺忪着睡眼站在那里，笑眯眯地盯着他看。

"拉得真好听，你看我们哆莱米多安静，我说这豆子颜色怎么不对劲，是不是泡催红素了？"

老吴想凑过去帮着装，被小媳妇的胳膊挡开了。老吴就觉得奇怪，木笼格里分明有一把长柄勺，小媳妇偏偏要用手扒拉，仿佛沾

渔鼓殇

了店家的手,就短了斤两似的。老吴只好在旁边站着,看着小媳妇剔剔拣拣,将半粒豆荚皮,或一两粒不顺眼的挑出去。随着她别扭的动作,有几颗豆子从指缝里掉到地上。老吴蹲下来,一下一下用扫帚归拢着,耳边又传过小媳妇的声音。

"哆莱米想撒尿了,快帮我装……你不缺哎,儿子在市里当官了,还在乎一星半点的。"

老吴不吭声,只顾在地上扫着,小媳妇的每句话,都让他听上去吃力。不唯吃力,还不中听。他固执地将地上的豆粒子弄到簸箕里,才给小媳妇约秤。报了钱数,小媳妇掏出一张百元面钞朝柜子上一扔:"别找了,下次再算。"急匆匆地拎着袋子走了。

那张簇新的票子,半点褶皱都没有,粉红色的币面上压着隐约的银条。老吴将钱从柜台上捻起来,很陌生地看着。从前的日子,在村子里开个烟酒小卖店,常有乡邻过来赊账,不多,也就是块儿巴角的。中间跟他聊几句儿子在城里的情况。那时候的老吴,说话中气足,完全是一副主人的样子。眼下搬到城里三年多了,虽说钱在挣着,进出的面额也比过去大了,可捻着,看着,就是不开心。

杂粮小店的生意就这样不温不火地支撑着。

没有顾客的时候,店主老吴依旧闭着眼睛,拉着不知所终的曲子。拉着拉着,靠山墙的木笼格里似乎有了动静,各种小杂粮不安分了。一粒粒筱麦你挤我,我挤你,窸窸窣窣地翻着身;黄豆滚来滚去,眼看着跳起舞来,花生仁就像泡了半斤老白干,涨着,涨着,就鼓破了,脑袋上冒出了紫的芽尖尖;葡萄干里钻出了一簇簇

243

的藤蔓,像蛇一般蜿蜒着,最后竟然将须子探到天花板上,顶开了厚厚的水泥盖。须臾的工夫,叶子绿了,花开了,一嘟噜一嘟噜葡萄从藤子上垂挂下来了……

麦秸画坊

一

陈士铎昨晚在青浦人家饭馆的酒桌上,凭空听到屋顶上劈下一个闷雷,手中的酒盏下意识地打翻在地上。随着碎玻璃碴的爆裂声,耳朵亦嗡嗡哄哄地唱起柳子腔,呛踩呛,呛踩踩……单等着时来运转,脱蓝衫换上大红。可调子却是不着四六的,锣鼓点子、弦子全然不在板眼上。山神爷,这铁树开花,驴也长角了,自己怎么就主事了。陈士铎嘟囔着,立时头懵,眼晕,两腿筛糠般抖个不住。特别是堂侄大齐伸出的那两根指头,更让他隐约生出某种不祥的感觉。"前头带走俩,周边都在讲,雁窝村里无好人,切!哪的

话，俺堂叔就是。这不没多久，乡里就在酒桌上发话了……若论服众，除却陈士铎，再无有了。"堂侄还讲了许多。眼下头等大事，是搬家。区里已刷了黑漆的木头牌，等带翻兜的铲车三日后开进来，村西打麦场还有画坊那片地，都得铲的铲，牵的牵，捋净弄光。

　　陈士铎看着，听着，口内像含了颗青杏，酸水从舌根底下滋滋缕缕冒了出来。上下牙辗磨着，眼前立马浮起十几个麦秸垛。那是收割后堆在打麦场上的，傍晚看上去黑黢黢的，像塬间拢起的坟包。往年每抵此时，沟垅里腾起的雾霾就像飞起落下的乌鸦翅膀，抖开了，又阖上了，直遮得日头也不见，云也不见。高速路边铁丝网罩着的柳树，都被烧秸秆的烤焦了，棵棵顶着黄盖头。十二道金牌亦唬不住。入秋后，上头下了死命令，组了侦缉队，但凡瞅着冒烟的，将管片的一撸到底。这天，陈士铎正赶着牛在水库边的稻茬地上打盹，忽被拽了去，膀子稀里糊涂被套上了袖箍，让跟几个老　子去沟垅里守着。说壮劳力外出打工了，能喘气的都得顶上。陈士铎嗜赌，口讷，半生没吐过一句囫囵话。早年跟着柳琴班子跑坡，单等着人家唱到紧要处，咣地抹下锣子，算是糊口的生计。浮生闲度，转眼逾六旬了，老伴过世早，领养的闺女又远嫁黑泥湖。平日里，一人一牛一蓑衣，在水库边上闲逛，只将柳子腔作了由头。没想到竟被抓了差，自是心中暗暗叫苦。戴了几日袖箍，终以喘病发作请辞了。

　　摁倒葫芦瓢又起，越想修仙，越给个笼头罩着。堂侄话音落地，陈士铎脑袋嗡地大了。

渔鼓殇

喝着，聊着，就听耳朵里的锣鼓家伙一阵阵敲得紧，尽管不在节奏上，左右仍是不歇。好歹趁着锣声换点，陈士铎嘴巴里才挤了句，没人上门说叨这事。堂侄诡异地笑笑，委任状？快了，等开过会……你侄就是村长的侄子。言毕，又端着酒盏抿上了。好赖有了带火亮的叔，这喝酒不用愁了。大齐话到稠处，兴致益发高涨。陈士铎没接话，少顷，摇头叹道，能搬哪去……上游的造纸厂，不是也迁啦？

大齐吐瓜子壳似的，蹦出一句粗话，两手撸，两手都得硬。

半生在戏班子里抹锣子，陈士铎肚子里多的是伦理纲常。且看人家《丝鸾记》里的候美蓉跟龙官宝谈情，公子说话切留意，如若叫外人听了去，羞煞人呀咿嗯哎～最看不惯今天的年轻人，头发染得像鸭屁股，整天将鸡巴毛子挂在嘴边上。揣着无奈，听得腻烦，只想草草终了饭局，躲个耳根子清净。大齐却没眼色，又聒噪上了。叔，人家都说当村长好，村村都有丈母娘呢。正抱着筒子骨啃得起劲，忽觉脑门上钻心的疼，原来被兜头摔了筷子。睡你个大头鬼，堂叔呛了句，圣人蛋，待着出家呆着去。

上头说了，是让您老先打场子，倘扶不上墙……大齐揉着脑壳，又抛出一句不着四六的话，三天后另派人。

二

苗翠岫的麦秸画坊，就在村西头的菜地里，距桐三高速不远，

说是画坊，实则是挨着打麦场的两间半草屋。陈士铎过去的时候，苗翠岫正跟几个女人忙着给泡好的麦秸上色。陈士铎看到修剪过的麦秸都浸在盆子里，旁边有几位姑娘拿着篾刀灵活地给麦秸开片。靠屋子的北山墙上，放着大大小小的画框。其中有两幅只做到半拉，靠在墙边上。上面写着"春朝鸣喜"，是两只喜鹊，蹲在树枝上剔毛。其中一幅嘴巴上的颜色还没涂好。有位小媳妇很细心地用篾刀夹起一片麦秸膜，像剔眉毛那样，一点点粘到上面。喜鹊的神气就出来了，再粘一下，陈士铎耳朵边咕噜噜的，好像听到鸟鸣声。又见一幅《猫戏蝶》，那猫的爪子半扣着，一只蝴蝶在鼻翼周围翻上织下，眼瞅就要从画框里飞出去。再看那虎、那鹤，那花、那叶，一毛一翎，无不鲜灵活闪的。陈士铎拈起一幅，腆着面皮说，屋里的，俺那幅……还没弄好？苗翠岫撩了下眼皮，等着八抬大轿来请。

眼前的这个婆娘，满头的小碎卷堆在脑袋上，通身缠红裹绿，大调门，见人笑吟吟的，体态像极后河里凫水的母鸭。早年间跑坡，陈士铎抹锣子，苗翠岫扮女角，人称"水上漂"。唱蓝瑞莲打水，七劝，双生赶船，至小散板，急急风，那锣声裹着小碎步跑圆场，直筛得人耳鸣，眼晕。打了个鬏髻朝南海，鱼鳞辫子脑后缠，八幅子罗裙腰中系，只盖着丁丁香香小金莲。整个晚上，陈士铎瞄着那场子上的绣球鞋，罗裙一绽点点红，心里就怦怦跳得急。只恨自己是一抹锣的，左右搭讪不上。空留下半生的失落。后来，柳子戏没人看了，苗翠岫的老情人也下海的下海，捞金的捞金，作鸟兽

248

渔鼓殇

散了。女主角无奈废了身段和唱工，办起了麦秸画坊，照例忙得风车般乱转。

陈士铎却从此走动得勤勉。平素里有事没事，总是哼着柳子腔过来凑几句，屋檐高，屋檐低，屋檐底下两只鸡。苗翠岫忙得不耐烦，就拿话掖他，或打打趣。陈士铎不以为意，自封了新晋的老相好。认准了家鸡打鸣不入耳，野鸡打鸣唱小曲，听着那骂声，如闻满耳朵百鸟朝凤，心中自是别样的舒坦，今天不同了，过来寻话的人，揣着很重的心事。

陈士铎看了看远处，高速路豁口的地方，又竖起几簇钢筋，新堆起的土像被刀劈过豆腐，四正四方地堆着。平时那个柔耐耐，水灵灵，嘎生生的声音，今天不知为什么，句句都是催命的锣。堂侄说了，只有三天时间。这三日，自己脱蓝衫换大红，总得办成点事体，让老相好高看自己才是。

昨晚坊子四壁还空着，这太阳才升起来，就张贴告示了，说让三天内搬空，你看坛坛罐罐能挪哪？苗翠岫眼眶底下两团乌青，正僵着指头鼓捣蝈蝈笼子。再说了，外贸那边催货，三日也得交割不是……雁窝村人都说村西那片叫"鬼画弧"了，不晓得这鬼早不画，晚不画，偏赶着农忙时凑热闹。总之新名词上墙，就得有大动静了。陈士铎揣着鬼胎，蹭到苗翠岫的耳朵边，小声说，不妨事，就算带个头……又待如何。苗翠岫愣了下，看着陈士铎的鼻眼都有些陌生，不明白这人发什么癔症。却听得对方继续说，总得有人先搬走嘛。当即冷了脸，说陈结巴，你打梁山上才下来，蹬鼻子上脸

的，招安了？便不再搭理，又紧着捣鼓蝈蝈笼子去了。陈士铎平素被挟枪带棒的奚落，只当是打情骂俏，话到狠处方显亲。哪晓得时下是军情急，天昏地暗，眼瞅着水漫金山。暗叫声婆娘，还当俺是那抹锣的？净要些娘娘的脾气，到时候让你道万福，跪大堂，做香油葱花蛋的面叶都不灵了。却抑不住，将堂侄的话如此这般地讲了，口中竟奇迹般的没拌蒜。

苗翠岫放下手中的蝈蝈笼子，狐疑地盯着陈士铎的眉眼，定定地看了三回。然后张着满月脸，悠悠然，忽开口唱道，赵美蓉这边厢闪目观看，观一盏万岁灯一朝之主，有一些大臣灯列在两边……那一声转腔，透迤连绵，直拽着陈士铎的头魂，袅袅荡荡，随着一溜云彩飞走了。陈士铎一拍腿，娘呼哉，多少年没听这口来！好啊，那你去跟上头人说说，能否宽限几天？拿准了老倌子的心思，苗翠岫却不唱了。说无论如何，得让外贸的货脱了手，也就三两天的工夫，委实不济，一天也行呵，画坊招呼人再加下夜班……俺这就上你家，唱那个，陈士铎急问，唱什么？苗翠岫纤纤巧巧，又抻出一句，唱堂会呀，咿呀啊哈哎——最后一个哎字，挤到鼻腔里，似捏非捏，只余一根细丝丝，眼见得抻扯着，游弋着不见了。陈士铎正愣怔着，又见对面那妙人儿翘起蓝花指，左摘花，右理鬓，再系领下龙凤扣的盘纽，随后冲自己嫣然一笑。

陈士铎的脑袋轰然大响，当年满场水上漂的小碎步又来了。八幅罗裙腰中系，只盖着丁丁香香小金莲……暗叫一声前世的冤家，就冲你这句话，也不枉从冬到夏，踏碎了画坊的门槛多少回，有也

没有，死都值了。

三

往日里喧闹的乡间终于寂静下来。路上、田间沟垅到处都散落着麦秸屑子，空气里弥漫了粮食破壳后清新，又甜腻的味道。一种含混不明的声音因着某种惯性，仍在耳朵里似有似无，浮浮荡漾着。这样的季节，走在路上的农人，肩扛手拎，全身披挂，几乎没有闲着的。仿佛一夜之间，成片的金色又消失了，取而代之的，是收割后排着麦捆子的赭色农田，还有一个个巨大的麦秸垛。那是农人用木杈一下下垒起来的。远远看上去，衬着天宇，像一幅泼了油彩的画幅。

现在，这个叫陈士铎的男人，脚底发飘地在田埂上走着。立马要去办一件官差，平素想都不敢想的要紧事，去大白楼找有纱帽翅递话。

那天从麦秸画坊出来，陈士铎闻着耳朵里的柳子腔愈来愈响，眼看着捏成了女花腔。尾音的尽处，却是大齐的念白，叔，可别稀泥巴糊不上墙……天爷，这屋芭上落下的，哪里是馅饼，分明就是一根系着活扣的绳子哇，鬼晓得怎么套到自己脖子上的。陈士铎三分受用，七分忐忑，拎着剩下的半瓶葫芦烧，出门后被风一击，脊梁顿时冷飕飕的，醒了。这麦秸不让烧，只能垛着。如今垛着也不行了，让挪走。可造纸厂麦秸不收了，青壮年打工去了，谁家的麦

垛倘动半根指头，人家回来还不把他这口老棺材瓢子活撕了？话又说回来，雁窝村的天下给了抹锣子的，再不济，也不能让老相好苗翠岫看低了。

一宿辗转，锣声、鼓声交替响着，又敲了个失心疯。

天明的时候，陈士铎忽然想起要去找一个人。这人在村西高速路下面的瓜棚里住着，曾经是甩着鼻涕穿开裆裤时的玩伴。从前闲溜达，总要到瓜棚里转转，说些三皇五帝逗鸡走狗王小赶脚。近半年多，整天冲着麦秸画坊使劲了，竟然疏落了走动。现在，陈士铎觉得自己发达了，请位军师琢磨定盘星，也在情理。

顶着乌青眼，去找瓜棚老伙计潘发讨主意。没想到，刚进门就被骂了。抹锣子，你这是走路被大雁屎砸上，不是也是了。潘发摘来两个熟透的歪把子瓜，俗称骚罐插子，极甜。打头划开三角口，将籽掏了留种。然后哥俩一人一个，吃得汁水淋漓。村长的远房外甥，可听说过？几年间包了鱼塘，方圆百里都拖着冰车去网鱼，白花花的鱼换成白花花的银子，转眼家里就起楼了。潘发吃得快，很快又裹了烟叶囪子，然后鼻孔里丝丝缠缠，又腾起了烟雾。前番去喝满月酒，真是让人分不清南北，就觉得高堂大户的，过去扛长活也没见过的阵式！你就猴子学样先拢着村里人。熬过年余，村西槐树林那边，能帮着老哥弄块阔眼的地窝子，也不枉哥俩好过一回。说完，潘发挤下半颗浊泪。

陈士铎一言听罢，犹如鹈鹕灌顶！这自古官分七品，人归九流。我抹了半生锣子，没看过皇帝老儿下扬州，还没演过王朝马汉

渔鼓殇

董超薛霸抡水火棍嘛,谁不晓得给个蜻蜓翅子就能抖,拿着鸡毛当令箭的事理?

夜阑,两人聊完山海经,又聊苗翠岫。聊着聊着,潘发的老眼就紫紫有光了。随口哼了句,俺本是女娇娃,梳油头,带鲜花……然后问,到几分光了?陈士铎支吾道,还没底,只说到家里去……唱堂会了。潘发诡异地笑了笑,不消说,是七分光了。哥俩遂揣摩着,先找个底细的人跟大人物递话。一则宽限几天,让村里人,特别是苗翠岫那边把坛坛罐罐、针头线脑拾掇净了,交割了外贸的货再搬;二则讨了盖大印的委任状,这悬着的心方能放肚子里。

陈士铎一路思忖,额头上又禁不住细汗涔涔。

这几天,村头那排白房子门前的路都跑得起狼烟了,可始终没找着人。几间屋子的门户闭得蹊跷,似乎从来就没敲开过。本来想找大齐盘个底细,但那天在青浦饭馆喝过酒,堂侄又外出打工了,听说去了新加坡。村里搬迁的事,问谁都成了掩口的葫芦。眼看着墙上的告示摞到了第五张,陈士铎吃不住劲,便试着去乡邻家里做说客。每次都是赚顿奚落,几乎被轰了出来。只好又找人探究竟。可一趟一趟,都白磨了脚指头。陈士铎就奇怪了,房子还是那排房子,风景还是那个风景,往年每日里觥筹交错,推麻将的声音能传出几十里开外,连狗都循着上风头打喷嚏。怎么眼下这么大操心的事,反倒见不着公家人了?哼柳子腔看夕阳的日子算是无有了,沟垅里每天晚上仍在打游击。天气也跟着凑热闹,喇叭里说了,近几天子还要刮台风。越拖,心里的锣鼓点子敲得越凌乱,有几段,分

明是找不着板眼了。

苗翠岫也是凑热闹，第二天主动上了门。云鬟散乱，花容失色，水上漂的步点也跟跄了。说陈锣子，有批货路上淋了雨，脱色了，外贸上让重换。眼下连老嫚子都上了……倘迟了单，画坊卖了都不够赔钱的。搬迁的事得顶着，到时别说唱堂会，过了这坎，就是拜花堂也成来！看着老相好婆娑着泪眼，身上的裤子满是皱迹，分明是几日未换了。唉，想当年，穿罗裙，袖带飘飘，红绫汗巾扎在腰……眼前立马浮上了画坊的蝈蝈笼子，柳笛哨儿，猫戏蝶图，耳朵里呛才呛又起了音，一桩桩，一件件，桩桩件件风雨满城……不知俺这里，也是熬夜三更。

当晚，陈士铎急火攻心，嘴巴上蹿起了潦浆泡。

雁窝村的那两层小楼，依旧在村前矗立着。白瓷砖贴墙，琉璃瓦的滴水檐，就像一块狗皮膏贴在村庄的肋巴撑上。远远看过去，黑漆的门户，旁边有两只石狮子蹲踞着，俱各张了嘴巴，风动时，有石珠子在口中滚来滚去。陈士铎早年串四乡，生成了一副跑江湖的脾气。也曾经拳打三皇脚踢五帝，说话嘴里没个把门的，见了村干部自是不放在眼里。吃过几次亏后，自感不是对手，就知趣地躲着走。这多半辈子，跟牛说的话比跟人的多，压根不知道官家大门朝哪开。无奈，眼下是乌鸦叫枝声声催，也只好梗着脖颈闯堂了。门，仍旧是阖着的，院内似有牲灵气咻咻的鼻息，压抑着，正欲嘶吼出来。陈士铎咽了口唾沫，再度壮着胆子走过去，拽着上面

254

渔鼓殇

的铜环啪啪拍了半天，少顷，终于听到里面风吹落叶，有动静传了出来。心下顿时跳得急。

就听咿哑一声，里面探出半个脑袋。

张眼看时，却是冬瓜的面，细胡茬的唇。开口问，找哪位？天爷，总算有人理会了。陈士铎朝后挪了一下，讷讷地说，土地爷二……槐侄。亦不知言语上岔了辈分。对方愣在那里，一副懵懂的模样，明眼看上去是新来的。大名呢？年轻人操着外地口音问。顺字辈，叫那个，顺生吧？陈士铎像问别人，又像是在问自己。忽然想起人已经被带走了，连忙改口道，副的，找唱副角的。都忙去了，有事两天后来。年轻人表情很活泛，很标准，却又例行公事。这边意欲再问，就听哐的一响，门又掩上了。陈士铎揣着百样的心事，还未升堂，就吃了一碗闭门羹。从门缝里分明瞅见院笼子里黑乎乎的，有东西貌似要蹿出来，只当是狼狗。心下十分窝火，就想这提笼养畜的，哪里还是土地爷，倒惯成八王爷了，怪不得连着铐了两个。再下了死力敲，门又开了。大白天闭着门户，连着几日不接见，这边求升堂找不到擂鼓的。都去了哪！忙朝廷大事了？

对方笑眯眯的，从墙上取下酱皮壳的簿子，张口念道：钱主任，陪领导去库区小水利验收了，金会计跟妇联的去白坎头慰问，吴助理上培训班，副村长连夜赶到乡里开规划会……陈士铎听个仔细，串了几个小名对大号，俱各不认得。就泄了气。问及鬼画弧的事，新来的后生摇了摇头；再问委任状，对方突然像金鱼喝水似的，噏着嘴巴，吐出一串无形的气泡。随后噤了口，目光里飘过一丝揶揄。

　　陈士铎看不懂那眼神，遂在门槛上坐下来。任年轻人拽也罢，劝也罢，硬是长坐不起。就想这雁窝村叫鬼画弧了，大小二鬼就都忙得转磨磨？左找不见，右找也不见，整天颠得屁股冒烟开大头会，可这麦垛，这画坊，这堆喘气的大活人，三天就能搬清爽了？吃喝撒拉驴喊马嘶的，哪样不得人操持。这边一天不搬，叫你神气去。找不到和尚还找不到庙，罢罢罢，跟孽障们省了口舌，直奔大白楼去来。

四

　　秋天的月亮挂在槐树梢上，就像柳子腔里的铜锣，黄澄澄的，镶着朦胧的金边。再远些，是一个更大的晕圈，在云彩里环衬着，若隐若现。偶尔有风掠过的时候，细细碎碎的动静伴着远处的鸡鸣、狗吠就又起了。

　　麦秸画坊里的灯火依旧亮着。退回来的货堆放在地上，一箱箱贴好的封条又扯开了。姑娘和小媳妇用忙完收割的手，一根根地拆着编织好的画板。只一下，喜鹊的嘴巴就掉了，再一下，梅花瓣就散了，纷纷扬扬地落下来。画坊里堆红砌绿，到处乱糟糟的。搁不下，只好拖到院子里放着，盖上了防雨布。有位女子眼见得自己熬夜编的双猫戏牡丹一瞬间被拆，指爪凌落，梗折花残，柳笛哨子也不发音了，心疼地落了泪。眼下，所有的画幅都得重新打理，能

渔鼓殇

用的补色，不能用的，就作了烧灶锅的柴草。必须重新选上好的麦秸，再开片，浸泡，染色，一切从头另来。苗翠岫柳子腔也不哼了，满月面上净是汗渍。两抹在鼻子上，半抹在下颔上。酷似憨闺女见婆婆里的傻妹子，总归顾不上头面了。正围着一堆残花败柳忙活，陈士铎来了。大踏步，急急风，满场子追着苗翠岫要说话。后者却风车般乱转，拆箱，搭箱，装箱，左右只是不搭理。一屋子的人都揣着明白，看得清爽，抹锣的追着水上漂，那腿脚，那身段，何以能搭到拍子上？空落得一干不买票的戏迷饱了眼福。

陈士铎左转转，右转转，也是急了，脚一跺，开口唱道，万般处到无可奈，俺到北国去搬救兵。苗翠岫头也不抬，肿着眼泡问，搬来了？木牛流马还是七星阵？陈士铎跺了跺脚，接着唱，摘个苕瓜当大炮，拿根蒜薹当火绳……这回轮到苗翠岫急了，抹锣子，别学猪哼哼了，到底宽限几天？陈士铎强扮了欢颜，说接见了，两拨。苗翠岫眼里倏地放出光来，事情谈拢了？陈士铎说，快了，说是明早回话！手脚却不听使唤，搔了搔脑袋，两手抱着膝盖蹲下了。翠岫不易察觉地叹了声，唉，看来是没戏了。又仿佛，要往地上蹲的那人胸口再扎一刀，鼻腔里幽幽捏了一句，满腹愁肠我难入眠……士铎呀，枉费了翠岫一片真心。

陈士铎脸上挂不住，想接口，肚子里的唱谱子却一句也想不起来了。只好没趣地站起身来，像喝醉了酒似的，歪着身子朝门外蹩去。深一脚，浅一脚，既无章法，亦无路数。从背影看上去，完全不像在柳子戏班厮混了大半生的戏痴子。边走，边骂。骂完了自

己，再骂苗翠岫。走着，咒着，脑袋渐渐有些疼，末了訇地一炸，像是要裂开来，恍惚着，一阵锣声又起了，敲完了小散板，再敲急急风。直敲得马蹄声碎，喇叭声咽。只剩一缕头魂牵着，悠悠荡荡，直冲着一干戴纱帽翅的驻地，一径去了。

青蒲镇的大白楼自打落成，就成了当地的谈资。一个尖椎般的圆顶，直戳到漫天云里，主楼却似一把扇面，弯曲着打开来。有说像白宫的，有说像冬宫的，有说像扑克牌的，横竖是四六不搭。最出奇的是九十九级台阶，一级比一级陡，有说一百二十级的。总归给人的感觉，是老百姓想进去办点事，难了。

现在，老鳏夫陈士铎正吃力地，一蹬一蹬朝上爬着。过午的阳光，毒辣辣地挂在天上。他的神色看上去有点犹豫。脚下已登过三十多级了，抬头朝上看看，似乎仍旧没有尽头。这时候，陈士铎就有一种感觉，觉得正站在一把倒立的梯子上，上不着天，下不着地，只有云彩在身边浮浮游游，两腿忍不住有些打颤，汗又禁不住淌下来。唉，自己哪里是主事的料，分明是《报花》里的孙起高哇，火烤胸前暖，风吹着背后寒……张口告艰难，一个难字，陈士铎见左右无人，索性在腔子里吼了个痛快。直吼得酣畅畅，淋漓漓，到了后来，亦不知是吆牛的号子，还是拉魂的柳子腔了。这办桩官差，怎么就像是去登天！何妨给俺一把槌子一面鼓，左右擂将起来，升堂……玉皇大帝，土地奶奶。嘴巴里又咕哝着，不断给自己壮着胆。行至半途，已经是豪气全无了。恐惧却像一张大网，铺

渔鼓殇

着天，盖着地捂了下来，仿佛一线之悬，随时软了腿脚，像一只蚂蚁似的被风掠了去，摔个七荤八素。脚底下，已经数到七七四十九级，再退回去，总归没有任何可能了。

无奈，脑子里只好再琢磨些平时不敢想的美事乃至腌臜之念，以便分心壮胆。正编排着，苗翠岫就钻到怀里来了，自己变成了《罗鞋记》里的读书公，灯光下，念五经，念罢上孟念下孟……又见那水上漂苗翠岫，甩着一对长长的水袖，水桶腰变成一掐掐，扭捏着，开口唱道，织金裤褪扎一对，凤头的花鞋一小拃……随后，是一段叶里藏花，有音无字，夹嗔带韵，再跟一曲《大书房》，刘大仙窗棂外独立站，舍秋波，瞪杏眼，呆呆看你，读死书一眼不看俺，你那里不开门等到多咱……陈士铎暗呼一声，要的就是末了这句来！这等了半辈，守了余生，苗翠岫总算人老珠黄了，水上漂不复当年了。可只有抹锣知道，半老的徐娘赛香菱，木桶身堪比小蛮腰。俺这就，开门去来。

太阳依旧毒热地挂在天上。这种炽热，俗称秋狗子，打到身上搓几搓，就能褪掉半层皮。陈士铎歇了数回，抽了七八管自卷的旱烟叶。终于在日头偏西的时候，爬完九十九级台阶，最终来到了青浦镇的那座高居云端的大白楼。

现在，这个叫陈士铎的男人，身子晃了几晃，用手指头揉着被日光映得发花的眼睛，勉力站稳了。定睛一看，发现自己正立在两扇大玻璃门前，张着蛤蟆脸，探着蜈蚣腰，汗布衫像鱼皮似的缠在身上，一把芭蕉扇插在脖梗后，活脱脱的一副济癫样。还没回过神

来，一堆男女说笑着走过来，眼前的圆筒门一转，又一转，轻轻巧巧，将他们送了进去。旁边两位驴桩样的后生，啪地敬了礼。陈士铎踌躇着，朝后退了半步，将汗褡子从腰间解下，捋顺了，又重新套上。顾不得刺鼻的汗酸气直冲脑门，也朝着入口，迈着柳子腔的台步子，稳当当地走了过去。奇怪的是，走到近前时，玻璃筒子门竟然纹丝没动，好像停下了。不唯停下，那两根拴驴桩，也像使了定身法。一动不动。陈士铎遍搜唱本，脑子里蹦出了王朝马汉。只见王朝把手一伸，口中吐出三个字，请留步！马汉挤出两个字，证件。

　　陈士铎脑袋里锣声一响！自盘古开天，没听说进大堂还要掏本本的，过去大官都是在自家炕头上盘着腿，喝着小米粥，就把事情谈了。遂上下胡乱摸了一回，只掏出两根自卷的烟叶卤子。它们难看地弯曲着，已被汗渍浸得皱巴巴的了。陈士铎张着手递过去，正欲再开口，旁边袅袅婷婷，走过来一位挂牌牌的女子。大爷，你是赶集走错了门，对吧？跟我来。陈士铎方寸已乱，一时全没了主意。看着那女子眉眼还算和善，才稍稍定下心来。就跟她一路绕着，最后被引到大白楼旁边一排刷着绿漆的平房里。刚进去的时候，误以为到了骡马市。各路人等俱各排着长队，到处挤挤挨挨的，却又没见着牲灵。女子耐心极好地盘问了情况，又让陈士铎签了字，画了押。然后说，很快就有答复，先吃饭。

　　那天中午，陈士铎吃了自入秋以来最开胃的一顿饭。酸菜熬白肉，尖椒抱蛋，炸馒头片，大米山芋粥，管够。

渔鼓殇

五

东方渐渐露出了鱼肚白。

阳光探上窗棂的时候上。陈士铎伸了个长长的懒腰,醒了。昨晚,他很踏实地睡了个足觉,又重温了当年柳子戏班的跑坡生涯。只可惜回得迟,要不苗翠岫那里,当晚就过去了。就这样,一夜锣声骤起,又歇了,起了,又歇了。翻来覆去,只是自家在床上穷折腾。咣才咣,小丁香,入怀来,摇摇摆摆女裙衩。一通宵生煎活熬,好不容易盼到了东方既白,这才爬起来,换了件压箱底的对襟绸褂,蹬上养女从外地专程捎来的瑞蚨祥庄的布鞋。然后梳头,抹脸,一身全新的行头,昂昂然,直奔着画坊去了。

正兴冲冲地走着。蓦地觉得脚底下有些不稳。低头细瞅,有几道很深的车辙,一路交错着,从雁窝村的街巷里划着道道,径直去了村外。陈士铎有点奇怪了,就觉得自己睡得够沉,怎么不晓得昨晚村里过车?从深沟的宽度,这车决然不是装麦子的手推车,或胶皮轱辘车。就这样深一脚浅一脚,走着,看着,不知怎么,忽然有一股子憋尿的感觉。随后走走,停停,疑疑惑惑,一路来到了打麦场。那里,十几个草垛依旧在天空底下堆放着,静静的,没有任何变化。一颗尚未消遁的寒星,还影影绰绰在天边上挂着。但麦秸垛旁边,却赫然停着一排黑咕隆咚的大家伙。它们一律张着带锯齿

的爪子，将手臂霸气地伸向了天空。陈士铎打个激灵，胸口蓦然作疼起来。却原来，翻斗车还是开进来了！正愣怔着，就听到一种平时走正步的乐曲，伴着尖厉的噪音在空中炸开来，有个女音在高声说话。大意是马上要开工啦，请村民给予全力配合，云云。微露的晨光中，有几个人拿着纸夹子，指点着，跟在那位拿喇叭的人身后喊喊嘈嘈地吆喝着，接下去，翻斗车的轮子真的转动起来，巨大的泥浆被齿轮裹挟着，溅得到处都是，而且越转越快，轰鸣着，随后朝麦秸画坊的方向开了过去。陈士铎大梦方醒！拼力喊了一声，不能呀……下意识地摇晃着身子，朝前方迎了上去。与此同时，他感到有个东西不经意地刮在腿肚子上，新穿的布鞋噌地飞出老远。旋即倒扣在泥浆里。耳畔有人在急吼吼地大喊，快赶开，什么乱人都能进工地？！

　　陈士铎歪在那里，就像一只深陷泥淖的蛤蟆，嘴巴一张一阖地吐着气，隐约间，似乎听到一阵锣声渐来渐近，节奏细密，急骤，几乎耗尽了敲锣人平生的力气。尾音尽处，有一种奇怪的动静又起了，萧萧瑟瑟，内含金石之声。心下正疑惑着，忽闻訇然一声巨响，有股子大风突然呼啦啦刮了起来，裹着天，搅着地，宛若缠着黑烟的黄龙飞速旋转着，将一条尾巴甩打着，围着麦秸垛盘上了，越刮越猛，越旋越急，最后吭的一声，将整个草垛旋上了天空！满天的麦秸立刻像乌鸦一般飞翔起来！它们黑压压的，扑闪着翅膀，盘旋着，然后抬着麦秸画坊，朝着八里路以外的城区倏然飞去！在场所有的人都惊呆了！望着那些开过片的麦秸编成的鱼、蝴蝶、残

渔鼓殇

花败柳飞着,飞着,又箭矢一般掉下了……不能呀!铲斗车仍旧蜗牛似的自顾自爬行着,巨大的泥块再度被掘起,又重重地砸到车兜里。在即将失去知觉的瞬间,陈士铎抱着脑袋遑急一滚,便轱辘辘跌到路沟里去了。

八幅子罗裙腰间扎,小金莲就在那裙边下,走一步温柔典雅,行二步人人可夸……苗翠岫的声音又在耳边响起来。随着麦秸画一片片,一根根飘舞着,宛如天女散花,朝着天边越飞越远,直至伴着漫天的麦扬,被一阵飓风呜地裹走了。